Tobias Elsäßer | **Abspringen**

Tobias Elsäßer

Abspringen

Sauerländer

Die Deutsche Nationalbibliothek verzeichnet diese Publikation in der Deutschen Nationalbibliografie; detaillierte bibliografische Daten sind im Internet über http://dnb.d-nb.de abrufbar.

Sauerländer, Düsseldorf

Umschlaggestaltung: INIT, Büro für Gestaltung, Bielefeld
Printed in Germany
ISBN: 978-3-7941-8091-2
www.sauerlaender.de

»When you try your best but you don't succeed.«
Coldplay | Fix you

für alle, die lieben

Erster Teil

| Eins |

Der Moment, in dem ich begriff, was es bedeutet, als Mann auf die Welt gekommen zu sein, führte mich unter das mit Wasserflecken übersäte Dach der Turnhalle Süd, die in einer Stadt steht, deren Namen ich lieber verschweigen möchte. Dort oben, etwa fünf Meter über dem mattgrünen Hallenboden, begegnete ich zum ersten Mal einer Macht, die stärker war als alles, was ich bis dahin gekannt hatte. Schwer atmend umklammerte ich die kalte, armdicke Eisenstange, an der ich mich in Windeseile hochgezogen hatte. Mir wurde schwarz vor Augen, dann explodierte ein Feuerwerk in meinem Kopf, und in einem Bereich, dem ich bisher nur beim Pinkeln Beachtung geschenkt hatte, begann es zu zucken. Elektrische Impulse, gespeist aus einem unsichtbaren Reaktor. Das muss Gott sein, dachte ich und war für immer abhängig. Jeden Moment wollte ich auskosten, aufsaugen und für schlechtere Tage einfrieren. Ich war überwältigt von diesem Gefühl. Zu überwältigt, um die Stimme meines Lehrers zu hören, die mich freundlich anwies, wieder herunterzuklettern.
»Paul, stimmt was nicht?«, fragte Herr Schott aus der Ferne. »Brauchst du Hilfe?«
Die letzte Welle ebbte ab. Glücklich und entspannt öffnete ich die Augen.
»Alles okay«, presste ich heraus.
»Wärst du dann so nett, wieder herunterzukommen?«
Ich nickte stumm. Mein Herz flatterte wie das einer Maus, die man einer Würgeschlange zum Fraß vorwirft. Nur mit dem Unterschied, dass es keine Todesangst war, von der es getrieben wurde, sondern eine Überdosis Glückshormone, die wie reinstes Heroin durch meine Adern rauschte. Ich fühlte mich wie ein

Held, wie ein Junge, den man soeben mit Superkräften ausgestattet hatte – unbesiegbar!
Aber nur für einen Moment. Dann entdeckte ich den dunklen Fleck auf meiner Sporthose. Unaufhaltsam fraß er sich durch den dünnen roten Stoff. Jetzt dämmerte mir, was gerade passiert war. Unmöglich konnte ich in dem Zustand heruntersteigen. Sie würden mich auslachen und in den Pausen mit dem Finger auf mich zeigen.
»Paul, was ist jetzt?«, rief mein Lehrer. »Soll ich 'nen Kran holen?«
Meine Klassenkameraden lachten.
Ich schüttelte den Kopf. Noch einmal schaute ich auf den Fleck, der mittlerweile auf Postkartengröße herangewachsen war und in seiner sechseckigen Form den Umrissen Frankreichs ähnelte. Dann schloss ich die Augen und ließ los. Und während ich fiel – es war der längste freie Fall meines Lebens – überlegte ich, ob der Aufprall wehtun würde. Und ich dachte an James Bond, der einfach an der Reißleine seines Fallschirms gezogen hätte. Und ich fragte mich, ob es überhaupt möglich war, an so vieles zu denken – in dieser einen, kurzen Sekunde.
Bevor sich die Dunkelheit über mein Bewusstsein senkte, stieg ein letzter, schrecklicher Gedanke, wie die Signalrakete eines Schiffbrüchigen, in meinem Kopf auf: *Ich werde als Jungfrau sterben!*

Zwei

Über meiner Stadt liegt eine seltsame Unruhe. Immer. Sogar sonntags, wenn die Bundesstraße nicht unter dem Gewicht des tonnenschweren Durchgangsverkehrs ächzt. Schon als Kind hatte ich das Gefühl, dass diese Unruhe auf mich abfärbte. Ständig musste ich in Bewegung sein. Angestachelt von den Geräuschen, die aus allen Himmelsrichtungen auf mich einprügelten. Bei Westwind hört man das Rauschen der Autobahn und bei Nordwind das Rattern der Waggons, die in dreißig Metern Höhe über das steinerne Viadukt rollen. Von dort oben waren im Winter vor drei Jahren sieben Schüler (zwei Mädchen und fünf Jungen) in den Tod gesprungen. Einer nach dem anderen. Innerhalb von zehn Tagen. Warum sie das getan haben? Keine Ahnung. Ich halte nicht viel von Gerüchten. Auch wenn eine Menge davon in Umlauf waren. Hunderte, vielleicht auch Tausende. Ich habe sie nicht gezählt. Hätte man alle miteinander verglichen und zu ihren Ursprüngen zurückverfolgt, wäre dabei vielleicht sogar eine Art Quellentheorie herausgekommen, aber die Mühe wollte sich natürlich keiner machen. Nur bei einem Jungen musste nicht über das Motiv spekuliert werden. Er war aus Liebe gesprungen. Aus tiefer, aber unerwiderter Liebe, wie es in seinem Abschiedsbrief hieß.

»Tragisch«, sagte meine Mutter.

»Schicksal«, nannte es mein Vater.

»Sinnlos«, meine Schwester.

Jedenfalls wurden Kerzen aufgestellt, Gedenkgottesdienste abgehalten und Psychologen in die Schulen geschickt. Sogar Banner mit Notrufnummern für Unentschlossene wurden an den Brückenpfeilern angebracht und nachts beleuchtet. Ich hatte das

Ganze fotografiert. So wie ich alles fotografierte, was mir in irgendeiner Weise wichtig erschien. Als Erinnerung. Keine großen Werke. Dafür reichte mein kleiner Fotoapparat nicht aus. Mein Vater sagte immer, er habe mit einer selbst gebastelten Lochkamera angefangen, wenn ich zu lange vor der Vitrine mit den teuren Spiegelreflexkameras stehen blieb, die er in seinem Fotogeschäft verkaufte. Er war glücklich über die neue Kundschaft, die ihm die Selbstmordserie in den Laden spülte. Journalisten, Schaulustige und Freaks, alle gaben sie ihr Geld in der Innenstadt aus. Im Fernsehen liefen Sondersendungen, bei denen Experten so taten, als würden sie wissen, was in den Köpfen von Teenagern vor sich ging. Unglückliche Liebe. Die Angst, als Loser dazustehen. Immer wieder war die Rede von heftigen Reaktionen in unfertigen Gehirnen. Vom Ende der Kindheit. Von Büchern, in denen all das geschrieben steht. Alles Quatsch, sage ich euch. Mein Leben werdet ihr darin nicht finden. Ich habe nicht dieselben Gefühle wie ihr. Ich bin anders. Schon immer. Und sollte ich eines Tages auch auf einer Brücke stehen, was keine gute Idee ist, weil es angenehmere Möglichkeiten gibt, sich von dieser Welt zu verabschieden, könnt ihr hier meine Geschichte nachlesen. Aus erster Hand. Keiner soll später behaupten, mich gekannt zu haben. Denn wie ich wirklich bin und warum ich mich mit dem Zustand der Verzweiflung besser auskenne als jeder Experte, möchte ich gerne selbst erzählen. Fangen wir bei meiner Familie an, wie sie war, bevor ich die Stange losgelassen habe, ohne zu wissen, dass ich eine Kettenreaktion in Gang gesetzt hatte. Wie so oft im grauen Monat Dezember, saßen wir gemeinsam beim Abendbrot. Meine Mutter legte großen Wert auf dieses Ritual. Vor allem in der Vorweihnachtszeit. Im Fernsehen wurde das Viadukt gezeigt. Aus allen Perspektiven. Ein Sprecher mit extrem tiefer Stimme begleitete den Flug der Kamera mit den neuesten Selbstmordstatistiken und sprach von einer »trügerischen Kleinstadtidylle«. Jana, meiner zwei Jahre älteren Schwester, ging der ganze Rummel auf die Nerven. Sie griff nach der Fernbedienung und schaltete aus. Meinen Protest würgte sie wie üblich mit einem »Das kapierst du nicht!« ab. Bewusst verzichtete sie dabei auf das kleine Wörtchen »noch«, weil sie mich – wie etwa neunzig Prozent der Menschheit – für einen dämlichen Vollidioten hielt. »Fernsehglotzen ist Opium fürs Volk«, sonderte sie ihren Standardspruch ab und setzte sich an den Esstisch. Mein Vater holte eine Flasche Sekt aus dem Kühlschrank. Er ließ den Korken knallen und verkündete, dass ihm die Bank heute grünes Licht für einen neuen Kredit gegeben habe. Mit der Sofortentwicklung digitaler Bilder würde er in Zukunft auch jüngere Kunden anlocken.

Er hatte nicht mit Janas Reaktion gerechnet. Wie immer fand meine große Schwester das Haar in der Suppe. »Du hast den Kredit doch nur wegen der Selbstmorde bekommen«, fuhr sie ihn an. »Ist dir das egal?«

»Es gibt immer Gewinner und Verlierer«, stöhnte mein Vater. »Bestatter verschenken ja auch keine Särge, wenn irgendwo ein Flugzeug abstürzt. Das kann keiner von ihnen verlangen.« Er verdrehte die Augen. Er hasste solche Diskussionen. Und Jana war eine unberechenbare Gegnerin.

»Du musst den Gewinn einer sozialen Einrichtung spenden«, forderte sie lautstark. »Sonst bereicherst du dich am Leid anderer.«

»Das Geschäft eures Vaters ist bereits eine soziale Einrichtung«, versuchte meine Mutter die Lage zu entschärfen und gab meinem Vater einen Kuss. Jana zeigte ihr die kalte Schulter und machte weiter. Die Sehnen an ihrem dünnen Hals traten hervor und schienen jeden Moment zu zerreißen. »Ihr findet es also okay, dass Menschen und Tiere gekillt werden, weil die Rüstungsindustrie oder die scheiß Fleischbranche damit Gewinne machen? Das kann doch nicht euer Ernst sein!« Janas Augen hatten sich zu Schlitzen verengt. Ihre Finger krampften wie die Krallen einer Raubkatze. Für Elton, unseren sensiblen Rauhaardackel, war das zu viel. Er kroch unter der Eckbank hervor und warf uns – soweit ich seine von Natur aus eingeschränkte Mimik verstand – einen missbilligenden Blick zu.

»Jetzt mach mal halblang«, sagte mein Vater. »*Ich* kann nichts dafür, dass die Jugendlichen gesprungen sind. So schrecklich es auch sein mag. Das Leben muss weitergehen.«

»Papa kann ja nicht den Laden schließen«, mischte ich mich ein.

»Hat dich jemand gefragt, kleiner Bruder?« Jana blickte mich herablassend an. »Schau lieber, dass du mal ein Buch in die Hand nimmst, bevor dein Hirn noch völlig degeneriert.«

»*Degener*-was?«, fragte ich.

»Zu viel Sport macht die Birne weich.« Sie tippte mit dem Zeigefinger gegen meine Stirn. Ich schlug ihre Hand weg.

»Jetzt ist gut!«, sagte meine Mutter. »Hört auf! Beide!«

»Klar! Nur keine Probleme wälzen!«, giftete meine Schwester weiter. »Was gehen uns die anderen an. Hauptsache, wir haben genug zu fressen.« Sie schlug mit der Faust auf den Tisch. Das Geschirr klapperte.

»Kleines Fräulein«, schnaubte meine Mutter. »Langsam habe ich die Nase voll. Letztes Jahr wolltest du, dass wir nur noch Bio-Sachen kaufen – *das* haben wir getan. Dann sollten wir nur noch einmal die Woche Fleisch essen. Auch *das* haben wir getan. Irgendwann ist Schluss mit der Tyrannei!«

Meine Schwester rammte die Zinken ihrer Gabel in eine Cocktail-Tomate. Dunkelroter Saft spritzte über den Tisch. »Ihr könnt mich alle mal, ihr Ignoranten!« Sie sprang auf.

Mein Vater wischte sich einen Klecks von der Wange.

»Setz dich wieder hin, Jana!«, befahl meine Mutter. »Sofort!«

»Fickt euch!«

»Was hast du gesagt?« Meine Mutter stand unter Schock. »Geh auf dein Zimmer!«

Mit geballten Fäusten und einem leichten Zittern unter den Au-

gen stand meine Schwester da. Unentschlossen. Ich war darauf gefasst, dass sie als Nächstes den Tisch umkippte, und machte mich zum Absprung bereit. Mein Vater knüllte seine Serviette zusammen und klatschte sie auf den Tisch. »Hast du nicht gehört, was deine Mutter gesagt hat?«
Fluchend verschwand Jana nach oben. Laute Punkmusik dröhnte durch das Haus und ließ die Balken erzittern. Als sie nach zehn Minuten immer noch Lärm machte, ging meine Mutter zum Sicherungskasten und legte den Schalter für das obere Stockwerk um. Es folgte ein wütender Schrei, dann war es still.
»Scheiß Pubertät«, seufzte mein Vater und räumte den Tisch ab. »Hoffentlich geht es bei dir glimpflicher ab.«
Ich nickte – und sollte mich täuschen.

| Drei |

Als ich wieder zu mir kam, lag ich in einem Krankenzimmer. Obwohl es ziemlich dunkel war, ließ der unverwechselbare Geruch von Desinfektionsmitteln, den ich noch von meinem letzten Besuch (Mandel-OP) in der Nase hatte, keinen anderen Schluss zu. Wenigstens war ich noch am Leben, was bei einem Sturz aus fünf Metern Höhe keine Selbstverständlichkeit ist. Durch eine Lücke im Vorhang fiel das Licht der Straßenlaternen. Ein schmaler Streifen, der hinüber zur breiten Tür lief, von wo aus im Moment hektisches Getrappel zu hören war. Vorübergehend übertönte es den pfeifenden Atem meines Zimmernachbarn, der kaum erkennbar im Bett neben mir lag und sich nicht rührte. Ich versuchte mich aufzurichten. Eine äußerst schmerzhafte Angelegenheit, weil mein rechter Arm in einer Schlinge steckte, die man unangenehm stark um meinen Oberkörper gezurrt hatte.

Eine Zwangsjacke?, schoss es mir durch den Kopf. War das hier gar kein normales Krankenhaus, sondern eine Psychiatrie? Ich erinnerte mich an ein Gerücht, das ich während der Brückentragödien aufgeschnappt hatte: *Selbstmörder, die überleben, landen für immer in der Klapse*. Auch wenn meine Mutter der Überzeugung war, dass man dieses Gerücht nur verbreitet hatte, um Nachahmer abzuschrecken, kroch nun Panik in meinen Körper. Was, wenn sie sich irrte? Was, wenn mein Sturz gar nicht wie ein Unfall ausgesehen hatte und das Gerücht gar kein Gerücht, sondern eine Tatsache war? Was sollte ich dann tun? Schreien?

Ich entschied mich dagegen. Sollte ich tatsächlich in einer Irrenanstalt liegen, würde ich mir mit so einer Aktion bestimmt keinen Gefallen tun. Statt durchzudrehen, atmete ich mehrmals hintereinander tief ein und aus. Diese Technik hatte ich beim Yoga-Training meiner Mutter abgeschaut. Sie konnte ihren Körper auf unglaubliche Weise verrenken und dabei normal weiteratmen.

Und tatsächlich gelang es mir damit, die düsteren Gedanken beiseitezuschieben und neuen Mut zu fassen. Noch einmal wanderte mein Blick nach rechts zu den Fenstern. Keine Gitterstäbe, die ihre länglichen Schatten auf den Vorhang warfen. Und warum – wenn das hier eine geschlossene Anstalt war – hätten sie nur einen Arm in eine Zwangsjacke stecken sollen? Das machte keinen Sinn. Alles okay, sagte ich zu mir und fasste an den Hinterkopf, wo ich das Epizentrum neuer, dumpferer Schmerzen ausmachte. Ich ertastete eine Beule, die die Größe einer Walnuss hatte. Wahrscheinlich war ich bei meinem Sturz mit voller Wucht gegen eine der Eisenstangen geknallt. Ich stellte mir die erschrockenen Gesichter meiner Mitschüler vor, als ich da ohnmächtig vor ihnen gelegen hatte. Bestimmt war ich Tagesgespräch in den Klassenzimmern gewesen. Ich konnte nur hoffen, dass niemand auf meine fleckige Sporthose geachtet hatte, sonst würde ich die Schule wechseln.

Nur langsam gewöhnten sich meine Augen an die schlechten Lichtverhältnisse. Ich versuchte mich in der Dunkelheit zu orientieren. Rechts neben meinem Bett entdeckte ich eine Art Fernbedienung, deren Tasten in einem fluoreszierenden Grünton schimmerten. Schließlich konnte ich damit ein Lämpchen anknipsen, das praktischerweise an einem flexiblen Schwanenhals befestigt war. Mein Zimmernachbar bekam davon nichts mit. Er schlief tief und fest, wobei sich das Pfeifen immer mehr zu einem aufdringlichen Schnarchen entwickelte. Das Streulicht meiner Lampe erhellte schwach einen faltigen, hohlen Nacken, der hinauf zu einem spärlich behaarten Hinterkopf führte. Wer auch immer dort drüben lag, er musste ziemlich alt sein.

Vorsichtig hob ich die Bettdecke und richtete die Lampe auf meinen Mittelpunkt. Unter einem nach Waschmittel riechenden Flügelhemdchen erspähte ich meine Lieblings-Boxershorts mit den glubschäugigen Neon-Fröschen. Kurze Erleichterung. Man hatte mich nicht ganz ausgezogen. Aber wo war die fleckige Sporthose? In der Schule? Im Krankenwagen? Bei meiner Mutter? Ich wollte mir gerade ausmalen, wie sie der Notarzt angewidert in einer Plastiktüte verstaut hatte, als mich ein tiefes Räuspern aus den Gedanken riss.

»Und, noch alles dran?«, flüsterte eine fast tonlose Stimme. Sie kam von meinem Zimmernachbarn. Er hatte sich umgedreht. Erschrocken ließ ich die Bettdecke fallen. Ein Klicken, die Neonröhren flackerten, einmal, zweimal, dann war es hell. Jetzt erkannte ich das schmale, faltige Gesicht mit der spitzen Nase und musste schmunzeln. Es gehörte zu Herrn Riegert. Er kam häufig in den Laden meines Vaters, um Bilder entwickeln zu lassen und Geschichten zu erzählen, die, ob wahr oder nicht, meist spannend waren. Oft ging es darin um tragische Verwicklungen, bei denen sich mehrere Männer in ein und dieselbe Frau verliebten und, wie ich fand, schwachsinnige Dinge taten, um sie zu heiraten. »Sie haben die Macht, mein Junge, die Frauen haben die Macht.« Mit diesem Satz endete fast jede seiner Erzählungen. Herr Riegert lebte in einem Seniorenheim, verbrachte aber die meisten Nachmittage bei uns im Laden, um den ein oder anderen Plausch zu halten oder durch die Bildbände berühmter Fotografen zu blättern. Diebe hatten keine Chance, wenn er auf der Empore saß. Ganz diskret forderte er sie dazu auf, die Sachen wieder zurückzulegen und es im Einkaufszentrum vor der Stadt zu probieren. »Die können so was besser verkraften.«

Jetzt hing er an einem Tropf und machte ein verschlafenes Gesicht. Der wässrige Inhalt seiner Infusionsflasche ließ Lichtreflexe auf der Tapete tanzen. Sein Kopfteil fuhr nach oben. »Wolltest du dich umbringen?«, fragte er, und es klang wie ein Vorwurf.

Aus dunklen Knopfaugen blickte er mich in einer Mischung aus Mitleid und Besorgnis an. »Was ist passiert?« Er kratzte sich an der Stirn.
Ich zuckte die Achseln. Das war ein Fehler. Nicht nur, weil ich log, sondern weil ein brennender Schmerz durch meine verletzte Schulter jagte. Ich musste aufstöhnen.
»Sei froh, dass du dir nicht das Genick gebrochen hast«, sagte Herr Riegert unbeeindruckt. »Ein Bekannter von mir ist beim Weinholen ausgerutscht. Zehn Stufen – knack – aus – vorbei. Die Flasche ist heil geblieben. Hat er anscheinend noch in der Hand gehalten, als man ihn fand.«
»Waren meine Eltern schon da?«, krächzte ich, nachdem der Schmerz ein wenig nachgelassen hatte.
»Dein Vater kommt morgen früh so gegen elf wieder, soll ich dir ausrichten. Hast deinen Eltern 'nen schönen Schrecken eingejagt. Deine Mutter sah ganz blass aus.«
Ich musste dringend pinkeln, richtete meinen Oberkörper auf und rutschte vorsichtig zur Bettkante. Sternchen funkelten vor meinen Augen. Ich hatte Mühe, auf die Beine zu kommen. Erst beim zweiten Anlauf sackten sie nicht wieder unter mir weg.
»Schulter auskugeln ist 'ne üble Sache«, meinte Herr Riegert und beantwortete damit meine nächste Frage. »Passiert immer wieder, wenn man nichts tut.« Er räusperte sich auf unappetitliche Weise, entsorgte den Schleim in einem Taschentuch und legte es in die graue Schale neben sich. Ich konzentrierte mich darauf, das Gleichgewicht zu halten. Auf wackeligen Beinen steuerte ich das Klo an.
»Könntest du mir bitte einen Gefallen tun?«
»Klar«, antwortete ich und trat seitlich an sein Bett.
»Einen Augenblick.« Er räusperte sich erneut, verzog angestrengt das Gesicht, schloss kurz die Augen und holte einige Sekunden später ein eckiges Plastikgefäß mit orange-gelbem Inhalt unter seiner Bettdecke hervor. »Ist nett von dir«, sagte er lächelnd.

Ich zögerte einen Augenblick, dann griff ich nach der Flasche. Sie fühlte sich in meiner Hand angenehm warm an. Wäre da nicht der penetrante Geruch nach verdorbener Dosensuppe gewesen. Ich beeilte mich, das Zeug loszuwerden. Dann setzte ich mich – entgegen meiner Angewohnheit – hin und pinkelte. Mir war immer noch etwas schummrig zumute, als ich wenig später meinen Penis inspizierte und schließlich mit Wasser und Seife von den vertrockneten Überresten meines feuchten Tagtraums befreite. Am gerafften Gummibund meiner Boxershorts, ziemlich in der Mitte, entdeckte ich einen kleinen Fleck. Vermutlich waren die Shorts nach unten gerutscht, als ich nach oben geklettert war. Deshalb hatte meine Sporthose alles abbekommen. Ich schämte mich, ekelte mich vor mir selbst. Jetzt war ich also geschlechtsreif, zeugungsfähig oder was auch immer. Natürlich hatte ich damit gerechnet, dass eines Tages so etwas passieren würde, nur war ich davon ausgegangen, dass mein *erstes* Mal unter Ausschluss der Öffentlichkeit und ohne eigenes Zutun, vielleicht in einem Traum, stattfinden würde. Ich erinnerte mich an den Biounterricht, an die Videoaufnahmen lebender Spermien, die wie ein aufgeregter Fischschwarm bei Sonnenschein unter dem Mikroskop geflimmert hatten. Fünf Millionen. Diese unvorstellbare Zahl war mir noch im Gedächtnis geblieben. Mindestens drei Millionen hatte ich nun in den Abfluss gespült. Ihre Mission war gescheitert.
»Willst du drüber reden?«, fragte Herr Riegert, nachdem er die leere Flasche wieder zwischen seinen Beinen verstaut hatte.
»Worüber?«, spielte ich den Ahnungslosen und hob die linke Schulter.
»Na, warum du abgestürzt bist.«
Ich zögerte einen Moment. Herr Riegert schaute mich erwartungsvoll an. Wusste er etwas? Hatten sich die Ärzte wegen meiner fleckigen Sporthose vor Lachen gebogen?
»Ich … ich kann mich an nichts erinnern«, stammelte ich. Ge-

dächtnisverlust nach einem Sturz schien mir nichts Ungewöhnliches.
»Ach so«, meinte Herr Riegert. Es war nicht zu übersehen, dass er mir nicht glaubte.
»Und warum sind Sie hier?«, versuchte ich von mir abzulenken.
»Leber, Nieren. Blutzucker. Kannst dir was aussuchen.« Er zog an der Bettdecke und deutete mit dem Kopf zu seinem rechten Fuß, der in einem dicken Verband steckte. »Dummerweise hab ich mir auch noch den großen Zeh angeknackst.«
Ich wollte gerade etwas sagen, da wurde die Zimmertür aufgedrückt. Die Nachtschwester streckte ihren Kopf herein. »Was ist denn hier los?«
Herr Riegert lächelte ein zahnloses Lächeln. »Der junge Mann hat mir nur kurz beim Wasserlassen geholfen. Wollte Sie nicht schon wieder rausklingeln.«
Ich legte die Bettdecke wieder über seinen Fuß.
»Aber jetzt wird geschlafen.« Sie blickte zu mir. »Und was ist mit dir? Brauchst du ein Schmerzmittel? Die Schulter?«
»Geht schon«, sagte ich und kehrte zurück zu meinem Bett. Die Schwester machte das Licht aus und zog die Tür zu. Keine zwei Minuten später begann Herr Riegert zu schnarchen. Als hätte er sich vorhin zurückgehalten, dröhnte es jetzt um ein Vielfaches lauter.

| Vier |

Ich hatte das Gefühl, erst vor wenigen Minuten eingeschlafen zu sein, als mich eine Frauenstimme aus dem Schlaf riss. Zögerlich öffnete ich die Augen. Neben meinem Bett stand eine Krankenschwester mit hellbraunem, schulterlangem Haar und strahlend blauen Mandelaugen. Sie hatte die Vorhänge zur Seite gezogen. Das Licht der aufgehenden Sonne tauchte ihr Gesicht in flüssiges Karamell. Sie wischte sich eine Strähne hinters Ohr und kippte das Fenster. Vanilleduft wehte zu mir herüber. Es war derselbe Duft, den ich von meiner Mutter kannte, wenn sie sich nach dem Duschen vor der Kommode im Schlafzimmer ihr langes Haar kämmte. Lächelnd bat mich der flügellose Engel aufzustehen, damit er mein Bett machen konnte. Herr Riegert schlief noch. Er lag auf dem Rücken und hatte seinen schmalen Mund bis zum Anschlag aufgerissen. Ein gleichmäßiges Röcheln erfüllte den Raum. Gähnend stieg ich aus dem Bett.

»Tut mir leid«, sagte die Krankenschwester, während sie mit geübten Handgriffen mein Kopfkissen aufschüttelte, »auf der Kinderstation war nichts mehr frei.«

Ich war mir nicht sicher, ob sie damit auf meine Boxershorts anspielte, und musste mich darauf konzentrieren, nicht rot zu werden. Mein Blick folgte ihren fließenden Bewegungen. Sie hatte gepflegte Hände, ohne Risse oder Schrammen. Ihre dezent hellrosa lackierten Fingernägel waren sauber zurechtgefeilt. Als sie sich bückte, konnte ich ihre kleinen Brüste sehen. Sie trug keinen BH und hatte große, dunkle Brustwarzen. Ein kalter Schauer lief mir über den Rücken. Ich hielt den Atem an und musste hohl schlucken. Dann überkam mich dasselbe Gefühl, das ich noch zu gut aus der Turnhalle kannte, bevor ich unter der Decke angekommen war. Ich spannte meine Muskeln an. Es durfte nicht passieren! Nicht jetzt, nicht hier! Ich stellte mir Naturkatastrophen vor, Erdbeben, Kriege, schreckliche Bilder von Verwundeten, um gegen die Reaktion meines Körpers anzukämpfen, aber ich wusste, dass ich nicht gewinnen konnte. Mein Blut zirkulierte nicht mehr, sondern wurde aus Kopf, Armen und Beinen zu meinem Mittelpunkt gezogen. Ich fühlte mich machtlos, ferngesteuert, ohne eigenen Willen. Zum Glück kam mir Herr Riegert zu Hilfe. Noch im Traum, stieß er gegen seine Nachtkonsole. Der Kopf der Krankenschwester fuhr herum. Ich nutzte den Moment und schnappte mir die Bettdecke.

»Ach, Herr Riegert, guten Morgen«, flötete die Krankenschwester. »Sie haben heute noch einen Termin auf der Urologischen.«

Herr Riegert gähnte lautstark. »Bringen Sie mich dahin?« Er versuchte zu flirten.

Die Krankenschwester lächelte. »Das übernimmt ein Pfleger. Ich kümmere mich darum, dass Sie heute genügend trinken.«

»Zu Befehl«, sagte Herr Riegert, dann wandte sich die Krankenschwester wieder zu mir und sah mich verwundert an. So gut es mit einem Arm eben ging, hatte ich mir die Decke um die Hüften geschlungen.

»Mir ist kalt«, sagte ich schnell.

Sie runzelte die Stirn.

Wenn ich so weitermachte, würde ich tatsächlich bald in der Klapse landen. Schnell schlüpfte ich wieder in mein Bett. Die Krankenschwester legte ihre Hand auf meine Stirn. »Du schwitzt ja. Mal schauen, ob du Fieber hast.« Sie zog ein Thermometer aus ihrem Kittel. »Mund auf!« Noch einmal konnte ich einen Blick auf ihre Brüste erhaschen, dann kümmerte sie sich um Herrn Riegert. Ich starrte fasziniert auf ihren kleinen birnenförmigen Hintern, während eine Serie von Brustwarzen-Bildern durch mein Bewusstsein waberte. Das Thermometer piepte. Die Krankenschwester zog es mir aus dem Mund. »Alles

in Ordnung. Keine erhöhte Temperatur.« Verdutzt steckte sie es wieder ein.
Ich nickte nervös.
»Kannst du dich selber waschen oder soll ich dir nachher helfen?« Sie entblößte ihre kleinen weißen Zähne.
»JA!!!«, wollte ich schreien, »bitte helfen Sie mir!« Doch dann gewann mein Verstand wieder die Oberhand und ich sagte kleinlaut: »Kann ich selber.«
Herr Riegert hob seine Augenbrauen und warf mir ein verschmitztes Lächeln zu. Summend verschwand die Krankenschwester aus dem Zimmer.
Vielleicht war ich tatsächlich krank, ernsthaft krank. Ich erinnerte mich daran, wie mich meine Mutter früher immer gebadet hatte. Und einmal, da hatte sie mich gefragt, ob ich meine Vorhaut zurückziehen könne. Das sei wichtig für einen Jungen, hatte sie gesagt. Und ich hatte es probiert, als sie kurz aus dem Bad gegangen war, und ihr nachher stolz verkündet, dass alles mit mir okay sei. Seit damals waren viele Jahre vergangen. Nur noch selten hatte mich meine Mutter nackt gesehen. Nur noch selten fest an sich gedrückt und auf den Mund geküsst. Und wenn ich mir die Erinnerungen ins Gedächtnis rief, wie wir beide früher bei Gewitter auf dem Sofa gelegen hatten, eng aneinandergekuschelt, wurde ich traurig, weil das nie wieder so sein würde, das wusste ich.

Während ich das Frühstück hinunterschlang, erzählte Herr Riegert, dass er das Krankenhaus mochte, weil sein Sohn hier geboren wurde. Über seine Familie hatte er noch nie gesprochen, obwohl er wie gesagt ziemlich viel erzählte, wenn er in den Laden meines Vaters kam.
»Mein Sohn ist sehr beschäftigt«, sagte er, »sehr beschäftigt.« Er würde in Paris für eine große Anwaltskanzlei arbeiten, die auf internationales Patentrecht spezialisiert sei. Seiner Familienge-

schichte folgte ein Zeitsprung ins Mittelalter. Diesmal handelte es sich um eine Dreiecksgeschichte. Eine Frau zwischen zwei Männern. Am Ende gab es ein Duell, bei dem ein Herzog erschossen wurde, weil seine Pistole zuvor vom Gegner manipuliert worden war. Herr Riegert hatte eine Abneigung gegen kitschige Happy Ends. Meist wurden seine Helden von irgendwelchen Seuchen wie der Syphilis oder auch der Pest dahingerafft. Selbst wenn sie ihr Ziel erreicht hatten und die Frau ihres Herzens nun an ihrer Seite lebte. Das höchste der Gefühle war ein offenes Ende, aber auch dazu ließ er sich nur selten hinreißen.

Kurz vor elf setzte ich mich auf eine Bank vor dem Haupteingang und wartete auf meinen Vater. Ich wollte nicht, dass Herr Riegert dabei war, wenn ich mit ihm die schmutzigen Details erörterte. Schon die morgendliche Visite war äußerst unangenehm gewesen. Ich hatte behauptet, mich nicht mehr erinnern zu können, weshalb ich die Stange losgelassen hatte, und war daraufhin in eine enge Röhre gesteckt worden, mit der man mein Gehirn in Scheiben schneiden konnte, ohne die Schädeldecke aufzusägen. Natürlich war alles in Ordnung. Kein Tumor oder Ähnliches, und Gedanken konnte dieses laut klopfende Monstrum ja zum Glück nicht lesen. Im Gegensatz zu meinem Vater. Bestimmt wusste er schon Bescheid, hatte die Sporthose gesehen und eins und eins zusammengezählt. Ihm konnte man nichts vormachen. Er verfügte über hervorragende Menschenkenntnisse.

»Du siehst ja schon wieder viel besser aus«, begrüßte er mich um kurz vor zwölf. Mit Pünktlichkeit nahm er es nicht so genau. Er wischte sich mit dem Handrücken die glitzernden Schweißperlen von der Stirn und machte sein Fahrrad an der Bank fest. Seine dunklen Locken hatte er mit einem ausgeleierten Haarband – vermutlich aus der Kollektion meiner Schwester – nach hinten gebunden. Mit langsamen Bewegungen öffnete er die Packtaschen, zog zuerst seine Fotomappe aus braunem, vertrocknetem Leder heraus und dann noch eine ausgebeulte Aldi-Tüte. Obwohl der Sommer erst begonnen hatte, konnte man sich schwer vorstellen, dass seine Haut noch dunkler werden konnte. Er deutete eine Umarmung an, strich mir stattdessen über die Wange und ließ sich dann neben mich auf die Bank plumpsen. »Ich soll dich auch von Mama grüßen. Im Eiscafé ist bei dem Wetter die Hölle los.« Im Sommer arbeitete meine Mutter neben ihrem Job in einer Scheibenwischerfabrik als Aushilfe in einem Eissalon. Damit finanzierte sie ihre Ausbildung zur Yoga-Lehrerin und war ständig gestresst.

Mein Vater fasste mit der Hand hinter den Rücken und zog eine Postkarte hervor. »Soll ich dir von Mama geben«, sagte er, begleitet von einem tiefen Seufzer.

»Ist sie total ausgerastet?«, fragte ich und betrachtete die Karte mit dem undefinierbaren Kunstaufdruck. Am unteren Rand stand der Spruch »Gott schickt dir Engel«.

»Du kennst sie ja.« Er lächelte gequält. Sein Blick ging hinüber zu meinem bandagierten Arm. »Was ist denn genau passiert?«

Ich zögerte die Antwort einen Moment hinaus. Hatte er wirklich keine Ahnung oder war ihm das Thema zu heikel? Über Sex hatten wir ja nie gesprochen. Vielleicht wollte er, dass ich den Anfang machte. »Mir war *irgendwie* schwindelig«, sagte ich mit leicht angehobenen Augenbrauen und wartete auf seine Reaktion. Spätestens jetzt musste er aus der Reserve kommen, wenn er etwas wusste, aber er sagte nur »Hast noch mal Glück gehabt« und zog eine Flasche Multivitaminsaft und zwei Äpfel aus der Tüte. »Damit du wieder auf die Beine kommst.« Er packte sie wieder ein und stellte die Tüte neben mich. »Ist was mit deinen Augen?«

»Nein, alles okay, nur … die Sonne.« Ich verzog das Gesicht. Der Schmerz in meiner Schulter wurde wieder stärker.

»Sie haben dir die Schulter unter Vollnarkose eingerenkt. War ziemlich verdreht. Der Arzt hat gesagt, dass du vielleicht irgend-

wann operiert werden musst, wenn das öfter passiert.« Er wuschelte mir durchs Haar. »Jetzt schau nicht so. Ist vielleicht auch gar nicht nötig. Du bist ja noch im Wachstum.«
»Und was ist mit Handball?«
»Kannst du auch wieder spielen. Musst nur ein paar Wochen pausieren. Hat der Arzt noch nicht mit dir gesprochen?«
»Der hatte es vorhin eilig.«
Mein Vater grinste. »Und was ist mit Herrn Riegert? Hat er dir schon ein paar neue Geschichten erzählt?«
»Wusstest du eigentlich, dass er einen Sohn hat?«
»Einen Sohn?« Er runzelte die Stirn. »Hast du ihn kennengelernt?«
»Der lebt in Paris.«
»Kann mich nicht erinnern, dass er von ihm erzählt hat.« Er zog ein Kuvert aus seiner Ledermappe. »Bevor ich's vergesse. Hab ich heute Nacht noch für ihn entwickelt. War ganz schön viel Arbeit. Einige waren ziemlich überbelichtet. Hab ich so gut es ging korrigiert.« Er steckte das Kuvert in die Tüte zu den anderen Sachen. »Aber sag ihm nichts davon. Er wird eben auch langsam älter.«
Ich nickte.
»Ist was? Du siehst so nachdenklich aus.«
»Nein, nichts, nur ...«
»Jetzt mach dir keine Gedanken, das mit dem Handball wird schon wieder.« Er tätschelte mir den freien Arm. Eine Flut von möglichen Satzanfängen lag in meinem Sprachzentrum zur Abholung bereit. Aber wie sollte ich ihm verdammt noch mal erklären, was da oben passiert war? Ich wusste es ja selbst nicht so genau. Sollte ich ihm einfach sagen, dass ich jetzt ein Mann war? Redete man über so etwas? Hatte meine Schwester mit meiner Mutter darüber geredet, als sie zum ersten Mal ihre Tage hatte? Hatten sich die beiden darüber unterhalten, ob es besser war, einen Tampon zu benutzen oder eine Binde? Waren sie zu-

sammen in den nächsten Drogeriemarkt gefahren oder in eine Apotheke oder zum Arzt? Und warum gab es so etwas wie Binden nicht auch für Männer? Bekam man Sperma leichter aus Unterwäsche heraus als Blut? Oder durfte so etwas gar nicht passieren, wie es mir passiert war? War ich irgendwie anders? Sollte mich der Arzt auch da unten untersuchen? Und redeten Männer überhaupt über so etwas? Ich mein, nicht so dreckig, sondern ernsthaft, oder können das nur Frauen? Ich war ja nie wirklich aufgeklärt worden. Wahrscheinlich dachte mein Vater, er würde sich lächerlich machen, wenn er plötzlich von Bienen und Bestäuben anfing, wo heutzutage bereits Elfjährige gesunde Babys zur Welt brachten und an jeder Ecke Sexwitze gemacht wurden. Aber genau darin lag meiner Meinung nach der Irrtum. Es war wie Autofahren, ohne zu wissen, dass es bei einem Crash Tote geben kann. Mir fehlte das komplette Basiswissen.

»Wollte dein Vater nicht kurz hochkommen, um Hallo zu sagen?«, fragte Herr Riegert, nachdem er seinen Mittagsschlaf beendet hatte.

»Er hatte es eilig«, antwortete ich. »Aber ich soll Sie grüßen.«

»Läuft gut, der Laden, seit der Sache mit dem Viadukt. Die neuen Geräte. Und seine Aushilfe ist auch hübsch anzusehen.« Seine Mundwinkel gingen nach oben.

»Wollen Sie einen Apfel?«

»Danke, von Früchten kriege ich immer Blähungen.« Er klopfte sich mit der flachen Hand auf den Bauch, dann entdeckte er den Umschlag auf seiner Nachtkonsole. »Das ist ein Service. Auf deinen Vater ist Verlass.« Er richtete sich auf. »Willst du auch mit reinschauen?«

Ich ging zu ihm hinüber und setzte mich auf den Stuhl neben seinem Bett. »Ich mag Schwarz-Weiß-Fotos«, sagte ich, als er das erste Bild aus dem Umschlag zog. »Sieht irgendwie ordentlicher aus als Farbe.«

»Hmh«, brummte Herr Riegert. Unzufrieden starrte er auf das Foto eines abgestorbenen Baums, der wie eine riesige Hand mit langen dürren Fingern aus dem Waldboden herausragte. »Falsche Blende«, stieß er seufzend hervor. »Die Äste sind viel zu hell. Kein Kontrast, nur Geflimmer.« Er schaute zu mir. »Irgendwann ist Erfahrung nicht mehr viel wert. Dann vergisst man, was man sich mühsam angeeignet hat, und erinnert sich stattdessen an Dinge, die man lieber vergessen will.« Er legte die Bilder aus den Händen und streckte sich. »Ach, was erzähle ich dir da. Für dich beginnt ja bald die beste Zeit des Lebens. Mach dir keine Gedanken und tob dich aus.« Er musste etwas ahnen. So wie er mich jetzt anschaute, hatte er in seiner Jugend vielleicht Ähnliches erlebt. Mein Blick ging hinüber zur Tür. Die hübsche Krankenschwester betrat das Zimmer. Herr Riegert schenkte ihr ein strahlendes Lächeln. »Was würde ich dafür geben, noch einmal so jung zu sein.« Er blickte mich wehmütig an.

»Vorerst würde mir etwas Blut reichen«, meinte die Schwester und winkte mit einer leeren Spritze.

»Frauen können das Paradies sein oder die Hölle«, sagte Herr Riegert. Dann verfehlte die Nadel zum ersten Mal seine Vene.

| Fünf |

Meine Rückkehr an die Schule verlief relativ reibungslos. Ich war der Typ mit den angeschlagenen Eiern, dem gebrochenen Schwanz, dem geplatzten Sack. Dass ich nicht stärker gedemütigt wurde und mich nach einer neuen Schule umsehen musste, verdankte ich der Beschaffenheit meiner Sporthose. Die Farbe Rot hatte mich gerettet. Rot gleich Blut. Das war die direkteste Verbindung, die einfachste Schlussfolgerung, und für mich: der Glücksfall. Niemand war auf die Idee gekommen, dass es sich bei der ausgetretenen Flüssigkeit um frisches Sperma gehandelt hatte, und dafür war ich dankbar.

»Scheiße, die Weiber …« Noel schüttelte ungläubig den Kopf. »Hast du gesehen, wie die dir hinterherstarren? Ist der Wahnsinn.«

»Die machen sich über mich lustig«, sagte ich und beschleunigte meinen Schritt.

»Und wenn schon.« Er nickte ein paar Mädchen zu, die vor dem Musiksaal standen und ihre Köpfe zusammensteckten. »Wenigstens wissen sie jetzt, dass du existierst. Das ist groß, ganz groß. So was sollte mir mal passieren. Schau mal, sogar Mara, die Schlampe, lächelt.«

»Sie ist keine Schlampe.«

»Sie hat wiederholt, weil sie vor lauter Typen nicht mehr zum Lernen gekommen ist.«

»Du bist so doof.«

»Nicht doof genug. Sonst würde ich sie auch abschleppen.« Er ließ seine Zahnspange aufblitzen.

Ich rammte ihm meinen spitzen Ellenbogen in die Seite.

»Idiot«, stöhnte er. »Natürlich würde ich teilen.« Er grinste.

»Sehr witzig.«
Gerne würde ich sagen, dass mein Leben wieder normal weiterlief, unbeschwert, so wie vor dem Tag x, aber das wäre gelogen. Denn in mir war etwas entstanden, für das ich noch keine Worte hatte. Und hätte ich dafür Worte gehabt, hätten sie meinen Mund im gleichen krächzenden Tonfall verlassen wie die Töne, die ich nun in der letzten Reihe des Schulchors aus mir herauswürgte. Noel neben mir verzog vielsagend das Gesicht. Ich zuckte die Achseln und beschränkte mich darauf, die Lippen zu bewegen. Wir beide waren als Sänger von Natur aus mittelmäßig, doch deshalb waren wir auch nicht hier. Wir sangen für die Männerquote und die Aussicht auf eine Woche schulfrei. Leider blickte Herr Kunert genau in dem Moment in meine Richtung, als ich einen weiteren Versuch unternahm, Herr über meine Stimmbänder zu werden, und ein seltsam klagender Laut meinen Mund verließ. Seine letzten Worte waren: »Da musst du durch, wenn du ein Mann werden willst.« Dann fügte er lachend hinzu: »Für einen Kastraten ist es leider zu spät.« Ich wusste nicht, was er damit meinte, und überreichte ihm meine Noten. Er war damit einverstanden. Meine Pechsträhne schien weiterzugehen. Zwei Wochen musste ich mit Sport pausieren, bis das Ziehen in Nacken, Schulter und Rücken verschwunden war und die blauen Flecken an meinem Brustkorb ihre Farbe von dunkelblau in einen schmutzigen Gelbton gewechselt hatten. Zuerst dachte ich, dass der fehlende Schlaf (ich konnte nur auf dem Rücken liegen) und die Schmerztabletten daran schuld seien, dass ich mich nicht mehr konzentrieren konnte, doch als es nach drei Wochen immer noch nicht besser war, kamen mir erste Zweifel. Denn die Welt um mich herum hatte sich verändert. Klassenräume, Fußgängerzonen oder das örtliche Freibad, meine Blicke waren gefiltert, zielgerichtet, wie bei einem Roboter, der blinkt und ruckelt, sobald er das gesuchte Objekt identifiziert hat. In meinem Fall handelte es sich dabei um Busen, Hinterteile, Hüften und

Taillen in allen erdenklichen Formen und Größen. Wenn ich in die benachbarte Großstadt ging und durch die Fußgängerzone schlenderte, fielen mir die großen Plakatwände auf, mit denen man eingerüstete Gebäude zu überdimensionalen Werbeträgern für Dessous tragende Monster-Busen-Models gemacht hatte. Körbchen, so riesig, dass man darin schaukeln wollte. Bronzeglänzende Beine, die in sehnige Füße mündeten. Riesige Münder mit wulstigen Glanzlippen, die anbetungswürdig auf mich herabblickten und meine Gedanken einsaugten, bis von ihnen nur noch eine Schwellung, ein Ständer, eine Erektion, ein unkontrollierbares Stück Fleisch übrig blieb. Mir drängte sich die Frage auf, ob ich Teil eines Massenphänomens war und es allen Männern so ging oder ob ich mir Sorgen über meinen Gesundheitszustand machen musste. In dem Maße, wie sich die Temperaturen der Dreißig-Grad-Marke näherten und die Sonne den Menschen ihre unbeschwerte Fröhlichkeit aufzwang, verschlimmerte sich mein Zustand. Hochhackige Schuhe, eng anliegende Tops, Hotpants, bald genügte sogar das Klacken von Absätzen, um mich zu reizen. An schlechteren Tagen steigerte sich das Kribbeln zu einem dumpfen Schmerz, den ich nur mit zwei Stunden Radfahren bezwingen konnte. Fünfundvierzig Minuten stillzusitzen war kaum auszuhalten. Ich konnte an nichts anderes mehr denken als an die unterschiedlichen Formen der Fortpflanzung. Und sobald ich daran dachte, konnte ich nicht mal mehr die einfachsten Aufgaben lösen. Ich musste nicht hinschauen, um Mara in der Reihe vor mir zu sehen, wie sie mit übereinandergeschlagenen Beinen auf ihrem Kugelschreiber herumkaute und ihre Wirbelsäule durchdrückte, bis sich ihr kleiner Busen rund und weich nach außen wölbte. Ihre Schönheit hatte ich auch schon vor meinem Unfall bemerkt, doch jetzt begriff ich, was dieses Wort tatsächlich bedeutete. Dass es einen Menschen zu einer Sonne in einem kleinen Sonnensystem machte, zu einer Achse, um die sich viele unscheinbare Planeten drehten, von denen manche verglühten, wenn sie ihr zu nahe kamen. Hatte ich als Kind öfter davon geträumt, nachts in einem riesigen Kaufhaus eingesperrt zu sein, aus dem ich so viele Turnschuhe mitnehmen durfte, wie ich wollte, so führten mich meine Träume nun in gigantische Supermärkte mit lebenden, spärlich bekleideten Schaufensterpuppen. Ich schob einen riesigen Einkaufswagen vor mir her und nahm sie alle mit, um unaussprechliche Dinge mit ihnen anzustellen.

Mittlerweile war ich mir nicht mehr sicher, ob mein Gehirn bei dem Sturz nicht doch etwas abbekommen hatte. Bilder, die ich tagsüber aufgesaugt hatte, überfluteten meine Gedanken, sobald ich im Bett lag und die Augen schloss. Der Vorhang öffnete sich. und Filme wurden gezeigt, für die ich mit dreizehn Jahren definitiv noch zu jung war. An Schlaf war gar nicht zu denken. Ich war aufgekratzt, meine Decke klemmte zerknüllt zwischen meinen blassen, schwitzigen Oberschenkeln und meine Unterhose spannte zum x-ten Mal an diesem Tag. Die Leuchtziffern meines Weckers machten sich einen Spaß daraus, die Minuten ins Unendliche zu dehnen. Es war kurz nach drei, und außer dem Wind, der leise durch die Blätter des Kirschbaums vor meinem Fenster strich, war nichts zu hören. Ich stand auf. Jetzt bemerkte ich mein verschwitztes T-Shirt. Ich ging hinüber zum geöffneten Fenster, zog einen Zweig heran und pflückte eine Kirsche. Sie war so prall mit Fruchtfleisch gefüllt, dass sie knackte, als ich in sie hineinbiss, aber sie schmeckte süß, süßer als sonst – zu süß. Ich spuckte sie wieder aus. Hatten sich jetzt auch noch meine Geschmacksnerven gegen mich verbündet? Ich konnte doch sonst nicht genug davon kriegen. Die Sprudelflasche neben meinem Bett war leer, also ging ich nach unten in die Küche.

Während ich die Kohlensäure in kleinen, kaum hörbaren Rülpsern in die Stille der Nacht entließ, überlegte ich, was ich tun sollte. Ich stellte die Flasche ab und fasste in meine Unterhose. Die weiche, trockene Haut war immer noch gespannt, weit entfernt von dem, was man als Normalzustand bezeichnen konnte. Das änderte sich auch nicht, nachdem ich gepinkelt hatte. Sollte es denn ewig so weitergehen? Schlafmangel war auf Dauer ungesund, aber Noel war der festen Überzeugung, dass der Ausbruch seiner Akne in direktem Zusammenhang mit der Entdeckung seiner Sexualität stand. »Es macht süchtig«, hatte er mir verraten, und wie bei jeder Abhängigkeit müsste man die Dosis steigern, um den Kick, wie er es nannte, zu erleben. Selbstbefriedigung sei anders als richtiger Sex, hatte er mir erklärt. Bei richtigem Sex müsse man sich anstrengen, um zum Höhepunkt zu kommen, deshalb würde man davon auch nicht abhängig werden oder Pickel bekommen. Obwohl Noels Theorie wie ein Gerücht klang, wollte ich es nicht auf einen Versuch ankommen lassen. Immerhin war er ein Jahr älter als ich. Hatte also schon länger mit rebellierenden Hormonen zu kämpfen und in den letzten Monaten ziemlich üble Akne bekommen. Das Risiko war mir zu groß. Es musste eine andere Möglichkeit geben, um mich von diesem Druck zu befreien. Ich rief mir ins Gedächtnis, was in der Turnhalle zu den Zuckungen in der Lendengegend und dem entspannten Zustand danach geführt hatte, und kam zu dem Schluss, dass es einen Zusammenhang zwischen Armmuskulatur und Penis geben musste. Die Reibung alleine konnte es nicht gewesen sein. Vielleicht war ich ein anatomisches Wunder. Doch um das zu überprüfen, konnte ich wohl kaum nachts in Turnhallen einbrechen.

Als ich wenig später im Treppenhaus stand, kam mir die rettende Idee. Ich betrachtete die steile Holztreppe mit dem breiten Handlauf. Als Kind war ich dort ständig runtergerutscht. Ich konnte doch versuchen, mich an den Sprossen nach oben zu ziehen. Das musste fast genauso anstrengend sein, wie sich an einer Stange hochzuziehen oder – um Noels Theorie aufzugreifen – richtigen Sex zu haben. Bevor ich meinen Plan in die Tat umsetzte, schaltete ich das Licht im Flur aus und horchte in die

Stille. Elton lag zusammengerollt auf dem Läufer vor der Wohnzimmertür und hatte die Augen geschlossen. Er schien mal wieder in einen Albtraum verwickelt zu sein. Jedenfalls drang ein Mitleid erregender, fiepsender Laut aus seinem Maul. Vielleicht träumte er gerade von einer paarungswilligen Hundedame, die unerreichbar am anderen Ende der Stadt lebte. Sein letzter, erfolgloser Besteigungsversuch lag Monate zurück. Mittlerweile rieb er sich aus Mangel an Alternativen an Hosenbeinen oder seinem Hundekorb, bis ihn meine Mutter zurechtwies. So gesehen befanden wir uns in einer ganz ähnlichen Lage.

Ich zögerte nicht lange, sondern setzte mich rittlings auf das Treppengeländer, beugte meinen Oberkörper nach vorne, fasste mit den Händen nach der ersten Sprosse und zog mich mit aller Kraft nach oben. Meine rechte Schulter schmerzte ein wenig, aber ich bildete mir ein, dass meine angespannte Armmuskulatur mit jedem Zug ein stärkeres Kitzeln in meinem ebenfalls angespannten Unterleib erzeugte. Die Augen geschlossen, konzentrierte ich mich darauf, meinen schweren Atem geräuschlos durch den Mund zu schicken. Mein Herz hämmerte gegen meine Rippen in das Holzgeländer, aber ich befand mich auf direktem Weg ins Paradies. Mir wurde schummrig und meine Haut heizte auf wie bei einem starken Sonnenbrand. Ich zögerte den Augenblick des Triumphs ein wenig hinaus, griff nach der nächsten Sprosse und stellte mir dabei Mara vor. Dieses Bild in meinem Kopf steigerte mein Wohlbefinden. Sie lächelte mir zu. In Zeitlupe. Sie nickte und ich spannte meine Muskeln noch stärker an. Plötzlich spürte ich ein merkwürdiges Kitzeln an meinem linken Fuß. Vielleicht kam es daher, weil das Blut jetzt an anderer Stelle gebraucht wurde. Ich versuchte es zu ignorieren, aber es gelang mir nicht. Irritiert öffnete ich die Augen und blickte über meine linke Schulter. Da stand Elton! Schwanzwedelnd leckte er meinen nackten Fuß ab. Eine Lefze war leicht nach oben gezogen. Seine Schnauze umspielte ein Lächeln. Nun schob er seine

Zunge in meine Zehenzwischenräume. Seufzend zog ich den Fuß zurück.

»Verdammt, Elton!«, flüsterte ich in scharfem Ton, woraufhin er getroffen den Kopf senkte. Unverrichteter Dinge stieg ich vom Handlauf. Mein Vorhaben war gescheitert. Ich wollte nicht, dass er mir dabei zusah, wie ich Sex mit einem Treppengeländer hatte. Auch wenn er im Schlafzimmer meiner Eltern schon einiges erlebt haben musste, war ich mir der Verantwortung bewusst, die ich für seine Psyche hatte.

Am nächsten Tag hatte ich eine weitere Unterhose geschändet. Ohne eigenes Zutun, versteht sich. Ich verstaute sie in der Playmobilkiste unter meinem Bett. Bei Gelegenheit wollte ich sie im Altkleidercontainer am Ende der Straße entsorgen.

| Sechs |

»Könntest du bitte unterschreiben?« Ich versuchte, der Frage etwas Beiläufiges zu geben. Normalerweise hatte meine Mutter eine recht lockere Einstellung zu Schulnoten. Um meine Schwester musste sie sich ohnehin keine Sorgen machen und von mir schien niemand in diesem Haushalt geistige Glanzleistungen zu erwarten. Doch die dritte Fünf in zwei Wochen machte sie stutzig. Sie setzte mit dem Kugelschreiber an, überlegte es sich dann aber anders und ließ die Mine wieder zurückschnappen. Dann schürzte sie die Lippen und warf mir einen fragenden Blick zu. Ich versuchte es mit einem neutralen Gesichtsausdruck.

»Was ist los?« Sie klickte mit dem Kugelschreiber. »Wirst du von jemandem erpresst?«

»Erpresst?«, wiederholte ich. Auf so eine Idee konnte nur meine Mutter kommen.

»Ich hab darüber gelesen.«

»Ist einfach nicht mein Jahr.«

Meine Mutter wackelte mit den Nasenflügeln. »Du riechst.« Sie schnüffelte an meinem T-Shirt.

»Ich hab erst gestern geduscht.«

»Mag sein, aber … soll ich dir nicht doch besser ein Deo mitbringen?« Sie strich mir übers Haar. Bisher hatte Duschgel genügt, um meinen Schweißgeruch zu neutralisieren, aber auch damit war es wohl vorbei.

»Von mir aus«, antwortete ich genervt und wich ihrem Röntgenblick aus. »Krieg ich jetzt 'ne Unterschrift?«

»Schau mich mal an.« Sie nahm mein Kinn zärtlich zwischen Daumen und Zeigefinger, lächelte kurz, ließ es wieder los und setzte zum zweiten Mal mit dem Kugelschreiber an. »Ist wirklich alles okay mit dir? Ich mein, wir haben uns ja schon lange nicht

mehr richtig unterhalten. Haben sie dir eigentlich die Sporthose zurückgegeben?«
»Wie, die Sporthose?«
»Na, du wirst wohl kaum in Unterhose die Stange hochgeklettert sein.«
Ich zuckte die Achseln.
Sie seufzte. »Bestimmt haben sie die Hose im Krankenhaus geklaut. Da kauft man dir einmal 'ne teure Markenhose, und schon ist sie weg. Echte Schweinerei.« Kopfschüttelnd unterschrieb sie die Englisch-Klausur. »Wann ist eigentlich der nächste Elternsprechtag?«
»Ende Juni, glaub ich.«
»Aha.« Sie begutachtete den Test. »Alles Leichtsinnsfehler. Und deine Schrift! Dass das überhaupt jemand entziffern kann!« Ein tiefer Seufzer. »Kannst du mir bitte einen Termin machen?«
»Muss das sein?« Das nächste Mal würde ich ihre Unterschrift fälschen oder meinen Vater unterschreiben lassen.
»Ja, es muss. Genügend Eltern kümmern sich nicht um ihre Kinder. So sind wir nicht. Und deinen neuen Klassenlehrer, Herrn … wie heißt er noch mal?«
»Schott.«
»Herrn Schott kenne ich auch noch nicht. Vielleicht hat er eine Vermutung, was los ist.« Eine Vermutung. Herr Schott. Wie leicht ich dieses Versteckspiel hätte beenden können. Aber die Wahrheit mit der Frau zu teilen, die mich per Kaiserschnitt zur Welt gebracht hatte, oder gar mit ihr über Sex zu reden, das ging einfach nicht. Wahrscheinlich hätte sie meine Unterhosen in Zukunft nur noch mit einer Zange angefasst.
Meine Mutter lächelte. »Jetzt komm schon.« Sie strich mir über den Arm.
Ich gab mich geschlagen. »Wie viel Uhr soll ich ausmachen?«
»Um die Mittagszeit oder ab halb vier. Sonst muss ich extra frei-

nehmen.« Sie knuffte mich kumpelhaft in die Seite. »Jetzt schau nicht so.«
Ich rang mir ein Lächeln ab.
Meine Schwester kam die Treppe herunter. Wie immer barfuß. Ihr zögerlicher Gang – normalerweise hüpfte sie – deutete darauf hin, dass sie etwas von meiner Mutter wollte. Sie kaute an einem Apfel und schmatzte in unerträglicher Lautstärke. Meine Mutter stand inzwischen vor dem geöffneten Kühlschrank und schrieb ihre Einkaufsliste, während ich Elton mit einem übel riechenden Hundesnack versorgte. Die Sache mit dem Treppengeländer hatte ihn noch anhänglicher gemacht. Vielleicht wusste er, was mit mir los war, und wollte mir beistehen.
Jana kratzte sich mit dem rechten Fuß das linke Schienbein. Es war total zerstochen. Mein Vater sagte, ihr süßes Blut würde die Schnaken verrückt machen.
»Mama, kann ich am Wochenende nach Zürich fahren?« Janas Stimme war ein Säuseln. Mit dem Zehennagel hatte sie einen Stich aufgekratzt. Blut lief ihr über das Schienbein. »Nicht ablecken!«, wehrte sie Eltons Zunge ab.
Meine Mutter ließ sich Zeit mit der Antwort. Sie verstaute den kleinen Notizblock in ihrer Handtasche, während Jana mit einem Taschentuch das Blut wegtupfte.
»Du weißt doch, dass dein Bruder Geburtstag hat«, sagte meine Mutter.
Jana lächelte mich an. Übertrieben freundlich. »Es macht dir doch nichts aus, oder?«
»Schon okay.«
»*Ich* will aber, dass du da bist!« Die Stimme meine Mutter wurde lauter. »Mit wem willst du überhaupt dorthin fahren?«
Jana verdrehte die Augen. »Jetzt fängt das schon wieder an.«
»Wann willst du uns deinen Freund endlich vorstellen?«
»Irgendwann. Ihr sagt doch selbst immer, dass ihr keine Spießer seid.«

»Ist dein Freund ein Monster, oder warum kannst du ihn nicht einfach mal mitbringen?«
»Mum, du machst dich lächerlich.«
»Ich mache mich lächerlich.« Sie griff nach ihrer Handtasche.
»Na gut, dann rede mit deinem Vater. Wenn er damit einverstanden ist, dass du mit einem Wildfremden in die Schweiz fährst, dann hast du auch mein Okay.«
»Das ist unfair!«
»Schläfst du mit ihm?« Meine Mutter blickte Jana direkt in die Augen. »Ich will, dass du endlich die Pille nimmst!«
»Ich hab keinen Bock auf diese Hormonschleuder. Hast du mal die Packungsbeilage gelesen? Ist der reinste Wahnsinn. Und die Pharmaindustrie reibt sich die Hände. Da mach ich nicht mit. Kondome sind genauso sicher.«
»Eine Abtreibung kommt nicht in Frage!«
»Reg dich ab!«
»Wer Sex hat, hat Verantwortung.«
»Und Spaß.«
»Zürich ist gestrichen!«
»Du bist gemein! Wenn ich volljährig bin, könnt ihr mich mal. Dann hau ich ab.«
Die beiden machten noch einige Minuten so weiter. Es schien sie nicht zu stören, dass ich danebenstand. Wahrscheinlich rechnete keiner damit, dass auch für mich nun der Ernst des Lebens begonnen hatte und ich etwas Hilfe und Verständnis bitter nötig gehabt hätte. Der Schlagabtausch endete damit, dass sich meine Mutter darauf besann, ihre Atmung von der Brust in den Bauch zu verlagern, und meiner Schwester doch noch erlaubte, nach Zürich zu fahren. Die Rolle der strengen Mutter, in die sie manchmal schlüpfen musste, um das Chaos in den Griff zu bekommen, gefiel ihr nicht besonders. Wenn sie dabei laut wurde, war es ihr im Nachhinein immer peinlich.
So wie jetzt. Während sie meine Schwester lang und innig um-

armte, entschuldigte sie sich im Flüsterton für ihren Ausraster. Jana versprach ihr, aufzupassen. Sie vereinbarten – und an dieser Stelle bemerkten sie, dass ich noch immer dastand –, meinem Vater das Ganze als Schulausflug des Debattierclubs zu verkaufen. Mit einem Nicken signalisierte ich, den Mund zu halten.

| Sieben |

Der Laden meines Vaters lag in einer kopfsteingepflasterten Seitengasse, die von Fachwerkhäusern gesäumt wurde. Früher, also vor etwa fünfhundert Jahren, gingen hier Nutten oder Dirnen, wie Herr Riegert sie nannte, ihrer Arbeit nach. Der alte Mann machte die Altstadt gerne zum Schauplatz seiner tragischen Liebesabenteuer. Hinter einer besonders windschiefen Fassade lag das Geschäft meines Vaters. Im Schaufenster hingen seit geraumer Zeit Hochzeitsbilder und Porträtaufnahmen von Konfirmanden. Das Glöckchen über der Eingangstür bimmelte exakt drei Mal, wenn jemand seinen Fuß über die Schwelle setzte, und bereits das erste Bimmeln genügte, um meinen Vater zum Lächeln zu bringen. Er liebte es, hier zu sein. Genau wie ich. Der feine Luftzug, wenn die Tür aufging, das Rascheln der Plastiktüten und der Moment, in dem die Kasse aufsprang. Es war wie ein Rausch. Ich konnte nicht genug davon kriegen. Sobald ich meine Verkäufer-Kennzahl eingetippt hatte und mit dem Scanner über den Barcode strich, ging es mir großartig. Seinen Stammkunden servierte mein Vater manchmal auch Kaffee oder Tee, während sie vor dem Holztisch auf der Galerie saßen und durch die Bildbände berühmter Fotografen blätterten. Zu meinen Favoriten gehörte ein Band von Man Ray. Darin fanden sich nicht nur faszinierend verrückte Aufnahmen von seltsamen Gegenständen, sondern auch das Bild einer Frau, auf deren nacktem Rücken man die geschwungenen Öffnungen eines Cellos aufgemalt hatte. Als wäre sie ein Instrument, auf dem man spielen konnte. Ziemlich verrückt, aber schön anzusehen. Weiter hinten in den Regalen, ein wenig versteckt, standen auch Bände anderer Fotografen, die sich auf das Ablichten nackter Menschen in eigenartigen Posen spezialisiert hatten. Für wirklich gelungen hielt ich nur wenige Bilder. Meist störte mich etwas an der unnatürlichen Art, wie die Menschen (meist Frauen) in die Kamera blickten und dabei ihre Körper verdrehten. Früher hatte ich darin geblättert, ohne groß nachzudenken, doch jetzt hätte ich mich dafür geschämt, in aller Öffentlichkeit nackte Menschen zu betrachten.

Ich spielte mit dem Gedanken, heimlich einen Band einzustecken, bevor ich nach Hause ging. Von Treppengeländern und Eisenstangen hatte ich endgültig die Nase voll. Akne hin oder her. Ich wollte nicht warten, bis ich das nächste Mal irgendwo runterfiel oder sich mein Körper spontan von einer Ladung Sperma befreite.

Leider saß im Moment Herr Riegert an dem großen Tisch in der Galerie. Er hatte den Kopf zur Seite gelehnt, die Augen geschlossen und schlummerte. Vor ihm stand eine halb volle Tasse Kaffee. Hellbraun von der vielen Milch, die er sich immer einschenkte. Ein anderer Kunde verließ den Laden und mein Vater verschwand in die Dunkelkammer in den Keller. Jetzt oder nie, dachte ich und ging seitlich an der Treppe zur Galerie hoch. Die Stufen knarrten nur, wenn man sie in der Mitte betrat. An den Rändern konnte man fast geräuschlos nach oben gelangen. Ich schlich zum hinteren Regal und bückte mich. Mir war noch nicht klar, welches Buch sich am besten für mein Vorhaben eignete. Ich hatte sie alle irgendwann mal durchgeblättert, ohne mich zu schämen, ohne zu überlegen, was mir gefiel. Das ist der Vorteil am Kindsein: Man macht sich nicht so viele Gedanken. Als Baby erkennt man nicht mal das eigene Gesicht, wenn man in den Spiegel schaut, sondern schließt Freundschaft. Jetzt wusste ich, dass meine Zähne nie so perfekt aussehen würden wie die des Jungen auf der Zahnpastatube und ich fragte mich, ob ich schön war. Ob ein anderer beim Anblick meiner dünnen x-förmigen Beine, der Nase mit dem kleinen Höcker und den vielen Sommersprossen sagen würde: »Der ist schön.« Vielleicht gibt es eine Zeit im Leben, in der man sich wünscht, dass jemand das sagt. Und wenn das nicht passiert, macht man sich noch mehr Gedanken über sein eigenes Spiegelbild. Betrachtet jeden Quadratzentimeter seiner Haut, jeden Zahn, jeden Finger, jeden Zeh und fragt sich, ob alles zusammen genügt, um jemandem zu gefallen. Wenn man nicht schön ist, will man trotzdem gefallen. Keiner kann mir erzählen, dass das nicht so ist.

Ich studierte die Titel auf den Buchrücken.

»Muss wohl eingeschlafen sein«, hörte ich Herrn Riegert hinter mir.

Ich griff nach dem Staubwedel, der seitlich am Regal hing, und tat so, als würde ich die Bücher abstauben.

»Das Wetter. Wie im Gewächshaus. Da kann man nachts kaum schlafen.« Er hielt sich die Hand vor den Mund und gähnte.

Ich erhob mich. »Soll ich ’nen neuen Kaffee bringen? Ist bestimmt kalt.«

»Nicht nötig.« Er tippte auf das dicke Glas seiner Armbanduhr. »Hab noch eine Verabredung mit dem Onkel Doktor.« Er griff nach seinem Gehstock und stand auf. »Wie alt bist du jetzt eigentlich?«

»Fast vierzehn«, sagte ich und fasste ihm unter den Arm. »Noch drei Tage.«

Er lächelte. »Du hast am Sonntag Geburtstag. Das ist ja ein Zufall! Genau wie mein Sohn.« Mit unsicheren Schritten tappte er hinüber zu den hinteren Regalen. »Das da unten mit dem braunen Umschlag.« Er tippte mit der Metallspitze seines Stocks gegen einen der Buchrücken. »Könntest du bitte?«

Ich zog den Band heraus und reichte ihn Herrn Riegert.

»Nur wenige Fotografen haben ein Auge für wahre Schönheit. Kannst du mir das bitte als Geschenk einpacken?«

Ich nickte und nahm den Band mit nach unten zur Theke. Während ich das Buch in blaues Papier einwickelte, zog Herr Riegert

eine seiner selbst gedrehten Zigaretten aus dem silbernen Etui, in das seine Initialen eingraviert waren. »Wie die Hunde behandelt man uns, wie die Hunde. Jetzt haben sie sogar im *Schiller* das Rauchen verboten.« Er klemmte sich die Zigarette hinters Ohr.
Das Glöckchen über der Tür bimmelte. Ein Mann im Anzug betrat den Laden. Mein Vater kam die Treppe hochgestolpert.
»Keine Schleife«, sagte Herr Riegert, als ich die Rolle mit dem Geschenkband unter der Theke hervorholte. »Ist nicht nötig. Sieht gut aus ohne Schnickschnack.« Er reichte mir sein Lederportemonnaie. »Bedien dich.«
Ich zögerte. Dummerweise hatte ich vergessen, den Preis wegzumachen.
»Was ist? Worauf wartest du?« Herr Riegert hob seine buschigen Brauen.
»Hab den Preis drangelassen.«
»Egal.«
»Wirklich?«
»Kein Problem.«
Ich schaute zu meinem Vater, der sich um den eben eingetretenen Kunden der Sorte Besserwisser bemühte. »Papa, was kostet denn der Hamilton?«
Er zögerte einen Moment. »Neunzehnneunzig, ist im Angebot.« Das nannte er flexible Preisgestaltung. Der Band kostete mindestens dreißig Euro. Ich nahm zwei Scheine aus Herrn Riegerts Portemonnaie, steckte das Wechselgeld zurück und reichte es ihm über die Theke. Mit zitternden Händen verstaute er es in der Innentasche seines Leinensakkos.
»Brauchen Sie eine Tüte?«
»Nicht nötig.«
Ich streckte ihm das Geschenk entgegen. Er schüttelte den Kopf, zog die Zigarette hinter seinem Ohr hervor, legte sie in den Mundwinkel und nuschelte: »Ist für dich.« Seine Augen strahlten. »Aber nicht vor Sonntag aufmachen. Das bringt Unglück.«

| Acht |

Unglück hin oder her. Das Geschenk lag vor mir auf dem Schreibtisch und ich hatte einen Ständer. Seit zehn Minuten war ich zu Hause, seit zehn Minuten tobte in meinem Kopf ein unerbittlicher Kampf, bei dem sich meine Persönlichkeit in zwei Fronten aufgeteilt hatte. Die eine, die mir befahl, das Geschenkpapier wegzureißen, mir die Bilder anzuschauen und das erste Mal bewusst mit mir selber Sex zu haben, und die andere Seite, die genau das verhindern wollte. Aus Angst, es könnte mir in irgendeiner Weise schaden. Aus Schamgefühl, weil ich befürchtete, rot anzulaufen, wenn ich Herrn Riegert das nächste Mal begegnete.

Ich biss mir schonungslos auf die Unterlippe und versuchte meine perversen Gedanken in dem hellen, stärker werdenden Schmerz zu ertränken. Das Ablenkungsmanöver funktionierte nur eingeschränkt. Ich überlegte, ob Fotografen, die nackte Menschen aufnahmen, deshalb berühmt wurden, weil Männer beim Anblick ihrer Bilder einen Steifen bekamen. Ich stellte mir ein Museum vor, in dem die Besucher durch Räume mit großformatigen Aktfotos geführt wurden und man die Dauer der Erektion dafür benutzte, um den Preis festzulegen. Mein Gehirn lief Amok.

Genervt legte ich das Geschenk in die Schublade. Irgendwie war ich mir sicher, dass der Fotograf die Bilder nicht gemacht hatte, damit sich Teenager daran aufgeilten.

Das Arbeitszimmer meines Vaters lag zwischen Janas Zimmer und dem Bügelzimmer meiner Mutter im ersten Stock. Darin standen Regale mit Ordnern, ein Computer mit vergilbtem Röhrenmonitor, ein Drucker und ein alter Schreibtisch, der von gefräßigen Holzwürmern bewohnt wurde. Durch das efeuumrankte Fenster blickte man direkt in den verwilderten Teil unseres Gartens. Ich setzte mich an den Schreibtisch. In der Luft hing eine Spur Zigarettenrauch. Meine Schwester musste hier gewesen sein. Doch jetzt war sie mit Tess an den Stausee gefahren und würde nicht vor heute Abend zurückkehren. Das Haus war bis auf Elton, der zusammengerollt unten in der Küche lag und sein Mittagessen verdaute, leer. Auf dem Schreibtisch standen ein paar Bilderrahmen mit Familienfotos. Von den Eltern meiner Mutter gab es ein überbelichtetes Schwarz-Weiß-Foto in einem goldenen Rahmen, von dem seitlich die Farbe abblätterte. Sie waren nicht mehr am Leben. Der Krebs hatte sie umgebracht, kurz nachdem ich auf die Welt gekommen war. Seither lebten wir in ihrem Haus. Ein anderes Bild in einem größeren Rahmen zeigte meine Schwester und mich, wie wir in einem aufblasbaren Babyschwimmbecken planschten. Nackt und ohne Hemmungen, mit Stupsnasen, und ich wie so oft mit einem heftigen Sonnenbrand auf den Schultern. Jana hatte ich schon lange nicht mehr nackt gesehen. Wir teilten dasselbe Bad, schlossen aber immer die Tür ab, worüber sich unsere Eltern amüsierten. Sie hatten kein Problem damit, unbekleidet durch das Haus zu streifen. Im Sommer legte sich meine Mutter oben ohne in den Garten, um sich zu bräunen. Sie rasierte sich nicht nur die Achselhaare, sondern auch untenherum. Das sei sauberer, hatte sie mir einmal erklärt, als sie aus dem Bad gekommen war und ich sie verwundert angestarrt hatte. Ich war froh über die ersten Schamhaare, die sich, begleitet von einem leichten Jucken, immer mehr ausbreiteten. Mit der ersten Intimrasur wollte ich mir noch Zeit lassen.

Noel hatte mir erklärt, wie man ohne Spuren zu hinterlassen durchs Internet surfen konnte, und ein entsprechendes Programm auf meinen USB-Stick gespielt. Es lief unsichtbar im Hin-

tergrund. Ich drehte die Bilder um, dann schaltete ich den Computer ein. Nach wenigen Minuten breitete sich vor mir das Paradies aus. Ich versuchte mir einen ersten Überblick zu verschaffen, klickte wahllos Seiten an, öffnete Fenster und wurde weitergeleitet zu Vorschauen und Formularen, die nach Kreditkartendaten verlangten. Unüberschaubar war dieses Netz aus Erotik und Abartigkeiten. Für alles gab es Begriffe. Für jede Neigung, jede Lust, jede Perversion. Erregung aus Latex, aus pfeifenden Peitschenhieben und Erniedrigung. Über die Augen in den Kopf und noch tiefer. Ein Labyrinth aus Verknüpfungen, in dem ich mich selbst suchte. Den anderen Teil von mir. Die verborgene Seite hinter meinem kindlichen Lächeln. Immer schneller wählte ich aus. Immer klarer wurde meine Sehnsucht. Aus dem Mosaik der Briefmarkenansichten dirigierte sie mich dorthin, wo sie sich geborgen fühlte, sich widerspiegelte, gewissenlos, ohne Scham, ohne Würde, ohne Sinn für richtig oder falsch, nur mit dem Ziel, Erleichterung zu finden.
Die Sonne blinzelte durch die Blätter des Kirschbaums und blendete mich. Ich stand auf und ließ den Rollladen herunter. Nun konnte ich die Bilder auf dem Monitor besser erkennen. Manche von ihnen waren perfekt ausgeleuchtet, so dass man jedes Detail erkennen konnte, sogar das Flimmern der feinen Nackenhärchen. Andere Aufnahmen wiederum sahen amateurhaft aus. Der Blitz brannte die Konturen von Mund und Nase aus den Gesichtern, verwandelte sie in runde, ausdruckslose Masken. Geisterhaft. Tod. Ohne Leben. Oft war der Bildausschnitt unvorteilhaft gewählt. Es gab eine Seite, auf der sich Frauen selbst fotografierten, indem sie sich nackt vor Spiegel stellten und meist in Hüfthöhe auf den Auslöser drückten. Warum taten sie das? Gefiel es ihnen, dass sie so rund um den Erdball zu sehen waren? War das eine Art Kontaktaufnahme? Fanden sie sich schön? Wollten sie damit zeigen, wie die Wirklichkeit aussieht?
Ich setzte meine Odyssee fort. Verlor mich in dieser anderen

Welt und fragte mich, woher all die nackten Frauen kamen. Es mussten Millionen sein. Wurden sie alle dafür bezahlt?
Schließlich zog ich ein Taschentuch aus der Packung, legte es neben die Tastatur und öffnete meinen Hosenladen. Der Bildschirm zeigte neunzehn Zoll Busen, Beine und ein professionelles Grinsen. Meine Hand schlüpfte in meine Unterhose, wo nun mein Herz pochte. Ich lehnte mich zurück, schaute auf das Bild und bewegte meine Hand. Etwa zeitgleich zerriss mir ein spitzer, gellender Schrei das Trommelfell. Hinter mir stand meine Schwester. Ich hatte keine Zeit für Erklärungsversuche. Gelähmt und gedemütigt hockte ich da. Ein Hitzeschwall strömte durch meinen Körper. Jana knallte mit solcher Wucht die Tür, dass der Putz von der Decke rieselte. Ich hörte, wie mein Vater mit dem Fahrrad über den Kiesweg zum Schuppen rollte, dann hörte ich die energischen Schritte meiner Schwester die Treppe hinunterpoltern und befasste mich mit meinem bevorstehenden Tod. Ich kniff die Augen zusammen, bis ich pulsierende Lichtflecke sehen konnte und mein Blut wie ein reißender Fluss durch die Ohren rauschte. Voller Panik riss ich zwei Sekunden später den Stecker aus der Dose. Der Computer-Tower kippte zur Seite. Es folgte ein knisterndes Geräusch, dann verstummte das Summen der Festplatte und die nackte Frau verschwand vom Monitor. Durch die geschlossene Tür hörte ich das Knarren der Treppenstufen näher kommen und erwartete den Moment, in dem mein Vater das Zimmer betrat. Ich hatte nichts gestohlen und die Frau, deren nackter Körper mich so erregt hatte, war definitiv volljährig, so gesehen hatte ich nichts verbrochen. Aber wahrscheinlich war es die Demütigung, die mich so fertigmachte.
Mein Vater kam herein. Ich stand wie gelähmt da. Anstatt mich in die Arme zu nehmen, krabbelte er unter den Schreibtisch und kümmerte sich um den Computer.
»Jana hat einfach nicht damit gerechnet«, murmelte er unter der Tischplatte hervor.

Ich sagte nichts, sondern zog den Hosenladen wieder zu. Das Knistern der Festplatte füllte die Stille. Für den Bruchteil einer Sekunde erschien die nackte Frau noch einmal auf dem Monitor.

»Der Computer läuft wieder.« Mein Vater wusste nicht, wie er mit der Situation umgehen sollte. Er wich meinem Blick aus. Ich fühlte mich schlimmer als nach dem schlimmsten Albtraum.

»Und was ist mit Mama?«, fragte ich mit belegter Stimme.

»Ich werde ihr nichts sagen, und mit Jana rede ich auch gleich. Jetzt mach dir nicht so viele Gedanken. Ist doch nichts passiert. Schließ das nächste Mal einfach die Tür ab.«

| Neun |

Ich rannte Richtung Tor, so schnell ich konnte. Kurz nach der Mittellinie drehte ich mich um und pflückte den Ball aus der Luft. Mit dem Kopf die rechte Ecke antäuschen, Reaktion abwarten, dann links unten versenken. Unhaltbar. Sobald ich auf dem Spielfeld stand, hatte ich nur noch den Ball im Blick. Mein keuchender Atem, die aufwallende Hitze, dafür liebte ich diesen Sport. Entscheidungen zu treffen im Bruchteil einer Sekunde. Den richtigen Spielzug wählen. Der Blick zum Kreisläufer. Die Lücke erahnen. Aus dem Augenwinkel den Gegner beobachten. Dann wieder rennen. Zurück in die Verteidigung. Den Blick auf den Ball geheftet. Eins gegen eins. Die linke Hand zum Wurfarm, die rechte Hand zum Körper. Alle Muskeln angespannt. Meine Beine brannten, aber mein Kopf war frei. Für Minuten dachte ich nur noch daran zu gewinnen und ich dachte daran, wie sehr ich meine Schwester dafür hasste, dass sie mich gedemütigt hatte. Doch dann empfand ich Genugtuung, weil ich wusste, dass ich es ihr heimgezahlt hatte, mit kleinen, unsichtbaren Nadelstichen. Das war meine Rache. Auch wenn sie meiner Mutter die Sache im Arbeitszimmer verschwiegen hatte, sollte sie dafür büßen.

Während ich von außen in den Kreis sprang und den Ball um den Torwart herumzirkelte, dachte ich an gestern Abend. Jana hatte mit ihrer Punkband im Hobbykeller geprobt. Sie spielte Schlagzeug bei den *Senseless Psychos*, einer Ansammlung schräger Gestalten, die vor allem laut und schnell sein wollten. Das Wummern der Basedrum war dumpf aus dem Keller gedrungen, als ich ihr Zimmer betreten hatte. Ich war schon lange nicht mehr hier gewesen. Auf dem Himmelbett lag ihr aufgeschlagener Zeichenblock. Der Fenstersims war vollgestellt mit Kakteen. Überall standen Bücher. Aus irgendeinem Grund hatte sie das lebensgroße Bob-Marley-Poster an der Innentür mit einem schwarzen X übermalt. Ich ging hinüber zur Kommode und zog die oberste Schublade auf. Unterwäsche. Sogar String-Tangas mit eingearbeiteter Spitze. Das passte gar nicht zu meiner Schwester. Ein wenig zu edel, zu teuer. Aber deshalb war ich nicht hier. Das interessierte mich nicht. Ich war hier wegen dem, was ich eine Schublade tiefer fand: vier Packungen Kondome, jeweils fünf Stück, einzeln verpackt. Hatte sie Angst, dass es demnächst zu einem Versorgungsengpass kommen würde, oder warum bunkerte sie diese Massen? Nur eine Packung – die mit Bio-Erdbeergeschmack – war angebrochen. Zwei Kondome fehlten. Ich fragte mich, wo sie es mit ihrem Freund machte, wenn nicht bei uns zu Hause. Vielleicht in der Natur. In einem Maisfeld oder im Wald auf einem Hochsitz. Sex unter freiem Himmel, das passte zu meiner Schwester. Ich wollte keine Zeit verlieren, nahm eine Nadel von der Pinnwand und perforierte damit jedes verdammte Kondom. Jana musste schon sehr genau hinschauen, um die feinen Einstiche in der Silberfolie zu entdecken. Sehr genau. Aber das würde sie nicht tun, wenn sie gerade mittendrin war, folglich würde mein Plan aufgehen. Ich stellte mir vor, wie das Kondom riss, wenn sie mit ihrem Freund zugange war und die beiden in Panik gerieten. Ich sah ihre erschrockenen Gesichter vor mir, und es war ein gutes Gefühl. Hass war ein gutes Gefühl. Sie würden ins Krankenhaus fahren und nach der Pille für danach fragen. Genau wie ich es im Internet nachgelesen hatte. Wahrscheinlich würde sich Jana die Seele aus dem Leib kotzen, weil die Nebenwirkungen so heftig waren, und ihr Freund müsste in Zukunft zwei Kondome überziehen. Aber trotzdem würde sie nie mehr so unbeschwert Spaß haben wie zuvor, weil sie immer die Angst im Nacken spürte, dass es wieder passierte. Damit wären wir dann quitt.

Glücklich trotteten wir vom Spielfeld. Vier Tore hatte ich geworfen. Ein gutes Spiel. Dank meiner Schwester sogar ein sehr gutes. Mein Vater saß auf der Tribüne und nickte mir lächelnd zu. Er war kein Freund großer Gesten. Meine Mutter sagte, dass es ihm schwerfiel, Gefühle zu zeigen, weil ihn seine Eltern nicht gerade liebevoll behandelt hatten. Meist hätten sie ihn ohne Essen und stattdessen mit einer Tracht Prügel ins Bett geschickt. Deshalb hatte er den Kontakt abgebrochen. Zum Geburtstag und an Weihnachten schickten sie ihm kitschige Karten mit Zeilen, zwischen denen unliebsame Erinnerungen versteckt waren. Sobald er sie gelesen hatte, verschwand er in seinem Fotolabor und war für zwei Tage nicht zu gebrauchen.
»Man muss seine Eltern nicht zwangsläufig lieben«, hatte Jana mal gesagt. Für mich war das nur schwer zu begreifen.

Zehn

»Was ziehst du denn für ein Gesicht?«, fragte meine Mutter. Wir waren auf dem Rückweg vom Einkaufen. »Haben wir noch was vergessen?« Sie verringerte die Geschwindigkeit. Das Auto hinter uns hupte. »Is ja gut. Idiot!«

»Können wir nicht doch vielleicht einen Horrorfilm für heute Abend ausleihen?«

»Wenn ich richtig mitgezählt habe, wirst du vierzehn, also: nein!«

Das Auto überholte uns. Sie zog eine Grimasse. »Bonzenarschloch!«, rief sie durch das geschlossene Fenster.

»Wenigstens ab sechzehn?«, jammerte ich.

»Damit die Eltern deiner Gäste uns anzeigen?«

»Mama, du übertreibst. Jeder schaut sich solche Filme an.«

»Wir sind aber nicht jeder.«

»Ich bring dafür auch zwei Wochen den Müll raus.«

Sie beschleunigte die Geschwindigkeit. »Ich lasse mich nicht erpressen. Sei froh, dass all deine Freunde bei uns übernachten dürfen.«

»Super.«

All meine Freunde, dachte ich. Also exakt fünf Personen, von denen eine weiblich war – zumindest offiziell. Denn Tordies hatte nicht nur einen geschlechtsneutral klingenden Namen von ihren Eltern bekommen, sie schien selbst nicht genau zu wissen, ob sie lieber ein Junge sein wollte oder – wie von der Natur vorgesehen – ein Mädchen. So gesehen würde mein Fest, das meine Mutter übertrieben als *Party* bezeichnete, nichts anderes sein als ein erweiterter Kindergeburtstag. Ohne richtige Mädchen, ohne Alkohol und ohne die Aussicht auf einen ersten

Kuss oder wenigstens eine Berührung. Ich langweilte mich schon jetzt.
Das Auto bog in die Hofeinfahrt. Was mich beunruhigte, war nicht der Geländewagen, der vermutlich Janas Freund gehörte und quer vor der Garage stand, sondern das Fahrrad meines Vaters, das daneben gegen die Haustür lehnte. Jana hätte eigentlich schon seit einer Stunde auf dem Weg in die Schweiz sein müssen. Hoffentlich hatte sie für meinen Vater eine gute Erklärung, warum sie immer noch da war.
Meine Mutter schien denselben Gedanken zu haben. Sie stieß einen tiefen Seufzer aus und stellte den Motor ab. »Das musste ja passieren.«
Wir stiegen aus dem Wagen. Ich wollte gerade den Kofferraum öffnen, als ich die aufgebrachte Stimme meines Vaters hörte. »Sie gottverdammtes Arschloch!«, schrie er. »Es macht Ihnen wohl Spaß, sich an Kindern zu vergreifen.« Es folgte die hysterische Stimme meiner Schwester. »Lass ihn in Ruhe!«, brüllte sie, dann zerschellte etwas auf dem Boden. Meine Mutter war genauso geschockt wie ich. Gemeinsam betraten wir das Haus. Ein unrasierter, schlanker Mann mit grauen Locken stolperte uns entgegen. Aus seiner Nase quoll Blut. Er blickte uns kurz an, sagte aber nichts, sondern flüchtete ins Freie. Wir schauten ihm nach, da stand auch schon mein Vater vor uns. Meine Mutter stellte sich ihm in den Weg. So hatte ich ihn noch nie gesehen. Mit diesem seltsamen Funkeln in den Augen wäre er auch als psychopathischer Serienkiller durchgegangen. Sein Gesicht glühte vor Wut. Er schnaubte wie ein wilder Stier, dem der Torero von den Hörnern gesprungen war.
»Lass mich durch!«, zischte er. Meine Mutter dachte gar nicht daran. Sie blieb stehen und stieß einen tiefen Seufzer aus. Erst als der Geländewagen in atemberaubender Geschwindigkeit aus der Hofeinfahrt geschossen war, beendete sie die Blockade.
»Was ist passiert?«, fragte meine Mutter, nachdem wir im Wohn-

zimmer angekommen waren. Die geöffnete Patchwork-Reisetasche meiner Schwester lag umgekippt auf dem Boden. Unterwäsche, T-Shirts und eine Kondompackung verstreut daneben. Auf den Fliesen unter dem Esstisch erkannte ich die Überreste der bunten Glasvase. Ein Haufen Scherben, der zusammen mit einem Büschel Wiesenblumen in einer Wasserlache badete und darauf wartete, was man ihm als Nächstes antat. Keine Spur von meiner Schwester. Nicht einmal Musik war zu hören.

»Was ist passiert?«, wiederholte meine Mutter ihre Frage, während sie Janas Sachen vom Boden aufhob. Der Atem meines Vaters zitterte vor Erregung. Er setzte sich auf das Sofa, stützte die Ellenbogen auf seine Oberschenkel und rieb die Knöchel seiner rechten Hand. »Wusstest du davon?«, sagte er heiser. »Hast du gewusst, dass unsere Tochter mit einem alten, notgeilen Sack nach Zürich fahren wollte? Sie hat uns angelogen!«

Meine Mutter schwieg. Sie blickte ihn verständnislos an. »Willst du in Zukunft jeden verprügeln, der was mit Jana anfängt, wenn er dir zu alt ist oder dir sein Gesicht nicht passt? Was ist nur in dich gefahren, so durchzudrehen?«

»Jana ist erst sechzehn, falls du das vergessen hast. Der Typ ist mindestens doppelt so alt. Vielleicht sollten wir ihn anzeigen. Ja, das sollten wir tun.« Er griff nach dem schnurlosen Telefon, das vor ihm auf dem Sofatisch lag. Meine Mutter riss es ihm aus der Hand. »Nur zur Erinnerung: Ich war damals auch minderjährig. Hier wird niemand angezeigt!«

»Aber ich war erst zwanzig«, zischte mein Vater.

»Das Alter spielt doch keine Rolle, wenn sie sich lieben.«

»Lieben! Wie romantisch. Dass ich nicht lache! Der will doch nur bei seinen Freunden damit angeben, dass er meine Kleine flachlegt.«

»Jana ist übrigens auch meine Tochter.« Die Stimme meiner Mutter bebte vor Wut. »Und sie ist kein Kind mehr, falls du das noch nicht bemerkt hast.« Kopfschüttelnd zog sie den Reißverschluss der Tasche zu und stellte sie vor mich hin. »Schau mal bitte nach deiner Schwester. Dein Vater und ich haben noch etwas zu besprechen.« Ich schnappte die Tasche und ging Stufe für Stufe in den ersten Stock. Zuerst brüllte meine Mutter, dann wieder mein Vater. Ich stellte die Tasche vor Janas Zimmertür ab, als ich ein Wimmern hörte, das durch die angelehnte Tür sickerte. Dieses Geräusch war wie Folter. Noch vor einer Sekunde hatte ich Genugtuung darüber empfunden, dass Jana hierbleiben musste, doch dieses Geräusch machte alles zunichte. Plötzlich fühlte ich mich mies, wegen dem, was ich vor zwei Tagen getan hatte. Vielleicht war meine Reaktion übertrieben gewesen. Bei meinem Glück würden die Kondome gar nicht reißen, sondern meine Schwester unbemerkt schwanger werden. Dann würde ich mir ewig Vorwürfe machen.

Elton kam die Treppe hochgeklettert. Er stand neben mir und schaute mich an, als wollte er fragen, worauf ich noch wartete. Schließlich drückte er mit der Schnauze die Tür auf. Geduckt betrat ich das Zimmer. Jana reagierte nicht. Sie saß, den Rücken gegen ihr Himmelbett gelehnt, mit angezogenen Beinen da und hatte ihren Kopf zwischen den Knien vergraben. Ihre langen, welligen Haare hingen wie ein dichter Vorhang bis zu den Knöcheln hinunter. Sie weinte. Ihr ganzer Körper zitterte. Elton zögerte nicht, sondern watschelte hinüber und leckte ihre Hände mit seiner rauen Zunge ab. Ich stellte die Reisetasche auf den Boden. Unentschlossen stand ich da und hörte meine innere Stimme, die mir befahl, die löchrigen Kondome so schnell wie möglich auszutauschen. Hoffentlich waren noch alle da. Mein Gewissen führte jetzt noch stärkere Geschütze auf. Was, wenn ihr Freund AIDS hatte? Dann würde er sie anstecken. Was hatte ich nur getan?

Meine Schwester hob den Kopf und wischte sich die Haare aus dem Gesicht. Einzelne Strähnen klebten auf ihrer Stirn. In der Kerbe unterhalb ihrer Nase sammelten sich Tränen und glitten

über ihre Lippen. Sie war der schönste traurige Mensch, den ich je gesehen hatte. Mit zitternden Fingern streichelte sie Elton am Kopf. Dann ging ihr Blick herüber zu mir. Ihre Augen starrten mich für einen Moment ausdruckslos an.
»Ich … ich hab dich nicht verraten«, stammelte ich.
»Ich weiß«, erwiderte meine Schwester. »Dumm gelaufen. Saudumm. Danke für die Tasche.« Sie schniefte.
»Kein Problem.« Ich wandte mich zum Gehen. Sobald ich mein Gesicht von ihr weggedreht hatte, stieß ich einen stillen Seufzer aus.
»Warte bitte«, sagte meine Schwester.
Ich drehte mich um. Ein winziges Lächeln kräuselte sich in ihren Mundwinkeln. »Das wegen neulich tut mir leid. Ich hab scheiße reagiert. Ich war einfach überrascht, als ich dich so gesehen hab.« Tränen glänzten auf ihren Wangen. »Ich dachte, du bist noch nicht soweit. Aber da hab ich mich wohl getäuscht. War wirklich doof von mir.«
»Schon okay«, sagte ich. »Hat Papa deinen Freund eigentlich richtig verprügelt?«
»War nur ein Schlag. So hab ich ihn noch nie erlebt. Der ist total ausgerastet. Er kann froh sein, dass Raoul Pazifist ist.«
Ich schaute hinüber zur Kommode. Die Schubladen standen offen. Ein einzelner Slip hing heraus. Meine Schwester folgte meinem Blick.
»Wenn du mal Rat brauchst, wegen Mädchen und so, dann frag einfach. Weißt du, viele Jungs haben keine Ahnung von Frauen. Die denken, Vögeln sei ein Sport, bei dem jeder alleine durchs Ziel rennt.«
Ich nickte. In den nächsten Tagen würde sie wohl keinen Sex haben. Bis dahin musste ich unbemerkt die kaputten Kondome austauschen.

| Elf |

Meine Geburtstagsparty fiel der globalen Erwärmung und einem damit verbundenen Unwetter zum Opfer. Kurz vor zehn hatte ein Sturm mit Hagelkörnern groß wie Tischtennisbälle über der Stadt getobt und den Gewölbekeller überflutet. Bis die Feuerwehr eintraf, hatten wir mit Töpfen und Eimern einen Teil der stinkenden Brühe hinaus in den Garten befördert. Dann waren die besorgten Eltern meiner Gäste aufgetaucht und hatten die Party endgültig aufgelöst. Allzu schlimm fand ich das nicht. Nach dem Vorfall mit Jana war die Stimmung ohnehin ziemlich mies.

Erschöpft von der Schlepperei und mit dreckigen Füßen saß ich nun in der Küche und wartete darauf, dass der Minutenzeiger der Micky-Maus-Plastikuhr auf Mitternacht schnappte. Mein Vater schenkte sich ein Bier ein und meine Mutter versuchte sich feilend an einem Fingernagel, der beim Eimerschleppen abgebrochen war. Der Zeiger rückte vor auf die Zwölf und meine Mutter stimmte ein müdes »Happy Birthday« an. Mein Vater beschränkte sich darauf, die Melodie zu pfeifen. Vor mir stand ein Geschenk in der Größe eines Schuhkartons. Wie üblich war es in altes Zeitungspapier gewickelt und mit einer roten Samtschleife versehen. Vielleicht waren es neue Handballschuhe oder ein Trainingsanzug. Vorsichtig entfernte ich die Schleife und gab sie zur Wiederverwertung meiner Mutter, bevor ich das Zeitungspapier wegriss. Die glänzend goldene Verpackung einer Nikon D70, einer digitalen Spiegelreflexkamera, kam zum Vorschein. Ich war sprachlos. Ungläubig schaute ich zu meinem Vater und dann wieder zu meiner Mutter. Die beiden grinsten. Hatten sie im Lotto gewonnen oder war da gar nicht das drin, was ich vermutete?

Ich zögerte einen Moment, ehe ich den Karton öffnete, die Styroporeinlage herauszog und einige Sekunden später das schwarze Kameragehäuse in den Händen hielt. So ein teures Geschenk hatte ich noch nie bekommen. Ich vergaß beinahe zu atmen, so schön war dieser Augenblick.
»Ist gebraucht«, löste mein Vater das Rätsel. »War ein Versicherungsfall. Nur das Display spinnt manchmal ein bisschen. Die Aufnahmen sind tadellos.«
»Danke«, sagte ich und umarmte meine Eltern.
»Das hast du dir verdient.« Mein Vater klopfte mir auf die Schulter. Bei solchen Anlässen hatte er immer Tränen in den Augen. »So oft wie du im Laden geholfen hast. Das Objektiv kommt auch noch. Bin gerade dabei, eins zu richten.«
Ich schaltete die Kamera ein und drückte auf den Auslöser, nur um dieses wunderbare Geräusch zu hören. Das Klicken meiner ersten eigenen Spiegelreflexkamera.

Einige Tage später überreichte mir mein Vater auch noch das versprochene Objektiv. Die Brennweite reichte von achtzehn bis siebzig Millimeter. Ich war glücklich darüber und schoss die ersten Bilder von Elton, der zusammengerollt auf seinem Lieblingsplatz im Schatten des Kirschbaums lag und die Bienen dabei beobachtete, wie sie summend von Blüte zu Blüte schwebten. Er war ein gutes – ein ruhiges – Versuchsobjekt. An ihm konnte ich die verschiedenen Einstellungsmöglichkeiten meiner neuen Kamera ausprobieren. Je nachdem, welchen Weißabgleich ich aus den Voreinstellungen wählte, veränderte sich der Farbton meiner Aufnahmen. Das Symbol für Schatten lieferte auch bei direkter Sonneneinstrahlung die besten Ergebnisse. Zum ersten Mal seit Wochen gelang es mir, für eine halbe Stunde nicht an Sex zu denken. Keine schmutzigen Phantasien, kein Gang zur Toilette, um mich von dem Druck zu befreien (Noel hatte recht: Es macht abhängig!), sondern nur das Klicken des Auslösers, der Blick durch den Sucher und das Einstellen der Schärfe (der Autofokus war zu ungenau). Ich robbte durch das Gras und fotografierte Elton. Mein Model.

»Kannst du nachher mal kurz hochkommen?«, rief meine Schwester aus dem Fenster, durch den halb heruntergelassenen Rollladen. Mit meinem Vater hatte sie sich wieder vertragen. Sie hatte von ihm verlangt, dass er sich bei ihrem Freund entschuldigte. Telefonisch, da Raoul sich nicht mehr bei uns blicken lassen wollte.

Mit gemischten Gefühlen betrat ich Janas Zimmer. In einer Nacht- und Nebelaktion hatte ich die Kondompackungen ausgetauscht. Ich kann gar nicht sagen, wie glücklich ich darüber war, dass sie keines benutzt hatte. Die Verkäuferin im Drogeriemarkt hatte ziemlich verblüfft reagiert, als ich gleich vier Packungen vor ihr auf das Band gelegt hatte, aber im Gegensatz zu Alkohol waren Kondome frei verkäuflich. Man musste keinen Ausweis vorlegen oder die Einverständniserklärung der Eltern, um an Verhütungsmittel zu kommen. Selbst wenn man wie ich sexsüchtig war.

Ich hatte dieselbe Marke gekauft und von der letzten Packung zwei einbehalten, damit Jana nichts bemerkte. Zusammen mit einem Pack Ersatzunterhosen bewahrte ich die zerstochenen Kondome in der Playmobilkiste unter meinem Bett auf. Bei Gelegenheit würde ich sie in irgendeinem Mülleimer in der Nachbarschaft entsorgen.

Jana lag auf ihrem Bett. Sie trug Bermudas und ein T-Shirt mit dem Aufdruck *Fleisch ist Mord*.

»Und, wie ist dein neuer Fotoapparat?«, fragte sie und setzte sich in den Schneidersitz. Bei dem Anblick taten mir die Knie weh.

»Gut, super«, antwortete ich und versuchte in ihren Augen zu ergründen, was sie wirklich von mir wollte.

»Mama hat gesagt, dass ich dir helfen soll.«

»Helfen?«

»Damit du nicht sitzenbleibst.«
»Ich bleib nicht sitzen.«
»Du lernst aber auch nie.«
»Wofür?«
»Damit du einen guten Job bekommst.«
»Findest du es nicht dämlich, dass man dafür so viel sinnloses Zeug pauken soll?«
»Seit wann machst du dir über so was Gedanken?«
»Du meinst, ich tu das nicht, weil ich keine Bücher lese?«, sagte ich ironisch.
»Nein, so hab ich das nicht gemeint. Ich hab dich immer dafür bewundert, dass du alles so locker nimmst. Leichtigkeit ist nämlich gut. Das Leben zu nehmen, wie es ist, ohne immer nachzudenken.«
Es dauerte einen Moment, bis ich den Satz entschlüsselt hatte. »Du meinst mit Leichtigkeit nicht zufällig *Dummheit*?«, hakte ich nach.
»Nein, ich meine Leichtigkeit. Das ist ein Unterschied. Dumme Menschen stellen keine Fragen. Die machen sich keine Gedanken über den Sinn des Lebens, sondern leben einfach nur.«
Ich blickte sie immer noch skeptisch an. Mir war nicht klar, was daran schlecht sein sollte.
»Du bist nicht dumm. Faul vielleicht, aber definitiv nicht dumm.«
Sie grinste. »Brauchst du jetzt meine Hilfe oder nicht?«
Ich schüttelte den Kopf. »Vielleicht in Bio. Aber sind ja sowieso bald Ferien.«
Sie deutete zu meinem Fotoapparat. »Darf ich mal sehen, was du fotografiert hast?«
»Das Display funktioniert nicht richtig. Nachher lade ich die Bilder auf den Computer. Ist aber nur Elton drauf.«
Janas Gesicht lag im Halbschatten. Zu gerne hätte ich sie so fotografiert. Das sah toll aus. Anmutig. Selbstbewusst. Sie hatte dieselben großen Augen wie mein Vater. Je nach Wetter- und

Gemütslage wechselte der Farbton von einem leuchtenden Blau in ein schmutziges Graublau. Heute schien es ihr gut zu gehen. In ihren Augen spiegelte sich der Himmel.

»Weißt du«, sagte sie ruhig, »das, was du dir da neulich im Internet angeschaut hast, diese Frau. Das ganze Zeug, was da gezeigt wird, das ist nicht die Realität. So sieht Liebe nicht aus. Und Frauen sind auch nicht so, wie sie da gezeigt werden. So ständig notgeil – du weißt, was ich meine? So sind die meisten Frauen nicht. Das ist nur ein kleiner Ausschnitt. Ein Teil vom Ganzen. Nicht der wichtigste. Nur Sex.«

Nur Sex, wie konnte sie das sagen. *Nur Sex*. Seit ich begriffen hatte, wie ich das ständige Kribbeln ein wenig lindern konnte, hatten diese drei Buchstaben eine übermächtige Bedeutung bekommen. Sex – auch wenn ich nur an mir selbst experimentierte – war zum Mittelpunkt meines Lebens geworden. Seit ich wusste, wie es funktionierte, holte ich mir bei jeder Gelegenheit einen runter. Meist auf dem Klo oder unter der Bettdecke in eine Socke, damit ich keine Spuren hinterließ. Keine Nacht konnte ich durchschlafen, weil ich ständig dorthin fassen musste. Und wenn ich so beweglich gewesen wäre wie eine Gummipuppe, hätte ich ihn auch in den Mund genommen. Aber das ging nicht. Meine Hand bewegte sich wie der Kolben eines Motors, wie die Nadel einer elektrischen Nähmaschine. Auf und ab, vor und zurück. Bis die dünne Haut unter der Dusche brannte, weil ich so oft daran gerieben und gezerrt, gedrückt und gezogen hatte, bis ich die richtige Technik beherrschte.

Wie konnte Jana sagen, dass es *nur* Sex sei. Vielleicht war das der gravierende Unterschied zwischen Mann und Frau, dass Männer mehr davon brauchten. Wahrscheinlich las man deshalb nie von Frauen, die vergewaltigten oder Sexsklaven in dunkle Verliese sperrten. Zu so was waren scheinbar nur Männer fähig.

Meine Schwester klappte ihren Skizzenblock zu. Ich betrachtete das Bob-Marley-Poster. Sie hatte dem Rastafari-Mann den Kopf übermalt.

»Reggae ist homophobe Scheiße, verstehst du? In Jamaica hassen sie Schwule. Die lynchen sie sogar, wenn sie sie beim Ficken erwischen.«

»Echt?«

»Hab ich auch erst kürzlich erfahren. Schwulsein haben die per Gesetz verboten. Du bist aber nicht schwul, oder? Das auf dem Monitor war doch eine nackte Frau.«

»Nein, ich glaub nicht.«

»Du glaubst nicht … sehr witzig.« Sie grinste, dann wurde ihr Gesicht wieder ernst. »Eigentlich schade. Ich hätte gerne 'nen schwulen Bruder. Wäre irgendwie cool.«

»Warum hängst du das Poster nicht einfach ab?«

»So was braucht Zeit. Ist der nächste Schritt. Außer Punk gefällt mir Reggae einfach am besten.« Sie seufzte. »Eigentlich hast du recht. Wozu noch warten?« Sie stand auf und schritt hinüber zum Poster. »Es ist Zeit!«, sagte sie mit verstellter Stimme und riss es in Stücke. »Im Leben ist es wichtig, ehrlich zu sein. Zu sich und zu allen anderen. Das musst du dir merken.« Sie schaute mich durchdringend an. »Es gibt genug gewissenlose Lügner auf der Welt. Die Wahrheit ist ihr Gegner. *Wir* sind ihr Gegner.« Sie schlug sich mit der flachen Hand gegen die Brust. Wie ein Indianer, der seinen Stamm auf einen Krieg einschwören wollte. Ich nickte. Manchmal war mir Jana unheimlich. »War sonst noch was, außer Schule?«, fragte ich, während sie die Überreste von Bob Marley in den Papierkorb stopfte.

»Mama und Papa haben doch nächstes Jahr ihren zehnten Hochzeitstag. Ich hab überlegt, was wir ihnen schenken könnten. Müsste was Außergewöhnliches sein.«

»Ist doch noch ewig bis dahin.«

»Nicht, wenn es was Besonderes sein soll.« Sie setzte sich wieder aufs Bett und schlug ihren Block auf. Kleine Schweißtröpfchen glitzerten auf ihrer Stirn. Mit geübten Bleistiftstrichen skizzierte sie ein Hochzeitspaar. Eine Frau mit angedeutetem Brautschleier, daneben ein Mann mit Frack und Zylinder, der ihre Hand hielt. Jana war begabt. Ich setzte mich neben sie. »Sieht gut aus«, sagte ich.

»Was hältst du davon, wenn wir in der Art einen Kalender basteln. Mit Zeichnungen und Fotos.«

»Soll ich heimlich Abzüge machen.«

»Zu gewöhnlich. Die Idee hätte jeder. Mit deiner neuen Kamera kriegst du doch jetzt bessere Fotos hin als früher?«

Ich nickte.

»Wie wäre es, wenn du Bilder von ihren Lieblingsplätzen machen würdest. Oben am Wald oder im Eiscafé. Und natürlich ein Bild vom Schlossplatz. Von der Parkbank, auf der sie sich zum ersten Mal geküsst haben.«

»Sieht das nicht langweilig aus, so ohne Menschen?«

»Wer hat denn gesagt, dass da keine Menschen drauf sind? Ich zeichne die beiden von alten Fotos ab. Nur mit Bleistift. Die können wir dann einscannen und später in die Bilder einfügen. Eine Art Montage. Sieht bestimmt cool aus.«

»Und was ist mit uns? Soll nicht auch ein Bild von uns in den Kalender?«

»Ja … schon … vielleicht. Es müsste aber eines sein, das sie nicht kennen.«

»Vielleicht mit Selbstauslöser vor dem Haus«, schlug ich vor.

»Langweilig.«

»Und wenn wir darauf nackt sind?«

Sie hob die Augenbrauen und verzog das Gesicht. »Spielen deine Hormone jetzt völlig verrückt?«

»Nicht so, dass man alles sieht, sondern nur angedeutet. Kennst du das Bild von der nackten Frau mit dem Cello auf dem Rücken?«

»Klingt erniedrigend.«

»Ist nur aufgemalt … angedeutet. Nur die geschwungenen Löcher kann man erkennen. Sieht toll aus.«
»Seit wann interessierst du dich denn für Kunst?«
»Tu ich ja gar nicht. Ich mag einfach nur das Bild.«
Jana schaute mich erstaunt an. Das gefiel mir. Ich machte weiter.
»Wenn wir also irgendwo einen Geigenbogen herbekommen, dann könnten wir doch was Ähnliches machen. Ich halte den Bogen und spiele auf dir – sozusagen.«
Jana nahm den Zeichenblock von ihrem Schoß. »Noch mal zum Verständnis: Ich soll mich also vor dir ausziehen, damit du auf mir – dem lebenden Cello – spielen kannst?«
Ich nickte.
»Und du bist dabei auch nackt?«
»Wir können den Ausschnitt ja so wählen, dass man nichts erkennt.«
»Das ändert aber nichts daran, dass *wir* uns erkennen.«
»Hast du einen besseren Vorschlag?«
»Nein, schon … schon gut. Ist ’ne coole Idee.« Sie lächelte. »Du erstaunst mich. Hätte ich dir gar nicht zugetraut, dass du außer Handball und Papas Laden noch was anderes im Kopf hast.«
»Wir können das Bild ja im Proberaum machen. Vor dem schwarzen Vorhang. Wenn wir die Fusseln absaugen, sieht das bestimmt gut aus.«
»Einverstanden … aber deine Unterhose könntest du vielleicht trotzdem anbehalten. Ich meine, nicht dass ich damit ein Problem hab, dich nackt zu sehen, aber es wäre mir einfach lieber.«
»Geht klar«, sagte ich großmütig.
Jana grinste übers ganze Gesicht. »Irgendwie hab ich das Gefühl, dass du dich veränderst«, murmelte sie. »Aber das ist gut so. Irgendwie ist das gut. Wenn du nicht zum Macho wirst.« Sie hob den Zeigefinger. »Versprich mir das! Respekt vor Frauen ist wichtig. Porno ist Gewalt.« Sie wuschelte mir durchs Haar. »Denk daran, wenn du das nächste Mal an dir rumfummelst.«

| Zwölf |

Kaum hatten unsere Eltern das Haus verlassen, machten wir uns daran, den Proberaum umzuräumen. Wir schoben das Schlagzeug an die Seite, befreiten den schwarzen Vorhang so gut es ging von Fusseln und stellten das große Polstersofa nach hinten an die Wand. Aus dem Pavillon hatte meine Schwester einen Hocker geholt, auf dem sie später sitzen würde. Weil ich nicht so gut zeichnen konnte, hatte sie Schablonen gebastelt, die ich nur noch auf ihren Rücken legen musste, um sie mit schwarzer Farbe auszumalen. Ich stellte mein Stativ in etwa vier Metern Abstand vor dem Vorhang auf. Den Ausschnitt würde ich später so wählen, dass man Jana vom Po-Ansatz aufwärts sehen würde. Der Bogen zwischen Hüfte und Taille ergab zusammen mit den aufgemalten länglichen Löchern den Korpus des Cellos. In einem Musikgeschäft hatte ich mir das Instrument genau angeschaut. Ich drückte ein paarmal auf den Auslöser, um die richtige Belichtungszeit einzustellen. Weil ich ohne Blitz fotografieren wollte, hatte ich den Deckenfluter aus dem Wohnzimmer geholt.
Aus dem Augenwinkel konnte ich sehen, wie meine Schwester ihr T-Shirt über den Kopf zog. Wir hatten die letzten Minuten kaum geredet. Sie schien genauso nervös zu sein wie ich.
»Und starr mir nicht auf den Busen, okay?« Jana öffnete die Haken ihres rosafarbenen BHs. Sie stand mit dem Rücken zu mir. Unentschlossen, die Bänder des BHs unter die Achseln geklemmt, ging sie hinüber zum Sofa und legte sich auf den Bauch.
»Worauf wartest du? Fang endlich an.«
Ich schaltete den Fotoapparat aus, nahm die Schablonen und den Tiegel mit der schwarzen Farbe vom Boden und setzte mich auf den Rand des Sofas.

Jana hob ihren Oberkörper kurz an, zog den BH heraus und ließ ihn auf den Boden fallen. Elton kam zur Tür hereingetrottet. Er legte sich auf die Gummimatte, auf der normalerweise das Schlagzeug stand, und beobachtete uns. Ich legte die erste Schablone auf Janas Rücken. Leider war sie nach unten hin etwas zu lang.
»Du müsstest die Hose ein Stück nach unten ziehen«, sagte ich vorsichtig. »Die Schablone liegt sonst nicht richtig auf.«
Jana stieß geräuschvoll Luft aus. Dann zog sie ihren rosafarbenen Slip und die Jeans ein Stück nach unten. »Reicht das?«, knurrte sie.
»Nur noch zwei Zentimeter.«
»Warum habe ich mich bloß darauf eingelassen?«
»Das reicht.«
»Dann fang endlich an!«
Mit dem feinen Pinsel zeichnete ich zuerst die Umrisse, dann malte ich die Flächen aus. Nach zwanzig Minuten war die Farbe so weit getrocknet, dass sie nicht mehr verlief, und Jana konnte sich aufrichten.
»Ich weiß, dass sie groß sind«, sagte sie, als sie sich zu mir umdrehte. »Verkneif dir einfach einen Kommentar.«
Tatsächlich war ihr Busen größer, als ich es vermutet hatte. Jetzt kapierte ich auch, weshalb sie die Schultern meist nach vorne zog und den Rücken ein wenig krümmte. Dadurch fiel ihre überdurchschnittliche Oberweite weniger auf. »Kann ich ein bisschen Musik anmachen?«, fragte Jana, »oder stört das den Künstler?«
»Mach ruhig«, sagte ich, während ich den Selbstauslöser der Kamera einstellte. Ich versuchte, nicht auf ihren Busen zu starren, was alles andere als leicht war.
Hochgeschwindigkeitspunk dröhnte verzerrt aus den Lautsprechern. Obwohl die Musik in Eltons Ohren wie der Start eines Jumbojets klingen musste, dachte er gar nicht daran, das Feld zu räumen. Ganz im Gegenteil: Er wedelte wie wild mit seinem Schwanz und beobachtete Jana, die mit geschlossenen Augen

Pogo tanzte. Ihr Busen wippte im Takt. Der Ausdruck auf ihrem Gesicht wechselte von angespannt, nervös zu glücklich und befreit. Sie war schön. Verrückt schön. Ohne lange nachzudenken, richtete ich die Kamera auf sie und drückte mehrmals hintereinander ab. Sie bemerkte es nicht. Das Lied war zu Ende. Lächelnd öffnete sie die Augen. »Jetzt geht es mir besser«, sagte sie und drehte die Anlage leiser. Über der schwarzen Farbe auf ihrem Rücken glitzerten winzige Schweißtröpfchen. Ich tupfte sie mit einem Taschentuch ab. Bereitwillig setzte sich Jana mit dem Gesicht zum Vorhang auf den Hocker. Als ich nicht hinschaute, streifte sie ihren Slip ab.

»Los! Ausziehen!«, rief sie überschwänglich.

»Ich dachte, du wolltest mich nicht nackt sehen«, sagte ich mit gespielter Lässigkeit.

»Quatsch. Jetzt mach schon, kleiner Bruder. Quid pro quo.«

»Ich kann kein Latein.«

»Du bist dran.«

Mein Herz spielte Techno. Ich schlüpfte zuerst aus Jeans und T-Shirt und dann aus meinen Boxershorts. Dabei stand ich mit dem Rücken zu Jana. Meinen Schwanz bedeckte ich mit meiner rechten Hand, mit der Linken griff ich nach dem Geigenbogen.

»Feigling!«, rief meine Schwester und lachte. »Und wie willst du jetzt auf den Auslöser drücken?« Sie kicherte. »Früher war es uns doch auch egal. Komm, lass endlich die Hüllen fallen. Auf! Auf!« Sie klatschte in die Hände.

Ich zögerte einen Augenblick. Dann schritt ich hinüber zur Kamera und drückte auf den Auslöser. Das rote Licht begann zu blinken. Ich musste mich beeilen. Während ich zurücklief, versuchte ich auszublenden, dass meine Schwester über ihre Schulter in meine Richtung starrte und es mit Sicherheit nicht mein Gesicht war, das sie zum Grinsen brachte.

»Nicht schlecht, kleiner Bruder. Man sieht, dass wir dieselben Eltern haben.« Sie lachte, dann klickte der Fotoapparat, und der

erste Fehlversuch (mein unscharfer nackter Hintern und Janas rechter Busen) war im Kasten.
Wir wurden von einem Lachkrampf geschüttelt. Es dauerte eine Weile, bis wir uns beruhigt hatten. Ein paarmal lief Elton ins Bild. Ich hatte das eigenartige Gefühl, dass er es mit Absicht machte. Schließlich gehörte er zur Familie. Von Aufnahme zu Aufnahme schienen wir zu vergessen, dass wir nackt waren. Es war wie eine Rückkehr in unsere Kindheit. Unbeschwert, frei, ohne Sorgen. Ohne Angst. Wir alberten herum. Ich strich mit dem Geigenbogen über Janas Rücken und legte meine linke Hand auf ihren Nacken, als sei er das Griffbrett eines Cellos, über das sich Saiten spannten. Die Berührung ihrer weichen Haut hatte etwas Vertrautes, nichts Erregendes. Wir alberten herum und machten zum Abschluss noch ein paar Porträtaufnahmen von Elton. Er war davon so begeistert, dass er sich ins Zeug legte, als sei er das neue *Pedigree*-Hunde-Supermodel.

| Dreizehn |

Meine Mutter betrat fröhlich summend das Haus. Sie hatte sich für den Elternsprechtag in Schale geworfen. In Rock und heller Bluse, mit Sonnenbrille in den Haaren, wirkte sie wie eine dieser Mütter aus der Fernsehwerbung, wenn es um niedrige Zinsen für das Eigenheim ging oder rundgesichtige Kinder mit Fruchtzwergen versorgt werden mussten. Ich starrte gerade auf den übernatürlich wohlgeformten Busen einer MTV-Moderatorin, die die aktuellen Charts runterbetete, und überlegte, wie viele Jungen in meinem Alter sich jetzt einen runterholten. Es mussten ziemlich viele sein. Wahrscheinlich hätte man damit den Tankwagen füllen können, der jeden Tag die Milch vom benachbarten Bauernhof abholte.

Mit eleganten Schritten lief meine Mutter hinüber zum Wohnzimmertisch. Sie schien mich nicht zu bemerken. Der Helligkeitsunterschied zwischen draußen und drinnen, wo wir wegen der Hitze überall die Rollläden heruntergelassen hatten, war enorm. Sie stellte ihre Handtasche auf den Holztisch, dann drehte sie sich um und bemerkte mich.

»Ist gut gelaufen«, sagte sie und zog den Rollladen am Esstisch ein wenig nach oben. Das einfallende Sonnenlicht legte sich in gestrichelten Linien über die Rundungen ihres Körpers. Für einen Moment vergaß ich, dass die Beine, auf die ich starrte, zu meiner Mutter gehörten, und fand sie sexy.

»Sei froh, dass du so einen netten Klassenlehrer hast.« Sie schien zu überlegen, wie stark die kleinen Falten zwischen ihren Augenbrauen hervortreten sollten.

Ich stand auf. »Was hat Herr Schott denn gesagt?«

Sie spitzte ihre Lippen, suchte Blickkontakt und versuchte es

zunächst auf telepathischer Ebene, bevor sie das Gespräch in Worte packte. »Du bist unkonzentriert. Ständig bewegst du deine Beine. Und in sämtlichen Fächern sind deine Noten schlechter geworden.« Sie seufzte. »Bedrückt dich irgendwas?«
»Alles in Ordnung. Ist einfach nicht mein Jahr.«
»Wie dein Vater«, sagte sie kopfschüttelnd. »Ja nicht über Gefühle reden.« Sie schenkte sich ein Glas Wasser ein. Ihr Blick ging hinüber zum Fernseher. *Snoop Dogg* saß, umgeben von Bikini-Schönheiten, in einem Whirlpool und rappte unverständliches Zeug. »Hast du eine Ahnung, was der Typ da erzählt?«
Ich schüttelte den Kopf.
»Ist vielleicht auch besser so.« Sie ging hinüber zum Wohnzimmertisch und schaltete den Fernseher aus. Elton kam unter der Eckbank hervor und trottete in die Küche. Dort musste er enttäuscht feststellen, dass er zu früh dran war, weshalb ich ihm als Zwischenmahlzeit ein getrocknetes Schweineohr spendierte.
»Hat Herr Schott sonst noch was gesagt?«, fragte ich und beobachtete Elton, wie er menschengleich das Schweineohr mit den Vorderpfoten festhielt und darauf herumkaute.
Meine Mutter zögerte einen Moment. Sie setzte sich an den Wohnzimmertisch und nahm einen großen Schluck Wasser. »Dein Lehrer meint, dass du vielleicht ADS hast.«
»Was meint er?«
»Hyperaktiv, verstehst du, ein Zappelphilipp. Kannst du mal deine Hand stillhalten?« Sie seufzte. »Dein Lehrer macht sich Gedanken um seine Schüler. Ich war in deinem Alter auch ständig unkonzentriert. Heute ist das besser erforscht.« Mit dem Zeigefinger strich sie über den Glasrand. Ein hoher Ton ließ Elton aufhorchen. »Es ist einfach wichtig, dass die Schule gut läuft«, sagte meine Mutter und stellte das Glas von sich weg. »Wir sollten uns drum kümmern.«
»Was meinst du mit *drum kümmern*?« Ich setzte mich auf die Eckbank.

»Weißt du, vielleicht war die Sache in der Turnhalle ein Warnschuss. Man muss so was ernst nehmen.« Sie stand auf, lief um den Tisch herum, ging vor mir in die Hocke und legte ihre Hände auf meine Oberschenkel. Mit einem Lächeln sagte sie: »Ich würde gerne mal mit dir zu einem Spezialisten gehen. Nur pro forma. Zu jemandem, der sich auskennt. Vielleicht ist ja gar nichts. Ich will mir nur später keine Vorwürfe machen. Allergien haben sie früher auch nicht erkannt.« Sie küsste mich auf die Stirn. Mir war immer noch nicht ganz klar, worauf sie hinauswollte. Sie angelte ihre Handtasche vom Tisch und kramte einen Zettel heraus, auf dem eine Telefonnummer stand. Die Vorwahl gehörte zum Nachbarort. »Hat mir Bianca gegeben«, sagte sie. Bianca war ihre beste Freundin. »René hat auch ADS. Seit er in Behandlung ist, schreibt er bessere Noten. Bianca meint, er sei vielleicht hochbegabt.«
»*Hochbegabt*?« Ich konnte mir ein spöttisches Grinsen nicht verkneifen. René war einfach nur ein mieser Schlägertyp, der seine Mitschüler tyrannisierte.
»Wie auch immer«, sagte meine Mutter. »Ich würde mich jedenfalls freuen, wenn wir mal gemeinsam bei einem Psychologen vorbeischauen würden. Vielleicht hat er ja einen Tipp für uns. Man muss sich das Leben nicht unnötig schwermachen.«
»Weiß nicht«, seufzte ich. »Ich glaub nicht, dass der mir helfen kann.« Höchstens, wenn er mir ein Medikament verschrieb, das meinen Trieb ausschaltete. Noel hatte gesagt, dass man Gefangenen und Soldaten etwas unters Essen mischte, damit sie sich nicht gegenseitig vergewaltigten.
»Wir könnten es auch mal wieder mit Yoga versuchen«, lenkte meine Mutter ein. »Früher hat dir das doch auch Spaß gemacht.«
»Nein, bitte, kein Yoga«, stöhnte ich. »Das sieht albern aus.«
»Also doch einen Termin beim Psychologen. Ist ja keine große Sache. Heute muss man sich dafür nicht mehr schämen.«

»Aber …«
Elton blickte mich an. »Jetzt sag ihr endlich, was Sache ist«, schien er zu fordern.
»Ich kann nicht«, übermittelte ich ihm in Gedanken.
»Lass es uns probieren«, sagte meine Mutter. »Ich will doch nur, dass du dich wieder konzentrieren kannst.«
Ich gab mich geschlagen. »Wenn's unbedingt sein muss.«
Elton verschwand mit den vor Speichel triefenden Überresten des Schweineohrs in den Garten. Vielleicht war er enttäuscht, dass ich so feige war.
Meine Mutter wählte die Nummer des Seelenklempners. Wenn sie sich etwas in den Kopf gesetzt hatte, konnte man sie nur schwer davon abbringen. Das Wort »Aufschieben« existierte in ihrem Wortschatz nicht. »Können wir ausmachen, deinem Vater nichts zu erzählen?«, fragte sie, während das erste Tuten durch die Leitung drang.
Ich nickte. Was Absprachen anbetraf, war unsere Familie ziemlich kompliziert. Man musste höllisch aufpassen, welche Vereinbarungen gerade aktuell waren. Es war eine Form der Rücksichtnahme, bei der selten aktiv gelogen wurde, und falls doch, dienten diese Lügen nur dazu, die wunden Punkte des Einzelnen zu schützen. Mein Vater sollte nichts davon erfahren, weil er bis vor Kurzem selbst in psychologischer Behandlung gewesen war. Wegen seiner miesen Kindheit. Leider ohne Erfolg. Letztes Jahr hatte er die Therapie abgebrochen und versuchte es seither wieder mit Verdrängung.
Es dauerte keine zwei Minuten, da hatte ich meinen ersten Termin bei einem Psychologen.
»Nächsten Mittwoch, vier Uhr«, sagte meine Mutter erleichtert und küsste mich auf die Stirn. »Ich bin stolz auf dich.«
Ich nickte nur. So hatte ich mir die Pubertät nicht vorgestellt.
»Könntest du nachher bitte noch den Rasen mähen? Sieht schon wieder aus wie im Urwald.«

»Hab doch Training.«
»Dann eben morgen. Jana soll dir helfen.«
Ich nickte.
»Jetzt mach nicht so ein Gesicht. Ich mein es doch nur gut.«
»Ja, klar.«
Sie umarmte mich und flüsterte: »Für mütterliche Fürsorge ist man nie zu alt.« Ein weiterer Kuss landete auf meiner Stirn. Ein weiteres Mal verpasste ich die Gelegenheit, ihr zu erklären, was mit mir los war.

Wie gewöhnlich brütete Jana über ihren Hausaufgaben. Sie lag bäuchlings auf dem Flickenteppich vor ihrem Bett, hatte die Beine angezogen und gekreuzt und bearbeitete irgendwelche mathematischen Gleichungen, die ihre grauen Zellen scheinbar mühelos nach x auflösten. Und das, obwohl durch ihren Kopfhörer rebellische Punk-Rhythmen krachten, die nach brennenden Autos, Straßenschlachten und Aufruhr verlangten. In Sachen Konzentration hätten wir unterschiedlicher nicht sein können.
Ich hielt ihr eines der Bilder vor die Nase, das ich aus der Fotosession ausgewählt hatte. Jana zog den Kopfhörer ab und setzte sich in den Schneidersitz. Sie betrachtete sich – das lebende Cello – und schüttelte ungläubig den Kopf. »Sieht ja hammergeil aus.« Sie strahlte mich an. »Hast du da viel dran gemacht?«
»Nur die Farbe rausgezogen«, sagte ich und setzte mich neben sie. »Sieht schwarzweiß einfach besser aus.«
Sie pfiff durch die Zähne. »Wow! Das ist richtig gut, kleiner Bruder, richtig gut. Und pervers sieht es auch nicht aus. Echt super.« Sie drückte mich. »Gibt's noch mehr zu bestaunen?«
Ich zog die Aufnahmen von Elton aus dem Umschlag. Die Bilder, auf denen Jana Pogo tanzend und mit fliegendem Busen zu sehen war, wollte ich für mich behalten.
»Und Papa hat nichts gemerkt?«, fragte Jana.
»Hab doch 'nen Zweitschlüssel.«

»Hey, schau dir das an!« Jana zeigte auf eine Großaufnahme von Eltons Gesicht. »Wenn ich es nicht besser wüsste, würde ich sagen, dass er lächelt.«
»Kann schon sein.«
Die nächsten Minuten betrachtete Jana sorgfältig jedes einzelne Bild und lobte mich, wie sie es noch nie getan hatte. »Der Kalender wird so geil!«, sagte sie immer wieder. »So geil!« Zufrieden legte sie die Fotos übereinander und wuschelte mir durchs Haar. Sie griff nach einem Büschel Locken und hielt es fest. »Weißt du eigentlich, wie gut Rastas zu dir passen würden? Das wäre so was von cool.«
»Weiß nicht«, sagte ich. »Wie funktioniert das denn?«
»Nicht waschen, nicht kämmen, nicht föhnen. Ein bisschen reiben. Is total easy.«
»Lieber nicht.«
»Spießer«, höhnte sie und ließ meine Haare los.
»Streberin«, gab ich grinsend zurück.
»Frauen stehen auf außergewöhnliche Typen, glaub mir.«
»Sicher«, sagte ich und steckte die Fotos wieder in den Umschlag. »Die restlichen Bilder kommen dann. Hat ja noch Zeit.«
Meine Schwester runzelte die Stirn, kniff ihre Augen zusammen und sagte: »Wenn du mir von heute an alle neunzehn Tage ein neues Motiv gibst, kommen wir gut hin.«
»Alle neunzehn Tage« wiederholte ich schmunzelnd.
»Dann hab ich jeweils sechs Komma drei Tage Zeit für die Montage.«
»*Sechs Komma drei.*« Ich schüttelte den Kopf. »Zu Befehl, Frau Einstein. Ich tu, was ich kann.«
Jana ließ ihre Fingerknöchel knacken. »Das mit den Rastas solltest du dir ernsthaft überlegen. Wäre echt der Hammer. Mein kleiner Bruder mit Rastas …«
Mein Blick fiel auf den angerosteten Wecker neben ihrem Bett. »Scheiße! Schon so spät. Ich muss los.«

»Kann ich die Fotos behalten?«, fragte Jana.
»Aber lass sie nicht offen rumliegen.«
»Bestimmt nicht.«

In der Umkleidekabine roch es nach Schweiß und nassen Socken. Ich schlüpfte aus meiner Unterhose und betrat den Duschraum. Wasserdampf zog durch das gekippte Fenster nach draußen. Karim, der beste und älteste Spieler unserer Mannschaft, dessen Körper von der Seite betrachtet erstaunlich muskulös aussah, ließ sich einen dicken Wasserstrahl ins Gesicht klatschen. Er hatte die Augen geschlossen. Sein Penis sah verschrumpelt aus, klein und beschnitten. So etwas wie schöne Penisse schien es ohnehin nicht zu geben. Weder schlaff noch erregt.
Wir waren alleine. Die andern mussten noch ein paar Liegestütze machen. Karim und ich waren die Schnellsten beim Cooper-Test gewesen, deshalb blieb uns die abschließende Quälerei erspart.
Ich stellte mich neben ihn und seifte mich ein. Er hatte braune glänzende Haut wie der Typ aus der Davidoff-Werbung. Ich dagegen war blass und klapperdürr. Ein wenig erinnerte Karims Körper an die Gipsstatuen, die mal eine Zeit lang im Schaufenster meines Vaters gestanden hatten. Bei denen hatte ich mich auch über das seltsame Verhältnis zwischen Muskeln und Hoden gewundert.
Ich schaltete die Brause ein. Karim öffnete die Augen. Er lächelte, dann wanderte sein Blick zu meinem Mittelpunkt. »Sieht man gar nichts mehr. Musste nicht genäht werden, oder?«
»War halb so schlimm.«
»Und geknickt sieht er auch nicht aus.«
»Alles wieder okay.«
»Wird trotzdem nicht leicht werden.« Er drückte erneut auf den Duschknopf.

»Was meinst du?«
»Sieht ziemlich groß aus, dein Schwanz. Wenn er noch weiter wächst, brauchst du 'nen Waffenschein.« Er lachte. »Kommt bestimmt 'ne Menge raus.« Er umfasste seinen Penis unsanft mit der Hand und drückte zu. »Lust auf 'ne Runde Wettwichsen? Wer gewinnt, kriegt 'nen Porno.«
»Keinen Bock.«
»Jetzt komm schon, sei kein Weichei. Du willst dir doch deinen Stammplatz sichern.« Immer noch hielt er seinen Penis in der Hand. Er wurde größer. »Ich leg vor.« Als hätte er mich nicht gehört, begann er seine Hand langsam vor und zurück zu bewegen. Ich hatte keine Lust, ihm dabei zuzusehen. Ich dachte darüber nach, was los wäre, wenn jetzt jemand hereinkam, und wurde nervös. Meine Dusche ging aus. Ich nahm mein Handtuch vom Haken. Dann spürte ich Karims Hand auf meiner Schulter. Wut stieg in mir auf. Ich drehte mich um. Karim stand vor mir. Er hatte einen Ständer. Krumm wie eine Banane, dachte ich.
»Ich hab keine Lust auf so was«, sagte ich in versöhnlichem Tonfall. »Du kannst es ja alleine machen, wenn's dir was bringt.« Ich rieb mich mit dem Handtuch ab und beugte mich nach vorne. Ich wollte nur noch raus hier.
»Bist du 'ne Schwuchtel oder was?«, hörte ich ihn hinter mir sagen, »den passenden Arsch hast du ja.« Er fasste mir an den Po. Zwischen dem Augenblick dieser Berührung und dem Moment, in dem ihn meine Faust ins Gesicht traf, verging nur der Bruchteil einer Sekunde. Ein Knacken, wie bei einem morschen Ast. Blut schoss aus seiner Nase, spritzte gegen die weißen Fliesen und vermischte sich mit den Wassertropfen an der Wand. Außer Kontrolle warf ich ihn zu Boden, setzte mich auf seinen Brustkorb und schlug auf ihn ein. Panik spiegelte sich in seinen Augen, aber ich hatte kein Mitleid. Meine Fäuste trommelten erbarmungslos auf ihn ein. Erst als der Trainer mich von ihm wegzerrte, kam ich wieder zur Besinnung.

| Vierzehn |

Im Internet fand ich heraus, dass Patienten mit Sexsucht und Patienten mit Hyperaktivität die gleichen Symptome zeigten. Es war also nur logisch, dass man ihnen auch dieselben Medikamente verabreichte. Beide Krankheiten wurden von einer starken inneren Unruhe begleitet. Wie bei einem Junkie, der nur noch von Schuss zu Schuss denken kann und deshalb sein Leben nicht mehr auf die Reihe kriegt. Soweit war es bei mir noch nicht, aber die anfängliche Euphorie darüber, dass mein Körper sozusagen auf Knopfdruck Glückshormone und andere Dinge ausschütten konnte, war wie weggeblasen. Wenn ich es tat, fühlte ich mich mittlerweile wie ein Affe in einem Versuchslabor, der zur Belohnung nach jeder Testreihe eine Banane bekommt. Dass unsere Schule an einem Pilotprojekt teilnahm, bei dem einzelne Klassen mit Laptops ausgestattet wurden, machte die Sache nicht leichter. Über Funkverbindung hatte ich die Leitung eines Nachbarn angezapft und war fast jede Nacht online. Während die anderen Hausbewohner schliefen, hielt ich Ausschau nach den schönsten Körpern, den perfektesten Brüsten und den knackigsten Pos. Wie bei einem Computerspiel hatte ich das nächste Level erreicht. Nacktaufnahmen genügten nicht mehr. Ich guckte mir Pornos an. Das Glück dauerte nur Sekunden, aber das Tier in mir wurde von Tag zu Tag gefräßiger. Ich war nur noch darauf gepolt, zu wichsen. Kein Sport mehr, keine Verabredungen, nur noch ich und das stumm geschaltete Gestöhne auf meinem Computer. Jeder Tag war eine Entdeckungsreise. Dinge, die ich erst widerlich gefunden hatte, fand ich nicht mehr so schlimm. Irgendwie hatte ich das Gefühl abzustumpfen. Gangbangs, Gruppensex, vier Männer und zwei Frauen. Zwei Frauen und ein Mann. Zwei Männer und eine Frau. Chefs mit Sekretärinnen. Alte Männer mit jungen Frauen. Die Phantasie kennt keine Grenzen. Amateure, Profis, Anfänger. Ich hatte das Gefühl, in eine Parallelwelt abzutauchen. Das Internet eine einzige große Sexorgie. Und ich mittendrin, mit leuchtenden Augen und schleifendem Atem. Kaum war alles vorbei, fühlte ich mich mies. Warum konnten Bilder einen so erregen? Warum konnte man das nicht einfach abschalten? Warum wollte ich vögeln, ficken, bumsen und nicht zärtlich sein? War ich ein Vergewaltiger? Fing das so an? Würde man mich eines Tages in Handschellen abführen? Ich fühlte mich schuldig, und auch irgendwie krank.

Vermutlich war das der Grund, weshalb ich relativ gelassen die psychologische Gemeinschaftspraxis betrat, die im Erdgeschoss eines grauen Hochhauses untergebracht war. Mein Ziel war es, an ein Medikament zu kommen, das mir die Rückkehr in ein normales Leben ermöglichte. Deshalb hatte ich mir die wichtigsten Symptome für ADS eingeprägt. Wenn nötig, würde ich sie in das Gespräch mit dem Arzt einfließen lassen, um die Diagnose eindeutiger zu machen.

Das Wartezimmer explodierte in einem grellen Gelb-Orange-Ton vor meinen Augen. Die breite Fensterfront hatte man bis auf einen schmalen Streifen, durch den ein blaues Stück Himmel schimmerte, mit Folie abgeklebt. Wir setzten uns auf zwei Plastikstühle auf der linken Seite. Meine Mutter nahm eine Zeitschrift vom Tisch und begann darin zu blättern. Die anderen Anwesenden – zwei Frauen, ein etwa achtjähriger Junge mit abstehenden Ohren und ein dunkelhaariges Mädchen, das ungefähr so alt wie meine Schwester sein musste und mit dem linken Auge zwinkerte – nahmen kaum Notiz von uns. Aus dem kleinen Deckenlautsprecher neben der gläsernen Tür drang statisches Rauschen.

Ich nahm mir eine Zeitschrift vom Tisch und betrachtete die großformatigen Bilder. Es ging um den Anbau von Kokain in Kolumbien. Ich las die ersten Zeilen, als mein Blick über den oberen Rand der Seite hinausging. Die schwarz gekleidete Frau und das Mädchen waren unverkennbar Mutter und Tochter. Beide hatten sie dieselbe kleine Kerbe in der Nasenspitze. Das Mädchen trug gelbe, hochhackige Schuhe und ein ebenfalls gelbes Kleid. Die glänzenden Schuhspitzen zeigten zueinander, wiesen wie ein Pfeil in meine Richtung. Sie hatte dünne, leicht gebräunte Beine, fast ohne Muskeln, und presste ihre runden Knie zusammen. In meinem Kopf fotografierte ich diesen berauschenden Anblick, dann versuchte ich, weiterzulesen. Ich wollte mir gerade ausmalen, wie das Mädchen ohne Klamotten zwischen Koka-Pflanzen posierte, als ich eine Stimme hörte – ein geisterhaftes Flüstern –, das meine Gedanken hörbar machte. »Ficken«, sagte die Stimme. Erschrocken hielt ich den Atem an. Ich schielte zu meiner Mutter. Sie lächelte schwach und tauchte wieder in ihre Zeitschrift ab. Verlor ich jetzt den Verstand? Ich schaute zu dem Jungen. Er zog eine Grimasse. Dann versuchte er seinen Kopf durch den schmalen Spalt des gekippten Fensters zu stecken, klopfte gegen die Scheibe und kicherte. Ein Wahnsinniger.

»Ficken.« Da war es schon wieder. Diesmal lauter. Ich starrte auf den abgenutzten Dielenboden, durchbohrte ihn mit meinem Blick und versuchte mir nicht anmerken zu lassen, dass ich gerade dabei war, den Verstand zu verlieren. Aus dem Augenwinkel sah ich, wie meine Mutter den Kopf zu mir drehte. Hatte ich dieses Wort vielleicht selbst gesagt? Strich sie mir deshalb tröstend über die Wange, weil mein Weg von hier aus direkt in die geschlossene Abteilung einer Psychiatrie führen würde?

Ein unterdrücktes Kichern riss mich aus meiner Verzweiflung. Ich hob vorsichtig den Blick und sah, wie der Junge mit den Segelohren in seine hohle Hand prustete. Seine Mutter schaute ihn scharf an, was ihn nur noch mehr anzustacheln schien. Sie zog ihn auf den Stuhl. Er schielte zu mir, dann zu dem Mädchen, dessen Mundwinkel mehrmals hintereinander unkontrolliert nach oben fuhren, bevor ihre Lippen die beiden Silben formten, die mir den Angstschweiß auf die Stirn getrieben hatten. »Ficken.« Kein Zweifel. Die erste Silbe, das »Fi« war ganz deutlich zu hören. Entwarnung. Ich war doch nicht verrückt. Dann wurde der Name des Mädchens ausgerufen. Es musste ihr Name sein, denn ihre Mutter zog sie unwirsch am Arm. Ihr Nachname war Wendland. Hätte sie sich nicht so seltsam benommen, hätte ich sie schön gefunden, aber ein Mädchen das einfach so »Ficken« sagte, war am Ende doch nur seltsam, egal, wie gut es aussah.

Eine halbe Stunde verging, bis auch mein Name durch die Sprechanlage raschelte. Die Praxis wurde von einem Psychologenehepaar geführt. Meine Mutter hatte mir erklärt, dass der Mann Psychiater war und die Frau Psychologin. Der Unterschied läge darin, dass der Mann Medikamente verschreiben durfte und die Frau nicht. Ahnung vom Seelenleid der Menschen hätten beide.

Die Sprechstundenhilfe führte uns in einen hellen Raum, in dem die Luft abgestanden und feucht roch, als hätte man sie monatelang eingesperrt. Auf dem Fenstersims stand eine Buddha-Figur, aus deren Händen leise plätschernd Wasser quoll, und an den Wänden hingen Ölbilder von kitschig anmutenden Phantasielandschaften. Meine Mutter verzog bei dem Anblick das Gesicht. Sie kannte sich gut aus mit Malerei. Bevor ich zur Welt gekommen war, hatte sie an der Kunstakademie studiert. Im Gartenpavillon war früher ihr Atelier gewesen. Nun musste der helle, kreisrunde Raum als Abstellkammer für allen möglichen Krimskrams herhalten.

Der dicke Teppichboden schluckte die Geräusche unserer Schritte. Wir setzten uns auf die Stühle vor dem Schreibtisch und warteten. Im Bücherregal links von mir standen reihenweise dicke Wälzer. Ich fragte mich, wie viele Krankheiten ein menschliches Gehirn hervorbringen konnte und warum noch niemand eine

Art Gehirn-Scanner erfunden hatte, mit dem man feststellen konnte, wo der Fehler im System lag. So wie beim Optiker. Statt einer Sehhilfe würde man dann eine Denkhilfe bekommen, die man entweder ins Gehirn implantierte oder als Helm auf dem Kopf trug.

Nirgendwo ein Sofa, stellte ich enttäuscht fest. Vielleicht gab es diese kuscheligen Dinger ja nur in Hollywoodfilmen. Stattdessen gab es jede Menge Schleichwerbung für Medikamente. Auf Kugelschreibern, Ablagefächern, Tüten und der Uhr an der Wand. Sogar der Bildschirmschoner zeigte ein Werbebanner für ein Medikament gegen Depressionen. Sponsoring wie bei der Formel 1.

Meine Mutter strich mir über die Wange und sagte, wie stolz sie auf mich sei. Hätte sie den wahren Grund meines Mitkommens gekannt, wäre sie das sicher nicht gewesen: Sie hatte einen Sex-Junkie zum Sohn.

Der Arzt, ein grauhaariger Mann mit Kurzarmhemd und Vollbart, betrat das Zimmer. Der Hemdknopf oberhalb seines Gürtels spannte, als würde er beim nächsten Tieflufthole n weggesprengt werden. Meine Mutter erhob sich. Ich mich mit ihr. Kraftlos drückte der Mann unsere Hände und setzte sich hinter den Schreibtisch. Er fischte eng bedruckte Blätter aus einem Ablagefach, nahm einen Bleistift zur Hand und kritzelte windschief etwas an den oberen Rand. Vermutlich meinen Namen.

»Wo drückt denn der Schuh?«, fragte er mit einer Stimme, die tief aus seinem Innern zu kommen schien.

»Mein Sohn, Paul, er hat Probleme mit der Konzentration«, machte meine Mutter den Anfang.

Mir hatte es kurzfristig die Sprache verschlagen. Vermutlich lag es daran, dass ich nicht glauben konnte, sogar hier drin, neben meiner eigenen, besorgten Mutter und vor einem nach Aftershave riechenden Psychiater, von einer Erektion heimgesucht zu werden. Nur weil meine gestörte Phantasie auf einem gerahmten Tintenklecks hinter dem Schreibtisch die Umrisse eines großbusigen Mädchens entdeckt haben wollte. Es wurde wirklich höchste Zeit, die Notbremse zu ziehen. Deshalb spielte ich nun meine Rolle. Ich klopfte mit den Händen nervös auf meine Oberschenkel, tat so, als könnte ich den Fragen des Arztes nicht folgen, und ließ hier und da ein paar Stichwörter fallen, die zusammengefasst nur einen Schluss zuließen: Ich war hyperaktiv. Auf meiner Stirn stand in blinkenden Buchstaben: *Gebt mir ein Medikament!*

Der Arzt nickte und notierte ohne Unterbrechung. Meine Mutter schwieg. »Schaust du viel fern?« Eine Pause.

»Ja«, sagte ich. »Am liebsten Videoclips.«

»Die schnellen Schnitte. Das ist Schwerstarbeit fürs Gehirn. Vor dem Schlafengehen ist das ganz schlecht.«

Meine Mutter fühlte sich bestätigt und nickte.

»Seit wann fühlst du dich denn so – nennen wir es mal – unruhig?« Er drehte den Bleistift zwischen Zeige- und Ringfinger hin und her, als wolle er mich hypnotisieren.

Ich musste mich räuspern. »Seit ein, zwei Monaten, vielleicht.«

»Seine Noten sind schlechter geworden«, ergriff meine Mutter das Wort. »Dieses Jahr wird er durchkommen, aber für nächstes Jahr sieht sein Klassenlehrer schwarz, wenn er so weitermacht.«

»Gibt es Probleme in der Familie? Scheidung, Todesfall, Arbeitslosigkeit oder Krankheit? Ein Ereignis, das ursächlich für diesen Zustand sein könnte?«

»Nein, eigentlich nicht«, sagte meine Mutter und zuckte ratlos die Schultern. »Paul war auch schon als Kind sehr unruhig.« Sie warf mir ein aufmunterndes Lächeln zu. »Erst durch den Sport ist es besser geworden, aber jetzt scheint es einfach nicht mehr zu gehen.« Sie erzählte davon, dass ich Karim die Nase gebrochen hatte. Sie hasste Gewalt. Den wahren Grund für meinen Ausraster hatte ich bisher verschwiegen. Für den Psychiater war die Prügelei ein willkommener Anlass, seine Fragen auf noch mehr eng bedruckte Blätter auszudehnen. Er machte ein Kreuz nach dem anderen. Befragte mal mich, dann wieder meine Mutter. Das Thema Sex schien auf seinen Fragebögen nicht vorzukommen. Im Beisein meiner Mutter hätte ich mich dazu ohnehin nicht wahrheitsgemäß geäußert. Meinen Sturz in der Turnhalle notierte der Psychiater auf die Rückseite des letzten Blattes, versah das Wort »Sturz« mit einem Ausrufezeichen und kringelte es mehrmals ein.

»Ich weiß, wie umstritten Medikamente sind«, sagte er nach einer längeren Pause, in der er seine Aufschriebe begutachtet hatte. Er schaute zu meiner Mutter. Sie zweifelte. Das war nicht zu übersehen. Der Arzt fuhr fort: »Tja. Es gibt nun mal Krankheitsbilder, die lassen sich durch medikamentöse Eingriffe relativ leicht und ohne große Nebenwirkungen behandeln. Und …« Sein Blick streifte erneut seine Notizen. »Bei ihrem Sohn ist die Sache meines Erachtens eindeutig. Paul«, sagte er, machte eine Pause und lächelte mir zu. »Wenn du damit einverstanden bist – und natürlich auch Sie, Frau Wegener, dann würde ich es gerne mit einem altbewährten Medikament versuchen. Regelmäßig, aber erst mal in kleiner Dosierung. Wir nennen das Einschleichen.«

»Muss das sein?«, seufzte meine Mutter, während ich bereitwillig nickte. »Gibt es keine andere Möglichkeit?«

»Doch, aber … tja … wie soll ich das erklären? Oft sacken die schulischen Leistungen sehr schnell ab. Und gerade jetzt – ihr Sohn soll ja in acht Jahren zum Abitur geführt werden – da ist schnelles Handeln gefragt. Sitzenbleiben führt oft dazu, dass Kinder aus ihrem gewohnten Umfeld gerissen werden, Freunde verlieren und es dann doppelt schwer haben, wieder Anschluss zu finden. Deshalb mein Vorschlag.«

Meine Mutter zögerte einen Moment. Diesem Argument hatte sie nichts entgegenzusetzen. »Und wenn Paul das Medikament nicht verträgt?«

»Dann versuchen wir es sofort mit einem anderen. Ich bin sehr froh, dass es mittlerweile genügend Hersteller gibt, die in diesen Bereich investieren. Das macht die Sache leichter.« Er lächelte. Sein faltiges, bronzeschimmerndes Gesicht strahlte Erfahrung und Autorität aus. »Wie Sie es von Antibiotika bestimmt schon kennen, muss auch in unserem Fall getestet werden, ob das Medikament anschlägt. Aber wie gesagt: An wirkungsvollen Alternativen mangelt es nicht.«
Meine Mutter nickte mit ausdrucksloser Miene.
»Glauben Sie mir, ich teile Ihre Bedenken, aber diese Horrormeldungen, dass Kinder phlegmatisch werden und sich wie willenlose Roboter verhalten, das betrifft nun wirklich nur einen ganz kleinen Prozentsatz. Die Presse bauscht so was gerne auf. Beim Umgang mit Psychopharmaka muss noch viel Aufklärungsarbeit geleistet werden. Unwissenheit ist der Nährboden für Gerüchte.« Sein Blick streifte die Digitaluhr auf dem Schreibtisch. Exakt eine Stunde war vergangen. Er schob die Blätter zusammen. »Sobald sich Ihr Sohn stabilisiert hat, können wir uns über weitere Behandlungsmethoden unterhalten. Aber es ist wichtig, so schnell wie möglich die Notbremse zu ziehen, bevor der Weg in eine Sackgasse führt.«
Meine Mutter griff nach meiner Hand. Ihre war eiskalt. »Und, Paul, was meinst du dazu?«
Ich tat so, als würde ich überlegen. Ich wollte meine Rolle mit Bravour zu Ende bringen. »Ich … ich würde das schon gerne mal testen«, sagte ich, drückte ihre Hand und lächelte.
Dr. Malosa lächelte zurück. Er schwenkte seinen Blick zu meiner Mutter. Sie schien immer noch nicht überzeugt. »Wie gesagt: Wenn es nicht funktioniert oder Sie negative Veränderungen bei Paul feststellen, können wir das Medikament sofort wieder ausschleichen und ein anderes probieren.«
Meine Mutter nickte.
Ich nickte.

Der Deal war perfekt.

Dr. Malosa tippte etwas in seinen Computer. Der Drucker unter dem Schreibtisch spuckte ein Rezept aus. »In ein paar Wochen sehen wir weiter.« Der Arzt reichte es meiner Mutter. »Wenn Sie noch Fragen haben, können Sie jederzeit anrufen.«

| Fünfzehn |

Meine Mutter ließ mich in der Altstadt an der unteren Apotheke raus. Sie musste weiter ins Eiscafé. Was sie nicht wusste: Der Apotheker gehörte zu den Stammkunden meines Vaters. Wenn er das nächste Mal seine Urlaubsbilder vorbeibrachte, würde mein Vater erfahren, dass ich psychisch krank war und Medikamente schlucken musste. Ärger wäre vorprogrammiert. Keine Wirkung ohne Nebenwirkung, sagte mein Dad immer. Er griff nur dann zu seinem Spezialhustensaft oder Schmerztabletten, wenn er befürchtete, den Laden schließen zu müssen. Aber eine Pille, die es auf das menschliche Gehirn abgesehen hatte, niemals hätte er so etwas genommen. Deshalb hatte Geheimhaltung oberste Priorität. Auch Jana sollte nichts erfahren.
Ich ging im Laufschritt nach Hause, holte mein Rad aus der Garage und ließ mich vom auffrischenden Nordwind über den Feldweg nach Süden aus der Stadt hinaustragen.
Dort, im Niemandsland zwischen zwei Ortschaften, ragte das Böse, wie es mein Vater nannte, in Form eines bunkerähnlichen Betonklotzes aus der Landschaft heraus. Gemeint war damit die einzige Shopping-Mall im Umkreis von zwanzig Kilometern, die den amerikanischen Namen wirklich verdient hatte. Wie ein riesiger Magnet zog der mehrstöckige Einkaufstempel das Geld aus den Innenstädten und machte Einzelhändlern wie meinem Vater das Leben schwer. Nicht weniger gefährlich waren zwei andere Gebäude, die etwa hundert Meter hinter dem Einkaufszentrum, in einer Seitenstraße, lagen. Der weiß getünchte Flachdachbau mit den großen Reklameschildern beherbergte einen Beate-Uhse-Megastore. Etwa hundert Meter dahinter befand sich ein Bordell mit dem Namen *Rote Meile*. Wenn man wie ich über

den Feldweg zum Einkaufszentrum hinunterfuhr, kam man direkt daran vorbei. Die Scheiben waren mit Silberfolie zugeklebt und die Fassade mit großen Herzen bemalt. Nach Einbruch der Dunkelheit spiegelte sich die rot blinkende Neonreklame auf den angrenzenden Wiesen und wirkte wie ein Leuchtfeuer, ein Irrlicht, das schon viele Männer in den falschen Hafen gelockt hatte.

Ich betrat das klimatisierte Einkaufszentrum durch einen der Seiteneingänge und fuhr mit der Rolltreppe ins Untergeschoss. Dort, neben einem modernen Brunnen, vor dem fasziniert ein paar Kinder saßen und ihre Hände nach den kleinen Fontänen ausstreckten, die an unterschiedlichen Stellen aus dem Wasser schossen, war eine Apotheke untergebracht. Wie alles in dem künstlich beleuchteten Gebäudekomplex war sie mindestens dreimal so groß wie die Apotheken in der Innenstadt. Doch bei Freibadwetter und an einem gewöhnlichen Wochentag war auch hier nicht viel los. Eine Verkäuferin stand auf einer Leiter und stapelte eine Pyramide mit orangefarbenen Schachteln. Über ihr baumelte ein Reklameschild, das einen älteren, gutaussehenden Mann zeigte, der selig lächelnd die Vorzüge einer durchgeschlafenen Nacht anpries. Eine weitere Verkäuferin stand vor einer Wand aus Aspirin und bemühte sich, ihr freundliches Gesicht aufrechtzuerhalten. Ich ging in ihre Richtung, als mir jemand auf die Schulter tippte. Noch ehe ich mich umgedreht hatte, erreichte mich ein gepresstes »Hallo«. Vor mir stand das seltsame Mädchen aus dem Wartezimmer. Sie schien alleine zu sein. In der linken Hand hielt sie eine Tüte. »Und, was hat er dir verschrieben?«, fragte sie, begleitet von einem Zwinkern. Hellgrün schimmerten ihre Augen unter einer dünnen Schicht aus Tränenflüssigkeit. Ihre Kiefermuskulatur zitterte leicht. Ich hielt ihr das Rezept hin.

»Nimm das Zeug nicht«, sagte sie, bevor ihr rechter Mundwinkel zu zucken begann.

»Wieso?«, fragte ich.
»Willst du ein anderer sein als du selbst?«
»Wie meinst du das?«
»Noch nie was von Nebenwirkungen gehört?«
»Aber –«
»Vielleicht hilft es dir dabei, *normal,* gewöhnlich zu sein, aber was bringt das schon?« Sie ballte ihre rechte Hand zu einer Faust und öffnete sie wieder. Das machte sie dreimal. Währenddessen bekamen wir Gesellschaft von der Erbauerin der Schachtel-Pyramide. »Kann ich euch helfen?« Die Frau rang sich ein einstudiertes Verkäuferlächeln ab.
Ich reichte ihr das Rezept. Sie verschwand hinter der Theke. Das Mädchen verzog das Gesicht. »Du glaubst mir nicht, stimmt's? Du denkst, ich mach Spaß. Aber ich kenne mich aus mit Medikamenten. Hab schon viel ausprobiert. Und das Zeug, was du da nehmen sollst, verwandelt dich in einen Zombie.« Sie wackelte mechanisch mehrmals hintereinander mit dem Kopf. Unkontrollierbar.
»Was hast du?«, fragte ich, nachdem sich ihre Nerven wieder beruhigt hatten.
»Tourette.«
»Wie Dustin Hoffman in …« Mir lag der Name auf der Zunge.
»*Rainman*«, ergänzte sie. »Cool, dass du den Film kennst, aber das ist Autismus. Ich habe Ticks, kein besonderes Talent.« Sie zuckte mit den Achseln. »Leider.« Ihre Mundwinkel begannen zu zittern. »Gern will ich sehen, ob Sehen Neigung offenbart.«
»Wie bitte?«
»Romeo und Julia. Ist ein Zitat aus dem Film. Damit kann ich meine dämlichen Ficken-Vögeln-Ticks austricksen. Vorhin im Wartezimmer hat's leider nicht geklappt. War einfach zu verlockend.«
»Was meinst du?«
»Na, die Stille, das Bitte-Ruhe-Schild und dann noch dein Blick.«

Sie schüttelte den Kopf und schmunzelte. »Ich kann Gedanken lesen.«
»Gedanken lesen«, sagte ich und wurde rot.
»Du hast nämlich auch einen Tick. Den Spanner-Tick. Ich hab genau gesehen, wie du auf meine Beine gestarrt hast. Das hat mich angestachelt.« Sie lächelte. »Und jetzt stell dir vor, deine Gedanken würden einfach so aus deinem Mund kommen. Ungefiltert. Und du könntest nichts dagegen tun.«
Ich verzog das Gesicht. »Das wäre ziemlich übel.«
»So fühlt sich das bei mir an. Es ist ein Zwang. Genau wie die Zuckungen. Ist aber schon besser geworden.«
»Wegen Dr. Malosa?«
»Quatsch. Der ist doch selbst sein schwerster Fall. Hast du sein penetrantes Aftershave gerochen?«
Ich nickte.
»Das nimmt er nur, damit man seine Alkfahne nicht riecht. Wirst du auch noch mitkriegen. Spätestens, wenn du ihn mal ohne Mami besuchst und er einen sitzenhat.« Sie strich sich eine Haarsträhne aus der Stirn. »Ich geh da nur hin wegen meinen Eltern. Die glauben, dass es was bringt.«
Die Apothekerin kam zurück. Sie hielt eine weiße Packung in den Händen.
»Merk dir ihr Gesicht«, sagte das Mädchen ernst. »Sie ist ab jetzt deine Dealerin.«
»Sicher, junge Frau.« Kopfschüttelnd reichte mir die Apothekerin das Medikament. Sie wollte noch etwas sagen, da tauchte wie aus dem Nichts Kiras Hand auf und schlug ihr die Packung aus den Fingern. In hohem Bogen wirbelte sie durch die Luft und traf die Pyramide am unteren Rand. Für Sekunden hatte ich Hoffnung, die Konstruktion würde dem Angriff standhalten, aber die Erschütterung war zu stark.
»So, Mädchen«, knurrte die Apothekerin. Fassungslos starrte sie auf die zerstörte Pyramide. »Das wirst du wieder aufbauen!«

»Bestimmt nicht!«, sagte das Mädchen barsch. »Ich ticke nicht richtig, falls Sie das noch nicht bemerkt haben.«
»Raus!«, brüllte die Frau. »Jetzt ist genug!«
Ich hob meine Schachtel vom Boden auf und verließ gemeinsam mit dem Mädchen die Apotheke.

| Sechzehn |

Als wir draußen vor dem Einkaufszentrum standen, erklärte sie mir, um welche Krankheit es sich bei Tourette handelte. Sie musste das schon hundertmal getan haben. Es klang wie auswendig gelernt. »Es fühlt sich ein wenig wie Schluckauf an. Je mehr man dagegen ankämpft, umso stärker wird es. Niemand kann sagen, was die Ticks auslöst.« Sie fasste sich an den Kopf. »Sie entstehen durch irgendwelche Fehlschaltungen. Mal geben sie meinen Händen den Befehl, irgendwas Blödes zu tun, mal legen sie mir Worte auf die Zunge, die mich wie eine Vollidiotin dastehen lassen. Ich hab das seit der Grundschule. Nach einer Hirnhautentzündung hat es angefangen.« Sie zuckte die Achseln. »Medikamente hab ich alle durch. Ist einfach zu wenig erforscht. Jetzt probier ich's mit Kräutern von meiner Oma. Das bringt genauso viel.« Ihre Ticks schienen sie einen Moment in Ruhe zu lassen. Ein leichtes Zittern unter dem rechten Auge, aber sonst schien sie völlig normal. »Wie heißt du eigentlich?«

»Paul.«

»Ich bin Kira, wie Kiera Knightly, nur ohne e und nicht so schön«, sagte sie augenzwinkernd – diesmal kontrolliert –, dann verzog sie das Gesicht, als müsse sie etwas unterdrücken. »Wen selbst noch nie eine Wunde quälte, der macht sich über Narben lustig.« Sie zuckte die Achseln. »Wahrscheinlich ist es die bescheuerte Sprache, die mein Gehirn davon abhält, noch mehr Schaden anzurichten.«

»Aha.«

»Es reizt einen. Man weiß, dass es die Leute schockt. Das ist der Kick. Der Tick mit dem Kick«, reimte sie. »Nur Romeo und Julia helfen dagegen und wenn ich spiele.«

»Wenn du … spielst?«
»Schauspielen. In eine andere Rolle schlüpfen. Magst du Filme?«
»Ja, klar.«
Sie zog eine ramponierte Visitenkarte aus der Hose. Eine, wie man sie für ein paar Euro am Automaten rauslassen kann. Dann schaute sie zur Haltestelle, wo gerade ein Bus seine Türen öffnete. »Ich muss jetzt. Ruf mich an, wenn du mal ins Kino willst.« Sie schaute auf die Packung in meiner Hand. »Und nimm auf keinen Fall das Zeug!«
Ich nickte, ohne etwas zu sagen. Sie kniff ein letztes Mal unwillkürlich ihr rechtes Auge zusammen, dann schritt sie elegant hinüber zur Haltestelle. Ich schaute auf die Visitenkarte. *Schauspielerin (nur Film)* stand kleingedruckt unter ihrem Namen.

| Siebzehn |

»Du hast keine Chance bei Mara.« Noel hämmerte etwas in seinen Computer. »Sie ist die Nummer eins, verstehst du. Solche Mädchen haben spätestens mit fünfzehn Freunde mit Autos und eigener Wohnung. Wir müssen uns erstmal nach unten orientieren.« Mit unten meinte er nicht nur das Alter, sondern auch das Aussehen. Weil er Tabellen liebte, hatte er eine Liste mit den Namen sämtlicher Mädchen aus unserer Klassenstufe entworfen. Mara bekam fast in jeder Kategorie zehn Punkte und war damit unangefochtene Spitzenreiterin. Auf den hinteren Plätzen tummelten sich Mädchen wie Tordies oder Emma, die nur in einer Spalte, die Noel fett mit dem Wort »Chancenfaktor« überschrieben hatte, abräumten.
»So bitter ist die Realität.« Noel drückte einen fiesen Eiterpickel aus, der auf seiner Nasenspitze gereift war. »Komm, lass uns mal nach dem Sternbild der großen Muschi schauen.« Er stand auf.
»Warum musst du immer so reden?«
»Weil sich Vagina bescheuert anhört. Das sagt doch kein Mensch. Du solltest dir das auch angewöhnen. Ist cooler. Los, sag Muschi.«
»Nein.«
»Auf, mach schon.« Er stieß mich in die Rippen. »Wenn wir schon nicht cool sind, müssen wir wenigstens reden wie die Kids aus den Talkshows. Also sag Muschi. Stell dich nicht so an. Mu – schi.«
»Leck – mich!«
Noel grinste. »Kein schlechter Anfang.«
Wir gingen nach draußen auf die Terrasse. Unter dem Vordach stand Noels Teleskop. Er hatte es letztes Jahr zu Weihnachten

bekommen und damit vermutlich noch nie einen Stern beobachtet. »Willst du zuerst?« Er nahm die Schutzkappe vom Objektiv.
»Nein, mach ruhig.«
Noel drehte das Teleskop so, dass es links an der Shopping-Mall vorbeischaute. »Flaute. Nur ein paar Nutten, die sich die Beine vertreten, keine spannende Kundschaft. Hier.«
Ich blickte durch den Sucher und betrachtete die leicht bekleideten Frauen. Rauchend standen sie im Hinterhof der *Roten Meile* und redeten. Zwei zierliche Asiatinnen mit roten Schuhen, deren Mega-Absätze sie wie Bleigewichte auf dem Boden hielten, und ein blasses Mädchen, das sich die Haare zu Zöpfen gebunden hatte und eine Art Schuluniform trug. Ein Mann kam mit einem kaputten Bettrahmen aus dem Hintereingang und warf ihn zu den anderen in den Abfallcontainer. Dann schleppte er noch eine fleckige Matratze an den Frauen vorbei. Der erste Ansturm kam üblicherweise um die Mittagszeit, dann blieb es ruhig, bis die Dunkelheit den vorsichtigeren Freiern genügend Schutz bot, um unerkannt auf den Parkplatz vor den Puff zu fahren. Samstags bogen viele Lastwagen ins Industriegebiet. Nicht selten verstopften sie die Straßen vor der Shopping-Mall, wo Eltern um Parkplätze kämpften und für ihre Kinder nach glaubwürdigen Erklärungen für den Stau suchten, der sich wie ein Geschwür aus sexhungrigen Männern Richtung Puff wand. Wäre mein Vater nicht so ein großer Gegner der Shopping-Mall gewesen, hätte er mich vielleicht auch irgendwann einmal im Auto aufgeklärt und wäre jetzt ein guter Ansprechpartner gewesen. Aber der Zug war wohl abgefahren.
»Zwanzig Euro blasen. Vierzig Euro vögeln«, raunte mir Noel ins Ohr.
»Is ja gut.«
»Frauen wollen keine Softies. Die stehen auf Männer. Auf Machos, die zeigen, wo's langgeht.«
Ich nahm mein Auge vom Teleskop. »Wer sagt das?«

»Ich sag das.«
»Aber Jana –«
»Deine Schwester ist die Ausnahme. Ich mein, sie ist schön, aber auch ziemlich durchgeknallt. Bestimmt steht sie auf Frauen. So wie sie rumläuft, so *natürlich.* «
»Quatsch.«
»Weißt du's?«
»Sie hat einen Freund.«
»Ist alles nur Tarnung. Deine Schwester ist 'ne Lesbe.«
»Idiot.«
»Hey, wenn's um Sex geht, führen die meisten Leute ein Doppelleben.« Er schubste das Teleskop an. Es drehte sich im Kreis. »Mein Vater zum Beispiel. Der würde doch nie zugeben, dass er auf Dominas steht.«
»Du meinst mit Peitsche und so.«
»Geh auf die Knie und leck meine Stiefel!«
»Ist nicht wahr!«
»Er hat dafür extra eine Datei mit dem Namen ›Sonderausgaben‹ angelegt und sie amateurhaft gesichert. Wenn du willst, kann ich sie dir ja zeigen. Der ist so armselig!«
»Und deine Mutter?«
»Solange er ihr die Kreditkarte lässt, wird sie's überleben.« Noel schaute mich durchdringend an. »Könntest du dir vorstellen, in den Puff zu gehen?«
Ich zögerte einen Moment, dann schüttelte ich den Kopf.
»Du willst also warten, bis jemand Mitleid mit dem sommersprossigen Jungen hat und ihn ranlässt? Ich meine, immerhin bist du jetzt vierzehn.« Er schwenkte das Teleskop in Richtung Hochhaussiedlung. »Im Ghetto haben sie schon mit zwölf den ersten Gruppensex. Wir sind hinterher.«
»Kann schon sein.«
»Jetzt tu nicht so unbeteiligt. Ich weiß, was mit dir los ist.« Noel lächelte geheimnisvoll.

Ich spielte den Ahnungslosen. Auch wenn wir in der Vergangenheit andeutungsweise über Sex geredet hatten, kam ich mir jetzt, wo ich bei jeder Gelegenheit – sogar, wenn ich traurig war, an mir rumspielte – blöd vor. Was, wenn Noel mich für gestört hielt? Nachher würde er irgendjemandem davon erzählen oder mich auslachen. Ich musste das selbst in den Griff bekommen.
»Warte mal«, sagte er und verschwand nach drinnen.
Ich warf noch einen Blick durch das Fernrohr. Vielleicht hatte er recht, vielleicht lernte man Sex am besten von Profis.
»Und, was Passendes dabei?«, fragte Noel nach seiner Rückkehr.
Ich drehte mich um. Er hielt eine Plastiktüte in der Hand und streckte sie mir entgegen. »Hier, wollt ich dir schon länger geben.«
Ich verstand nur Bahnhof.
»Ist ein Geschenk.«
»Aber ich hatte doch erst …«
»Jetzt schau doch mal rein.« Er wedelte mit der Tüte vor meiner Nase herum.
Ich zog die Henkel der Tüte auseinander und hatte das Gefühl, den Boden unter den Füßen zu verlieren. Da lag meine rote Sporthose. Zerknüllt und einen fauligen Geruch verströmend.
»Du … du hast davon gewusst?«, stammelte ich.
»Ist keine große Sache. Hat der Notarzt in dem ganzen Tumult neben der Matte vergessen. Der Fleck sah tatsächlich wie Blut aus.« Er grinste.
»Danke. Vielen … vielen Dank.« Ich konnte es kaum glauben.
»Gern geschehen. Ich bin das erste Mal auf meinem Nilpferd gekommen.«
»Was?«
»Auf einem Stofftier von *Steiff*.« Er lachte und ich lachte mit. »Hab's heimlich verbrannt. War ein Riesenfleck drauf.« Noel hielt mir seine Hand hin.

»Auf die Uncoolen.«
Ich schlug ein. »Auf die Uncoolen.« Ich lächelte und wurde wieder ernst. »Und du hast wirklich keinem davon erzählt?«
»Was denkst du denn?«, sagte er, als hätte ich ihn beleidigt. »Natürlich nicht!«
»Danke«, sagte ich noch einmal. Er hatte mir gewissermaßen das Leben gerettet. »Bist du eigentlich immer noch an Bildern von Jana interessiert oder war das nur Spaß?«
Er grinste leicht. »Zehn pro Bild. Wenn sie nichts anhat. Hast du sie heimlich fotografiert?« Er blickte mich erwartungsvoll an.
»Hat sich so ergeben. Wir haben noch Fotos für unsere Eltern gebraucht. Haben doch nächstes Jahr zehnten Hochzeitstag.«
»Und ihr schenkt ihnen Nacktfotos?« Er schüttelte den Kopf. »Seid schon ’ne seltsame Familie.«
»Für einen Kalender. Kommen natürlich auch andere Bilder rein. Bist du jetzt interessiert oder nicht?«
»Klar … klar. Zehn pro Bild. Der Deal steht.«
»Ich geb sie dir gratis.« Ich raschelte mit der Tüte. »Dafür. Aber nur, wenn du sie nicht rumzeigst.«
»Ehrensache. Und Jana hat darauf wirklich nichts an?«
»*Fast* nichts. Kriegst sie morgen in der Schule.«
»Schneckenpost«, stöhnte Noel. »Per Mail geht doch viel schneller.«
Ich deutete zu seinem Computer. Der Bildschirmschoner zeigte eine aufreizende Go-Go-Tänzerin, die einen Glitzer-BH über ihrem Kopf herumwirbelte. »Zu gefährlich.«

Achtzehn

Ich war gerade dabei, in das Land der Träume hinüberzudämmern, als ich ein leises Klopfen hörte. *Tack, Tack, Tack*. Dreimal. Ich versuchte es zu ignorieren. Wie üblich hatte ich mich stundenlang hin und her gewälzt und vergeblich versucht, einzuschlafen. Und ausgerechnet jetzt, wo mich Kiras Lächeln auf der anderen Seite empfing, wollte ich um keinen Preis in die Wirklichkeit zurückkehren.

Wieder das Klopfen. Diesmal energischer. Kiras Gesicht verblasste. Widerwillig und verärgert über die Störung öffnete ich die Augen. Ein Quietschen. Die Tür schleifte über den Teppichboden. Ein schwarzer Schatten glitt lautlos in mein Zimmer.

»Paul, wach auf.« Es war Jana.

Genervt knipste ich die Nachttischlampe an. Mein Wecker zeigte kurz nach zwei. »Spinnst du?«, zischte ich und rieb mir die Augen. Erst jetzt bemerkte ich ihre seltsame Aufmachung. Sie trug olivgrüne Hosen, ein schwarzes Langarm-Shirt und Turnschuhe. Ihre Haare wurden vom Gummiband einer Stirnlampe zusammengehalten.

»Was ist los?«, fragte ich verwundert. »Ist Krieg?«

»Ein Kettenhund.«

»Was?«

»Ich brauch deine Hilfe. Wir müssen ihn wegschaffen. Zieh dir was an.« Sie hob meine zerknüllte Jeans vom Boden auf und streckte sie mir entgegen. »Auf, mach schon, wir müssen uns beeilen. Raoul hatte 'ne Reifenpanne. Ist ein Notfall.«

Mit steifen Bewegungen streifte ich mir ein T-Shirt über und schlüpfte in meine Jeans. Jana stand ungeduldig vor mir. Sie hatte sich sogar schwarze Streifen ins Gesicht gemalt.

»Wohin müssen wir überhaupt?«
»Zum Reißer-Hof.«
»Zu Fuß?«
»Mit dem Rad. Steht schon alles bereit.« Sie hielt mir die Socken hin. »Jetzt mach schon.«
»Willst du den Hund klauen?«
»Nein, ausleihen … was denkst du denn?«
»Aber –«
»Kettenhaltung ist verboten, verstehst du? Die kümmern sich nicht um Gesetze. Und dem scheiß Amtsveterinär ist's egal.«
»Und was soll ich dabei tun?«
»Allein schaffe ich das nicht. Wir müssen das Riesenvieh mit dem Fahrradanhänger wegschaffen.«
»Und wohin?«
»Zu einem Bekannten. Nur für eine Nacht. Morgen ist er schon auf dem Weg nach Bremen.«

Der kühle Fahrtwind schälte Schicht für Schicht die Müdigkeit von meiner Haut. Ich hatte den klapprigen Anhänger am Fahrrad befestigt und die Reifen aufgepumpt. Als Jana und ich noch nicht Rad fahren konnten, hatte uns unser Vater mit dem selbstgebauten Wägelchen durch die Gegend kutschiert. Jana wollte während der Fahrt immer aufstehen. Sie liebte es, wenn der Wind ihre Haare zerzauste. Manchmal hatte sie die Arme ausgebreitet, als würde sie im nächsten Moment davonfliegen. Ich hatte sie immer nach unten gezogen, weshalb sie mich schon früh als Angsthase und Feigling beschimpfte. Einmal brachte sie den Anhänger zum Kippen. Mitten in einer Kurve. Davon zeugt noch heute die kleine sichelförmige Narbe an meinem Kinn. Auch Elton hatte ein paarmal in der wackeligen Holzkarre gesessen. Ihn hatte das Geschaukel so krank gemacht, dass er seinen Mageninhalt über das Picknick-Geschirr verteilt hatte. Jetzt zog er schon beim Anblick eines Fahrrads den Schwanz ein.

Unsere Reifen rollten knisternd über den schmaler werdenden Kiesweg in ein Waldstück. Durch die Lücken im Blätterdach konnte man ab und zu ein paar Sterne erkennen. Jana fuhr neben mir. Sie hatte keine gute Kondition und trat ungleichmäßig in die Pedale. Ihr Rhythmus hieß zweimal treten, laufen lassen, einmal treten, laufen lassen und so weiter. Ihr Keuchen wurde lauter als die unheimlichen Geräusche, die von allen Seiten aus dem Wald drangen. An der ersten Steigung, die hinauf zu einem kleinen Hügel führte, stieg Jana vom Rad. Ich dachte, sie wollte schieben, und stieg auch ab. Bevor meine Füße die Erde berührten, schleuderte Jana ihr Rad auf den Boden. Mit voller Wucht.
»Dieses ARSCHLOCH!«, brüllte sie so laut, dass ich glaubte, von irgendwoher ein Echo zu hören.
»Wir haben's gleich geschafft«, sagte ich und hob ihr Rad wieder auf.
»Raoul wollte gar nicht kommen«, keifte Jana. »Er hat vorhin mit mir Schluss gemacht. Das Schwein hat mich nur benutzt! Papa hätte ihn totschlagen sollen.« Sie kickte Kies zur Seite. »So ein Arschloch! So ein gottverdammtes Arschloch!« Ihre Stimme musste kilometerweit zu hören sein. Wie eine Furie stampfte sie mit den Füßen. »Weißt du, was der von mir verlangt hat? Der wollte, dass ich ihm einen blase. Im Auto. Ohne Gummi. Wisst ihr Männer eigentlich, wie beschissen Sperma schmeckt?«
Ich schüttelte den Kopf. Eine Lüge.
»Und dann hat er mir Strapse gekauft«, machte sie weiter. »Den hat es gar nicht interessiert, ob ich auf so was Bock hab. Und jetzt sagt er, dass ich ihm zu anstrengend sei. Ich! Zu anstrengend! Kannst du dir das vorstellen?«
Erneut schüttelte ich den Kopf. Die Wahrheit war nicht angebracht.
»Dieses blöde Schwein!«, schrie sie und trat gegen einen Baumstumpf, der am Wegrand lag. »Ausgerechnet ihm gehört mein

erstes Mal. Wie konnte ich nur so bescheuert sein. Ich hasse ihn, ich hasse ihn, ich hasse ihn.«

»Sollen wir wieder umdrehen?«, fragte ich, als sie kurz still war.

»Wegen dem Arsch. Pah! Das wäre ja noch schöner. Sicher nicht. Tiere sind ohnehin die besseren Menschen.«

»Was?«

»Egal.« Sie nahm mir das Rad aus der Hand. »Los, wir holen jetzt den Hund da raus.«

Wenig später – Jana hatte noch einen weiteren Wutanfall – tauchten die Umrisse des Bauernhofs vor uns auf. Er lag auf einer kleinen Anhöhe. Dank des Mondlichts, das nur von ein paar Schleierwolken gedämpft wurde, konnte man relativ gut sehen. Es gab mehrere Scheunen und Ställe, aus denen unterschiedliche Geräusche vom Wind herübergetragen wurden. Die Pferde auf der Koppel schienen uns bemerkt zu haben. Vereinzeltes Wiehern war zu hören.

»Von hier aus müssen wir zu Fuß weiter«, flüsterte Jana atemlos.

»Einen Augenblick noch.« Sie klopfte sich mit der Hand auf die Brust. »Scheiße, meine Lunge brennt.«

Ich breitete die fusselige Wolldecke auf dem Anhängerboden aus.

»Der Hund ist vielleicht bissig«, sagte Jana. »Wir müssen vorsichtig sein.«

»Und du glaubst, der kommt einfach so mit?«

Jana zog ein kleines Tütchen aus ihrer Hosentasche und leuchtete es mit der Taschenlampe an. »Leberwurst mit Schlafmittel. Das wirkt immer.«

»Wir sollen den Hund tragen?«

»Du bist doch Sportler.« Sie griff nach meinen Oberarmen.

»Und was, wenn er aufwacht?«

»Das passiert schon nicht. Keine Panik, normalerweise spüren Tiere, wenn man es gut mit ihnen meint.«

»Wie oft hast du das schon gemacht?«

»Spielt doch keine Rolle. Wir können nicht länger warten. Die Hündin ist trächtig. Weißt du, was der scheiß Bauer mit dem letzten Wurf gemacht hat? Er hat sie alle ertränkt. Komm, wir müssen uns beeilen!«
Meine Schwester schien sich gut auszukennen. Ich blieb dicht hinter ihr. Der Vollmond verschwand hinter ein paar kleinen Wolken. Man musste höllisch aufpassen, nicht in Pferdemist oder Löcher zu treten. Wir behielten das Wohnhaus im Blick. Im oberen Stockwerk brannte noch Licht. Die Pferdekoppel grenzte mit einer Seite direkt an den Hof. Geräusche, die aus dieser Richtung kamen, würden niemandem auffallen. Wir warteten dicht hinter dem Zaun. Ein paar Pferde kamen zu uns herüber. Bei Dunkelheit wirkte ihre Größe ziemlich bedrohlich. Im Rücken spürte ich den feuchtwarmen Atem eines besonders neugierigen Exemplars. Es schien friedlich zu sein. Jana deutete mit dem Kopf zum hinteren Teil des Innenhofs. Dort, unter dem Scheunenvordach, musste die Hundehütte liegen. Vorsichtig wickelte sie die Leberwurst aus dem Papier und warf sie in Richtung Hundehütte. Keine Minute verging und das Rascheln einer Kette war zu hören. Aus dem Schatten löste sich eine hüfthohe Gestalt. Ausgerechnet in dem Moment stieß mich ein Pferd in den Rücken. Ich verlor das Gleichgewicht und griff nach dem Elektrozaun. Es bitzelte zwischen meinen Fingern. Erschrocken fiel ich nach hinten. Ich wollte den Aufprall abfangen, stützte mich mit der rechten Hand ab und verdrehte dabei die Schulter. Ein leises Knacken. Sie sprang aus dem Gelenk. Der Schmerz war kaum auszuhalten. Am liebsten hätte ich geschrien. Doch der Gedanke, von einem wild gewordenen Bauern mit einer Mistgabel gejagt zu werden und noch schlimmere Blessuren davonzutragen, verlieh mir ungeahnte Kräfte. Ich biss die Zähne zusammen, griff mit der linken Hand nach meiner rechten und zog einmal fest daran, genau wie es mir der Arzt gezeigt hatte. Ein Knacken, ein Ziehen, die Schulter war wieder drin und der

Schmerz so gewaltig, dass ich mir überlegte, ob es nicht besser wäre, in Ohnmacht zu fallen.
Meine Schwester beugte sich zu mir herunter und flüsterte: »Hast du dir wehgetan?«
»Meine Schulter«, stöhnte ich. »Sie ist rausgesprungen.«
»Und was jetzt?«, fragte sie ängstlich.
»Geht ... geht schon. Ist wieder drin. Was macht der Hund?«
»Ich glaub, sie schläft. Das Zeug wirkt irre schnell. Sollen wir abbrechen? Vielleicht musst du zum Arzt.«
»Nein, alles ... alles okay.« Ich stand auf.
Der Hund schlief. Sein Fell war verfilzt und roch unangenehm streng. Ich konnte mich nicht daran erinnern, dass Elton jemals so gerochen hatte.
»Schweine!«, fluchte meine Schwester leise vor sich hin, während wir das Tier in mehreren Etappen zum Waldrand schafften. In meiner Schulter pochte es. Ich konnte regelrecht spüren, wie sich meine Muskeln mit Blut vollsogen. Auf dem Weg zu Janas Bekannten redeten wir kein Wort. Alles war vorbereitet, wie in einem Gangsterfilm. In einem kleinen unscheinbaren Schuppen war ein Zwinger untergebracht. Die Hündin wachte erst wieder auf, als Jana ihr das Halsband abnahm und sie mit einer Bürste striegelte. Sie schien tatsächlich zu spüren, dass alles zu ihrem Besten war. Zum Abschied leckte sie mir die Hand.

Neunzehn

Am nächsten Morgen schluckte ich die erste Tablette. Jana und mein Vater schliefen noch, deshalb musste ich nicht wie ein Junkie heimlich im Bad verschwinden. Meine Mutter schaute mich mit großen, unsicheren Augen an, als ich mit einem Glas Milch nachspülte. In dem Moment, in dem sich die Tablette meine Speiseröhre hinunterzwängte, sah ich die Szene in der Apotheke noch einmal vor mir. »Willst du ein anderer sein als du selbst?«, hörte ich Kira sagen.

»Ist was?«, fragte meine Mutter.

Ich hielt das Milchglas starr in der Luft, wenige Zentimeter vor meinem Mund. »Nein«, sagte ich kopfschüttelnd. »Alles … alles okay.« Ich musste mich räuspern und trank noch einen Schluck, bis die Tablette ihren Bestimmungsort erreicht hatte. Meine Mutter hob die Augenbrauen. »Aber wenn dir irgendwas seltsam vorkommt, setzen wir sie sofort wieder ab.«

Ich nickte und gähnte zugleich. Obwohl mir Jana heute Nacht ein paar Aspirin gegeben hatte, um die Schmerzen in meiner Schulter zu betäuben, hatte ich kaum ein Auge zugetan. Zum Glück wusste ich, wo meine Mutter ihre Notfalltabletten gegen Migräne aufbewahrte. Eine mehr oder weniger würde nicht auffallen.

Wir redeten noch kurz über Jana. Meine Mutter sagte, sie sei ihr in den letzten Wochen seltsam vorgekommen. »Weißt du vielleicht, was mit ihr los ist?«

»Ihr Freund«, rutschte es mir heraus.

»Was ist mit ihm?«

»Er hat mit Jana Schluss gemacht«, murmelte ich. Selbst zum Lügen war ich zu müde.

»So ein Mistkerl! Meine arme Kleine. Hat sie dir gesagt, was passiert ist?«

Ich schüttelte den Kopf. Ich hatte schon zu viel erzählt.

»Nichts als Probleme«, seufzte meine Mutter. »Warum hat sie denn nichts gesagt?« Mit einer hektischen Bewegung stieß sie das geöffnete Marmeladenglas um und bekleckerte den Saum ihrer Bluse. »Scheiße!« Sie rieb daran. »Von *dir* erwarte ich, dass du mit mir redest, wenn dir die Tabletten nicht guttun. Verstanden?«

Ich nickte.

Sie krempelte die Ärmel nach oben. Ihr Gesicht war voller Sorge.

»Der Arzt hat ja gemeint, dass es auch andere Möglichkeiten gibt. Dauert halt länger, aber vielleicht –«

»Mama«, fiel ich ihr ins Wort. »Ich werd schon nicht zum Zombie.« Um die Stimmung aufzulockern, zog ich eine hässliche Grimasse.

Meine Mutter rang sich ein Lächeln ab. »Schon gut.«

Elton kam unter der Eckbank hervor und stellte sich neben mich. Er war eigentlich kein Frühaufsteher. Wahrscheinlich spürte er die Nervosität meiner Mutter. Ich kraulte ihn am Kopf. Er schnupperte an meiner Hose. Der Geruch der Hundedame schien ihm zu gefallen. Er wedelte mit dem Schwanz.

Meine Mutter verschwand mit einem Korb Wäsche auf die Terrasse. Ich nahm eine Tablette aus ihrer Handtasche, zerbröselte sie, weil sie so groß war, und schluckte die Krümel hinunter. Dann packte ich meine Sachen und holte mein Rad aus dem Schuppen.

»Mann, Paul«, seufzte meine Mutter, als ich an ihr vorbeikam. Sie zupfte weiße Fusseln von meiner Jeans. »Kannst du nicht einmal deine Taschen leeren?« Sie zog die Überreste eines aufgeweichten Kärtchens aus meiner Jeans und hielt sie kopfschüttelnd in die Luft. Kiras Visitenkarte. Ich war zu müde, um mich darüber zu ärgern.

Als ich eine halbe Stunde später im Klassenzimmer saß und Herr Schott von mittelalterlichen Bauwerken erzählte, die man auch heute noch an vielen Stellen meiner Stadt bewundern konnte, hatte ich das Gefühl, dass er wie durch einen Trichter direkt in meinen Kopf sprach, wo er Geschichtsdaten und Ereignisse in meinen grauen Zellen verankerte. Bisher hatte sich mein Gehirn sinnlosen Fleißaufgaben und nutzlosem Fachwissen verweigert. Was keinen Bezug zu meinem Leben hatte, wurde wie Krankheitserreger unschädlich gemacht und auf schnellstem Weg wieder ausgeschieden. Doch jetzt war das Schutzschild abgeschaltet – mehr noch – es hatte seine Wirkung umgekehrt und arbeitete wie ein riesiger Magnet, der alles anzog, ohne sich darum zu kümmern, was später daraus werden sollte. Alles wurde ohne große Anstrengung gehortet.
Leider half die Tablette nicht gegen Müdigkeit. Ich hatte große Mühe, die Augen offen zu halten, aber ich war entspannt. Entspannter als sonst. Und wenn ich nach links schaute, wo Mara ihre langen braunen Beine übereinandergeschlagen hatte, machte mich das zwar an, aber nicht mehr so, dass ich Angst haben musste, an die Tafel gerufen zu werden. Die Verbindung zwischen Gehirn und meinem Schwanz schien gestört zu sein. Selbst das Kribbeln in den Beinen ließ nach. Ich empfand tiefe Dankbarkeit gegenüber der Pharmaindustrie und ihren Errungenschaften und schluckte nach der vierten Stunde brav die nächste Tablette. Als ich mein Handy in der großen Pause anschaltete, hatte ich bereits eine SMS von meiner Mutter bekommen, in der sie sich nach meinem Zustand erkundigte. Ich schrieb ihr, dass alles okay sei und sie sich keine Sorgen machen musste. Noel gab mir etwas von seinem *Redbull*, und auch die Müdigkeit wurde weniger. Er war total aus dem Häuschen, als ich ihm den Umschlag mit den Oben-ohne-Bildern meiner Schwester zusteckte. Aber er hatte sie sich verdient.

Selbst Mathe bei unserer neuen, Lara-Croft nicht unähnlichen Referendarin, überstand ich ohne Ständer. Wie erhofft wurden meine fast schon zwanghaften Sexgedanken weniger. Ich will nicht behaupten, dass sie ganz verschwanden, aber der übermächtige Drang, es mit jedem halbwegs attraktiven Mädchen zu treiben, kühlte sich in wenigen Tagen auf ein erträgliches Maß herunter. Wenn ich nach Hause kam, wurde ich von meiner Mutter stets mit sorgenvoller Miene empfangen. Ich stand unter Beobachtung. Sie war auf der Suche nach Veränderungen, nach Auffälligkeiten, die ihr das Signal gaben, das Experiment abzubrechen. Ich zerstreute ihre Bedenken, indem ich gute Noten schrieb und ihr bei jeder Gelegenheit versicherte, dass es mir gut ging. Und das stimmte ja auch. Zumindest in der Anfangszeit.
Als ich zehn Tage später das zweite Mal bei Dr. Malosa vorbeischaute, hatte ich tatsächlich das Gefühl, ein besserer Mensch zu sein. Mit relativ normalen Gedanken und eingeschränktem Trieb. Ich saß im Wartezimmer und musste wie so oft in letzter Zeit an Kira denken. Gerne hätte ich ihr erzählt, dass die Tabletten keinen Zombie aus mir gemacht hatten, aber im Internet gab es über fünfzig Telefoneinträge mit dem Namen Wendland. Und keiner davon in der näheren Umgebung.
Meine Mutter stupste mich an. »Wir sind dran.«
Ich hatte die Lautsprecherdurchsage nicht gehört. Die Sprechstundenhilfe tauchte in der Tür auf. *Sie* hätte ich nach Kiras Nummer fragen können, aber Ärzten war es bestimmt verboten, Patientendaten herauszugeben. Also ließ ich es bleiben.
Ich beantwortete die Fragen von Dr. Malosa und hörte geduldig zu, als sich meine Mutter nach alternativen Behandlungsmethoden erkundigte. Sie hatte mittlerweile sämtliche Internetforen nach Erfahrungsberichten abgegrast und war dabei auf alle möglichen Horrorszenarien gestoßen. Dr. Malosa konnte sie davon überzeugen, erst mal bis zum Herbst mit den Tabletten weiterzumachen. »Dann hat sich das Gehirn Ihres Sohnes auf das Me-

dikament eingestellt und eventuelle Nebenwirkungen, falls sie doch noch auftreten sollten, würden sich bis dahin auch zeigen.«

»Ist das okay für dich, Paul?«, fragte meine Mutter.

Ich nickte und zuckte leicht mit den Schultern, als wollte ich mich bei Dr. Malosa für meine anstrengende Mutter entschuldigen. »Mir geht es gut«, wiederholte ich gebetsmühlenartig. Doch das sollte sich bald ändern. So leicht ich mich tagsüber konzentrieren konnte, so sehr litt ich bei Nacht. Schreckliche Albträume, in denen brutale Killerkommandos meine Familie abschlachteten, waren die erste unangenehme Nebenwirkung, weitere sollten folgen. Im Arzneischrank im Keller, der noch von den Eltern meiner Mutter stammte, fand ich angebrochene Röhrchen mit Schlaftabletten. Das Verfallsdatum deckte sich mit meinem Geburtsjahr, aber sie wirkten immer noch.

Zweiter Teil

| Zwanzig |

Der Sommer war heiß und schwül, die Tage endeten nicht selten mit einem Gewitter. In den Nachrichten sagten sie, es sei ein Jahrhundertsommer. Mir war das egal. »Egal«, mit diesem Wort ist mein damaliger Zustand ganz treffend beschrieben. Ich funktionierte. Konnte lächeln, wenn ein Lächeln verlangt wurde, zuhören, wenn jemand meine Aufmerksamkeit brauchte, und lügen, wenn Dr. Malosa oder meine Mutter mich nach meinem Befinden fragten. Dank der unterschiedlichen Tabletten schaffte ich es, tagsüber ohne Ständer am See zwischen halbnackten Frauen zu liegen und nachts ins Koma zu fallen. Oft dachte ich an Kira. Vielleicht hatte sie diesen Zustand gemeint, als sie mich vor den Tabletten gewarnt hatte. Dieses Leben zwischen der Welt und nicht auf ihr drauf. Gefangen in einer Dimension, die sich anfühlte, als wäre man von einer dünnen Schicht aus Schaumstoff umgeben, die jeden Schritt, jedes Wort, jede Gefühlsregung dämpfte, in einen zähen Brei verwandelte, der in manchen Stunden bitter und schmerzhaft schmeckte. Traumlos fühlt sich Schlaf wie die Vorstufe zum Tod an. Wie ein dunkler See, in den man abtaucht, um Stunden später total benebelt wieder an die Oberfläche gespült zu werden. Mit einem Kopf, der so matschig ist, als hätte darin die Loveparade stattgefunden. Der nächtliche Filmriss war die positive Seite an meinem neuen Leben, ansonsten fühlte ich mich leer und betäubt. Mein Dasein reduzierte sich auf Fernsehglotzen, Onanieren (durchschnittlich zweimal die Woche) und dem Lesen schwer verdaulicher Bücher, die ich ohne den Einfluss von Medikamenten wohl nie zu Ende gebracht hätte. Meine Schwester war begeistert, dass sich ihre Privatbibliothek nach und nach in mein Zimmer verlagerte.

Ab und zu stellte sie mir Fragen zu bestimmten Werken, als könne sie nicht glauben, dass ich sie wirklich alle gelesen hatte. Von der ersten bis zur letzten Seite. Sogar die Danksagungen. Bemerkenswert fand ich, wie viele Schriftsteller Profit aus ihren schrägen Sexphantasien schlugen. Manche von ihnen füllten damit Hunderte Seiten. Ich fragte mich, wie viel von dem, was da geschrieben stand, tatsächlich passiert war und ob es irgendwo eine Einrichtung, eine Psychiatrie oder ein Gefängnis, mit geisteskranken Schriftstellern gab. Immer wieder war die Rede von Macht. Im Zusammenhang mit Liebe und Sex tauchte dieses Wort unzählige Male auf. Meist waren es Männer, die diese Macht missbrauchten. Ich fühlte mich schuldig, ohne etwas getan zu haben. Schuldig, nur weil ich ein Mann war. Warum wurden wir nicht einfach weggesperrt, wenn von uns so viel Gefahr ausging? In den Samenbanken dieser Welt musste doch genügend Sperma lagern, um die Bevölkerung vor dem Aussterben zu bewahren. Und wenn der Vorrat zur Neige ging, würde man uns in riesige Ställe treiben und an Apparaturen anschließen, mit denen sonst Kühe gemolken wurden. Ich weiß, das klingt pervers, aber es wäre vielleicht das Beste für die Menschheit, wenn Männer nicht mehr frei herumliefen. Bei genauerer Betrachtung machte es mir sogar Angst, als Mann auf die Welt gekommen zu sein. Als tickende Zeitbombe, als Werwolf, der dann und wann auf die Jagd gehen muss, wenn ihm sein Instinkt den Befehl dazu gab.

»Das ist Charlotte Roche.« Jana zeigte auf ein neues Poster, das sie an die Innenseite ihrer Tür gehängt hatte. Es war nicht ganz so groß wie das von Bob Marley und die dunkelhaarige, streng angezogene Frau sah auch nicht so cool aus wie der Rastafari, aber meine Schwester sagte, sie würde sich für die »Rechte der Frau in unserer Macho-Gesellschaft« einsetzen, weshalb ich sie respektieren wollte.

Noel war über die Sommerferien zu seinem Onkel nach Norddeutschland gefahren. Mit dem Ziel, seine Jungfräulichkeit zu verlieren. Mir war das im Moment nicht mehr so wichtig. Ich spürte nicht einmal, dass ich einsam war. Im Laden meines Vaters herrschte die übliche Sommerflaute. Er hatte sich dazu entschlossen, zwei Wochen zu schließen, um den Parkettboden abzuschleifen. Meine Mutter bereitete sich auf ihre Yoga-Prüfung vor und verzog sich zum Lernen meist ins Gemeindezentrum, wo sie einen kleinen Raum angemietet hatte. Aus Geld- und Zeitmangel fiel unser Campingurlaub ins Wasser. Langweilig war mir nicht, obwohl die Tage nur Wiederholungen waren, bei denen man sehr genau hinschauen musste, um überhaupt einen Unterschied zu erkennen. Oft lag ich zusammen mit Elton im Schatten des Kirschbaums und starrte durch die Äste hindurch zum Himmel. An manchen Tagen hatte man das Gefühl, dass die flirrende Hitze die Schallwellen zusammendrückte, bis vom Rattern der Eisenbahnwaggons und dem Dröhnen der Autobahn nur noch ein dumpfes Rauschen übrig blieb. Die abendlichen Gewitter waren dafür umso lauter, doch dagegen hatte ich ja die Schlaftabletten.

Jana hatte die letzten Wochen gebraucht, um die Trennung von Raoul zu verarbeiten. Oft hatte ich neben ihr gesessen. Zwar konnte ich ihr keine klugen Ratschläge geben, aber zuhören, das konnte ich. Jetzt lag ihre erste große Liebe hinter ihr. Wie merkwürdig das klingt. Als ob ich Ahnung davon hatte, was Liebe tatsächlich bedeutete. Jana hatte wieder damit angefangen, an ihren Fingernägeln zu kauen. Und obwohl sie sich als Agnostikerin bezeichnete, was eigentlich nur hieß, dass sie sich nicht sicher war, ob es einen Gott gab oder nicht, war sie in den letzten Wochen einige Male mit meiner Mutter in der Kirche gewesen. Wegen der Stille, hatte sie gesagt, aber vielleicht hatte sie ihre Meinung über Gott auch wieder geändert.

Jeder war mit sich selbst beschäftigt, deshalb fiel mein Zustand nicht besonders auf. Die Erinnerung an diesen Sommer sind blasse, staubige Farben, die man sieht, wenn man bei Neonlicht durch das Glas einer Wäschetrommel starrt und sich mit jeder Umdrehung etwas tiefer in die Spirale aus rotierenden Wäschestücken hineinziehen lässt. Hätte mein Herz nicht von selbst geschlagen, wäre es wahrscheinlich stehen geblieben. Nach einigen Wochen hatte ich dank unterschiedlicher Tabletten und etwas Alkohol den Trieb fast ganz ausgeschaltet, aber ohne ergab das Leben noch weniger Sinn. Ohne waren die Menschen nur Menschen und das Leben etwa so schön wie ein Raum ohne Möbel, eine Berührung ohne Wärme. Ich fühlte mich wie der Zuschauer eines Theaterstücks, das mit dem Titel »Dein eintöniges Leben« überschrieben war. Deshalb fing ich irgendwann damit an, mit den Tabletten zu experimentieren. Nahm an einem Tag zu viele, am nächsten zu wenig, und an manchen Tagen ließ ich sie ganz weg. Ich wollte herausfinden, wozu mein Gehirn fähig war. Wie die Zentrale reagierte, wenn ich sie unregelmäßig mit Chemie versorgte. Es war erschreckend und faszinierend zugleich, wie sich mit ein paar Gramm Alkohol, halben, viertel oder ganzen Tabletten, der Blick auf die Welt veränderte. Ein und dasselbe Foto konnte je nach Mischverhältnis die unterschiedlichsten Gefühle hervorrufen. Am gefährlichsten waren die Momente, in denen ich mich überglücklich, fast euphorisch fühlte und am liebsten die ganze Welt umarmt hätte. Für diese wenigen perfekten Minuten bezahlte ich mit Stunden voller Angst, düsteren Gedanken und Tränen. Meist radelte ich in den Wald und setzte mich in den überwucherten Eingang eines ehemaligen Bunkers, bis alles vorbei war. Bis die quälenden Gedanken, das Heer aus schwarzen Reitern, über mich hinweggedonnert war, mein Herz wieder unterhalb von hundertfünfzig Schlägen arbeitete und ich nicht mehr den Drang verspürte, mit zweihundert Sachen gegen eine Betonwand zu rasen. Ich war ein Wissenschaftler, auf der Suche nach der richtigen Dosis, um sexbefreit, aber nicht teilnahmslos, glücklich, aber nicht zu glücklich, aufnahmefähig, aber nicht gefühlskalt zu sein. Ein Grund, warum ich die Tabletten nicht gleich absetzte, nachdem mir klar wurde, dass die Experimente in eine Sackgasse führten, war Janas Büchersammlung. Vielleicht klingt es merkwürdig, wenn ich das sage, aber bis zu jenen Sommerferien war mir völlig schleierhaft gewesen, wie man jede freie Minute mit Lesen verbringen konnte, ohne sich zu langweilen. Meine Gedanken waren immer abgeschweift, bevor die Handlung richtig begonnen hatte. Und jetzt, zum ersten Mal in meinem Leben, spürte ich, was für eine Macht in all den Büchern steckte. Ich begriff, was ich bisher nicht begriffen hatte. Ich lernte Menschen kennen, von denen ich nie geglaubt hätte, dass es sie gab, oder besser gesagt, jemand dazu in der Lage war, sie so zu beschreiben, als könnten sie atmen, fühlen, träumen, lieben, leiden und Sex haben. Weil ich diesen positiven Nebeneffekt nur ungern verlieren wollte, experimentierte ich weiter. Baute freiverkäufliche Koffein- und Schmerztabletten in meine Versuchsanordnung ein und hoffte darauf, irgendwann die richtige Mixtur zu finden, mit der ich leben konnte. Und für ein bis zwei Wochen schaffte ich tatsächlich, meine tägliche Medikamentenration auf einem Niveau einzupegeln, das es mir erlaubte, Bücher zu lesen und die häuslichen Aufgaben zu befolgen, ohne groß aufzufallen und nach Multiorgasmen zu lechzen. Oft beobachtete ich mich selbst, dachte darüber nach, wer ich war, welche Rolle man mir auf diesem Planeten zugewiesen hatte, und überlegte, ob meine Tarnung als wohlerzogener Teenager irgendwann auffliegen würde. Ich war der talentierte Mr Ripley, ich war Dr. Jekyll und Mr Hyde, ich war alles, nur nicht ich selbst, aber das schien keiner zu bemerken. Jeder schien in mir den zu sehen, den er sehen wollte. Für meine Eltern war ich der brave Junge, der plötzlich ohne zu murren sein Zimmer aufräumte und den Rasenmäher in engen Bahnen durch den Garten zog. Meine Schwester sah in mir den verloren geglaubten Bruder, der die Welt der Bücher für sich entdeckt hatte. Ich war der Spiegel ihrer Vorstellungen. Vielleicht sehen Menschen nur das, was sie sehen wollen, und wenn sich die Wirklichkeit damit deckt, bezeichnen sie das als *normal*.

Meine Mutter hörte irgendwann, zwischen Sonderschichten im Eiscafé und Prüfungsvorbereitungen, damit auf, meine geistige Zurechnungsfähigkeit anzuzweifeln. Sie schloss Frieden mit den Tabletten und begrub ihr schlechtes Gewissen, meinen Vater aus der Sache rauszuhalten, unter Stapeln mit yogischen Übungsaufgaben. Elton war der Einzige in meiner Familie, den ich nicht täuschen konnte. Ihm machte meine Veränderung zu schaffen. Wenn ich mich in mein Zimmer verkroch, um zu lesen, statt ins Freibad zu gehen oder an den See zu fahren, stupste er die Tür auf, setzte sich vor mein Bett und starrte mich an. Vorwurfsvoll, fassungslos, traurig. Ich war ihm fremd geworden. Vielleicht haben Tiere keine Vorstellung von einem Menschen, wie er sein soll, und erkennen deshalb, wie er wirklich ist.

Auch jetzt saß Elton auf seinen Hinterpfoten und legte seinen Kopf schräg. Er wackelte mit seiner feucht glänzenden Schnauze und begann leise zu wimmern. Um ehrlich zu sein: Das lag nicht nur an meinem veränderten Verhalten. Irgendwo in der Nachbarschaft war eine läufige Hündin unterwegs. Schon seit Tagen bombardierte sie Eltons Nase mit Lockstoffen. Obwohl er es gut bei uns hatte und ein vollwertiges und anerkanntes Familienmitglied war, schien ihm sein Trieb Folgendes zu sagen: »Scheiß auf die Geborgenheit! Ich will endlich mal wieder richtig vögeln.« In Verbindung mit Tiersex passt dieses Wort am besten. Obwohl außer Lehrern und Wissenschaftlern wahrscheinlich kaum jemand das Wort »Geschlechtsverkehr« benutzt, wenn es um Sex geht. Vögeln, Ficken, Bumsen, das ist die Realität. Menschen sind nichts weiter als Tiere mit Verstand. Aber auch den kann man abschalten, genau wie das Gewissen. Wieder eine Erkenntnis, die ich Janas Büchern verdankte. Eine Erkenntnis, die mich beruhigte. Ich war also doch nicht verrückt. Außer mir kämpften vermutlich Millionen Teenager damit, unerwartet von einem Hormon-Tsunami überrollt worden zu sein. Und wahrscheinlich schluckten in China, Afrika und Asien jeden Tag Tausende von ihnen Tabletten, um gegen ihr neues, anderes Ich anzukämpfen. Den Eindruck konnte man jedenfalls gewinnen, wenn man sich durch die Chatrooms klickte, die es zu dem Thema haufenweise im Internet gab.

Damit Elton sich nicht aus dem Staub machte, hatten wir alle Ausgänge abgeriegelt. Am Hoftor und neben dem Briefkasten baumelten Pappschilder mit der Aufschrift »Achtung notgeiler Hund!«, die Jana dort hingehängt hatte. Ich fragte mich, wie sie das mit ihrem Gerechtigkeitssinn vereinbaren konnte, Elton gegen seinen Willen festzuhalten. Vielleicht sollte ich ihm einfach das Tor aufmachen, wenn keiner es mitbekam. In ein paar Stunden würde er wieder da sein und den Hungerstreik beenden. Früher war er öfter mal ausgebüchst, aber immer zu uns zurückgekehrt.

»Jetzt schau nicht so«, sagte ich zu ihm. »Ich weiß, dass du meine Gedanken lesen kannst. Aber –«

Er kläffte einmal kurz.

»Es geht nicht«, seufzte ich.

Jana betrat mein Zimmer.

»Wie weit bist du eigentlich mit den Fotos?«, fragte sie. »Hast du schon weitergemacht?« Jana zeichnete mit dem Zeigefinger einen Kreis in die Staubschicht auf meiner Fototasche.

Ich zuckte die Achseln und gab ein Geräusch von mir, das man nicht eindeutig zuordnen konnte. Die Kamera hatte ich seit Wochen nicht angerührt. Das leichte Kribbeln, wenn ich durch den Sucher auf ein schönes Motiv blickte, es war verschwunden.

»Ich will noch warten, bis sich das Laub verfärbt hat«, sagte ich, ohne ihr dabei ins Gesicht zu sehen. »Sind ja noch fast zehn Monate.«

»Die gehen schneller vorbei, als du denkst. Und ich will nicht hetzen müssen.«
»Sobald sich das Laub verfärbt hat.«
Es klingelte an der Tür. Jana ging nach unten. Ich hielt Elton am Halsband fest. Er leckte meine Hand. Ein Bestechungsversuch.
»Tut mir leid«, sagte ich. »Bald geht's dir wieder besser.«
Elton antwortete mit einem Wimmern. Speichelfäden hingen ihm aus dem Maul. Er gab ein jämmerliches Bild ab.
Zusammen mit Tess, ihrer besten Freundin, betrat Jana mein Zimmer.
»Was hat Elton denn?«, fragte Tess und wischte sich eine hennarote Haarsträhne aus dem Gesicht.
»Samenstau«, sagte meine Schwester. »Hast du die Schilder nicht gesehen?«
Tess ließ ihr silbernes Zungenpiercing aufblitzen. Sie blinzelte mit den Augen und verdrehte den Kopf. »Was für Schilder denn?«
Meine Schwester sagte, die Kifferei würde sie so langsam machen. Sie ließ sich in Zeitlupe neben Elton auf den Boden sinken und kraulte ihm den Kopf. Er fing an zu jaulen.
»Jetzt übertreib nicht so«, fuhr meine Schwester ihn an und schüttelte den Kopf. »Ich schau mal, was heute Abend im Kino läuft.« Sie verschwand nach nebenan.
»Was liest du denn da?« Tess hob ein aufgeschlagenes Buch vom Boden auf. Keine Ahnung, ob sie sich absichtlich so hinsetzte, dass ich ihren Slip sehen konnte. Sie hatte sich unten herum wohl schon länger nicht mehr rasiert. Ihre dunklen Schamhaare piksten durch den gelben Stoff und quollen seitlich heraus. Ich war mir nicht sicher, ob ich das gut finden sollte.
»Kafka, in deinem Alter. Heftig.« Sie hob die Augenbrauen. »Du weißt, dass der Typ verrückt war?«
»Verrückt ist doch normal«, sagte ich achselzuckend.
»Du klingst schon wie deine Schwester.«
Elton drückte sich gegen ihre Schulter. Tess strich ihm mit ihren

langen schwarzen Fingernägeln durchs Fell und hinterließ dabei Furchen. Ungeniert zeigte er seine Freude über die körperliche Zuwendung und fuhr sein Ding aus.

»Wow«, sagte Tess, »was ist denn mit dir los?«

»Eine läufige Hündin«, verteidigte ich ihn.

»Ach so, dachte schon, er meint mich damit.« Sie streckte sich. Auch unter den Achseln war sie nicht rasiert.

Meine Schwester tauchte in der Tür auf. »Im *Luna* läuft was Cooles.«

»Arthouse-Kram«, stöhnte Tess und erhob sich. »Können wir nicht ausnahmsweise mal was Anspruchsloses angucken? Irgendwas mit Action, wo einem nicht das Gesicht einschläft.«

»Soll aber super sein«, beharrte Jana. »Sonst läuft nur Schrott.«

Elton klammerte sich mit den Vorderpfoten an Janas rechtem Bein fest und rammelte es an.

»Spinnst du?« Jana riss ihn am Halsband zurück.

»Der Arme«, meinte Tess und strich ihm über das Fell. »Gibt man dir nicht, was du brauchst?«

»Weiß auch nicht, was mit ihm los ist. Eigentlich hab ich gedacht, er sei aus dem Alter raus.« Jana gab Elton einen Klaps. »Du kannst dein Ding wieder einziehen. Los! Mach schon oder wir lassen dich kastrieren.«

Elton jaulte einmal kurz auf, als hätte er die Drohung verstanden und verschwand enttäuscht nach unten.

»Was ist jetzt mit Kino?«, fragte Jana.

»Aber diesmal geh ich raus, wenn der Film scheiße ist«, sagte Tess. »Ich mach das nicht schon wieder mit. Drei Stunden Wackelbilder. Würg.« Sie steckte sich den Finger in den Mund, dann blickte sie zu mir und grinste. »Heute Abend schon was vor?«

»Ähm, ich … weiß nicht«, sagte ich überrascht. »Eigentlich –«

»Hey, kleiner Bruder, du kannst Tess doch keine Bitte abschlagen.« Jana trommelte gegen den Türrahmen. »Das Buch kannst du auch morgen noch weiterlesen.«

Einundzwanzig

Der Film war so, wie Tess befürchtet hatte: langweilig. Ein Typ schmiss sein Studium und zog in die Wildnis, wo er die meiste Zeit damit verbrachte, nach Nahrung zu suchen. Man musste nicht oft hinschauen, um der Handlung zu folgen. Jana schien der Film zu gefallen. Sie machte keinen Mucks. Im Gegensatz zu mir. Ich rutschte unruhig auf meinem Sessel hin und her, saugte an meiner Cola und bereute, mitgekommen zu sein. Der Drang, aufzustehen, wurde von Minute zu Minute stärker. Das unruhige Kribbeln war wieder in meine Beine zurückgekehrt. Vielleicht waren es die Schlaftabletten. Ich hatte damit begonnen, sie zu halbieren. Pünktlich zum Schulbeginn wollte ich wieder clean sein und gar nichts mehr schlucken. Das Experiment war gescheitert. Ich hatte die magische Dosis nicht gefunden.

Zuerst dachte ich, Tess würde zufällig meinen Arm berühren, als sie nach ihrer Colaflasche griff. Doch als es zum dritten Mal passierte – diesmal ziemlich langsam – ließ ich mich auf dieses Spiel ein. Sofort startete der Film in meinem Kopf. Ich stellte mir vor, wie sie sich auszog. Dass sie unten herum einen ziemlichen Busch hatte, versuchte ich zu verdrängen. Unsere Arme lagen nun auf der Lehne und berührten sich auf einer Fläche, die nicht größer als einen Quadratzentimeter sein durfte, aber genügte, um den Film in meinem Kopf voranzutreiben. Ganz leicht bewegte Tess ihren Arm. Vor und zurück. Zurück und vor. Ich traute mich nicht, zu ihr hinüber zu schauen.

»Sie will dich«, meldete sich mein anderes Ich zu Wort. Es war wieder da, und es hatte gelernt zu sprechen. Mit einer rauchigen, schnippischen Stimme, die irgendwo in meinem Kopf erzeugt wurde und sich nicht ausschalten ließ.

»Was soll ich tun?«, fragte ich in Gedanken. Keine Ahnung, warum ich mich auf eine Unterhaltung einließ. Mit diesem Satz hatte ich die Existenz meiner anderen Persönlichkeit anerkannt. Die Antwort folgte prompt: »Du musst deine Schwester loswerden!«

»Und wie?«

»Geh aufs Klo. Tess wird dir folgen und dann hol das Maximum raus.«

»Aber ich bin gar nicht verliebt.«

»Verliebt«, höhnte die Stimme. »Sind wir heute mal wieder besonders romantisch. Dazu musst du nicht verliebt sein. Mach dir nicht so viele Gedanken. Oder soll deine armselige One-Man-Show ewig weitergehen? Gib mir endlich, was ich brauche!«

Mir wurde etwas schwindelig. Meine Gedanken fuhren Karussell. Ich tastete in meine rechte Hosentasche. Für den Notfall hatte ich mir eine Psycho-Tablette eingesteckt. Vielleicht musste ich die Tagesration in noch kleineren Schritten herunterfahren. Schließlich hatte sich mein Körper daran gewöhnt, alle paar Stunden gefüttert zu werden.

Ich wischte mir den kalten Schweiß von der Stirn. Ich trank einen Schluck Cola und fühlte mich etwas besser. Die Stimme war verschwunden. Erneut streifte Tess meinen Unterarm. Ich schielte zu ihr hinüber. Jetzt oder nie, dachte ich, stand auf und ging lässigen Schrittes Richtung Treppe. Sie führte ins Foyer. Quietschend schloss sich hinter mir die Saaltür. Vor der Kasse standen bereits die Besucher für die Spätvorstellung an. Uneinsehbar, hinter Plakatwänden, befand sich der Eingang zu den Toiletten. Bei Licht, auch wenn es gedämpft war, fühlte ich mich plötzlich lächerlich. Warum sollte Tess, ein sechzehnjähriges Mädchen, auf einen vierzehnjährigen Jungen stehen? War es normalerweise nicht umgekehrt? Vielleicht hatte ich mir die Berührung unserer Arme auch nur eingebildet. Während ich darüber nachdachte, ob ich mal wieder Opfer meiner überbordenden Phantasie

geworden war, lief ich hinüber zu den Toiletten. Jetzt nicht mehr ganz so lässig. Zweifel nagten an meinem Selbstbewusstsein. Ich war froh über den eng anliegenden Slip, der den Aufstand in meiner Hose in mein linkes Hosenbein umleitete. Im weiß gefliesten Vorraum zu den Toiletten blieb ich stehen. Unentschlossen. Links Männer, rechts Frauen. Woher sollte Tess wissen, dass ich in der Herrentoilette auf sie wartete? Passierten solche Sachen nicht eher in der Damentoilette? Ich beschloss, zu warten. Tess würde mir schon zeigen, wo sie hinwollte. Hinter der Damentoilette dröhnte die Klospülung. Ich schaute auf den Kondomautomat, der im Niemandsland hing. Der Gedanke, mir für zwei Euro ein Gummi – eventuell mit Noppen – rauszulassen, kam mir lächerlich vor. Ich hatte ja noch nicht einmal richtig geküsst. Glaubte ich tatsächlich zu wissen, wie Sex funktionierte, nur weil ich ein paar Pornos gesehen hatte? Welche Stellung kam bei einem Quickie überhaupt in Frage? War der Mann oben oder die Frau oder tat man es am besten im Stehen? Zog man sich ganz aus oder behielt man die Schuhe an? Vielleicht setzte man sich einfach auf den Klodeckel und ließ die Frau machen.
Ich kramte eine Zwei-Euro-Münze aus meinem Portemonnaie. Nicht dass ich Tess unterstellen wollte, AIDS oder so zu haben, aber wenn sie wie Jana die Pille verweigerte, konnte die Sache ziemlich schlecht ausgehen.
Die Tür zur Damentoilette wurde hektisch aufgezogen und vor mir stand Kira. Ich war so überrascht, sie hier anzutreffen, dass ich nur ein heiseres »Hallo« herausbrachte. Schnell ließ ich die Münze wieder in meiner Hosentasche verschwinden. Kira lächelte, begleitet von einem leichten Mundwinkelzucken. »So ein Zufall«, sagte sie und machte Platz für eine dicke Frau, die sich rücksichtslos an ihr vorbeizwängte. »Fe – fette Sa…« Sie schloss kurz die Augen. Die dicke Frau bekam die Beinahe-Beschimpfung nicht mit. »Einen schönen Sommer gehabt?« Die Ironie in Kiras Stimme war nicht zu überhören.

»Deine Nummer ... die Karte ... sie ... sie wurde in der Waschmaschine gewaschen«, stammelte ich. Die Wahrheit klang wie eine Ausrede. Kira musste denken, dass ich mich wegen ihrer Krankheit nicht gemeldet hatte. Wahrscheinlich passierte ihr das häufiger. Leider war meine Reaktionsfähigkeit auf dem Stand eines Alzheimer-Patienten.
»Egal«, sagte Kira mit einer abweisenden Handbewegung und blickte mir tief in die Augen. »Hast das Zeug genommen. Schade.«
»Ich ... ich will damit aufhören«, sagte ich, während mich mein anderes Ich als Schlappschwanz beschimpfte.
»Schon klar«, meinte Kira wenig überzeugt.
»Warst du auch, ich mein, gehst du noch ...«
»In die Spätvorstellung«, vollendete sie mein abgehacktes Gerede. Dann betrat meine Schwester den Vorraum. Nicht Tess, wie ich erwartet hatte. Ich war von der Situation überfordert. Ein stechender Schmerz pochte unter meinen Schläfen.
»Alles okay?«, fragte Jana.
»Langweiliger Film«, sagte ich.
Sie zuckte die Achseln. »Habt einfach keinen Geschmack. Tess ist auch gerade gegangen. Musst nicht hierbleiben. Ich zwinge keinen zu seinem Glück.« Sie schaute kurz zu Kira, die wie festgefroren dastand, und verschwand in die Toilette.
»Ich muss dann auch mal«, sagte Kira. »Meine Freundin wartet.« Sie schlüpfte an mir vorbei. »War nett, dich wiederzusehen.«
»Warte.«
»Ist noch was?« Sie hielt die Türklinke fest. Ein Luftzug wirbelte ihr Haar durcheinander. Sie wischte es sich aus dem Gesicht.
»Wegen der Visitenkarte«, sagte ich ruhig. »Das stimmt wirklich. Hast du noch eine?«
Kira zögerte. Ihre Lippen waren ein gerader Strich. »Lügner!«, sagte sie oder vielmehr ihr Tick. Sie hielt sich die Hand vor den Mund. »Sorry. Das hab ich nicht so gemeint.« Ihre Kiefermusku-

latur pulsierte wie das Herz eines Kaninchens. Sie kniff die Augen zusammen, als würde sie gleich einen Schwall Schimpfwörter über mir ausschütten. »So süß ist es zu trennen sich, dass ich Gut Nacht sag bis zum Tageslicht.« Sie stampfte zweimal mit dem Fuß auf und sagte angestrengt: »Kennst du den Teeladen in der Altstadt?«

»Beim unteren Turm?«

»Nein, den am Brunnen. Beim Marktplatz. Gehört meiner Oma. Frag sie nach meiner Nummer, wenn du sie wirklich haben willst.«

| Zweiundzwanzig |

Jana stellte sich neben mich ans Waschbecken. Seit der Fotosession war die Tür zum Bad unverschlossen geblieben.
»Wer war eigentlich das aufgestylte Mädchen von vorhin?«
»Kira«, sagte ich neutral.
»Kira, aha.« Jana grinste. Sie nahm ein Wattestäbchen, schob es sich ins Ohr und drehte es hin und her. Dann zog sie es wieder heraus, betrachtete das gelborangefarbene Schmalz und roch daran. »Geht sie mit dir in die Klasse?«
»Warum tust du das?«
»Was?«
Ich deutete mit dem Kopf zum Wattestäbchen.
»Man muss ja wissen, wie man riecht.« Sie warf das Wattestäbchen in den Mülleimer. »Und, woher kennst du jetzt das Mädchen?«
Ich zögerte. Unsere Blicke trafen sich im Spiegel. »Vom Psychiater«, sagte ich überdeutlich.
»Wie, was, Psychiater? Meinst du den Schulpsychologen?« Sie runzelte die Stirn. »Hat sie einen von den Springern gekannt?«
»Sie geht nicht auf unsere Schule.«
»Wird das jetzt ein Rätsel oder könntest du mal kurz Klartext reden?«
»Im Ernst: Ich bin seit drei Monaten in Behandlung.«
»Wegen deiner schweren Kindheit oder was?« Jana lächelte verunsichert.
»Erinnerst du dich noch, wie ich früher immer den ganzen Tag nur kicken wollte. Und schier durchgedreht bin, wenn ich nicht rausdurfte, weil ich krank war oder der Platz unter Wasser stand?«

Sie grinste, begleitet von einem tiefen Seufzer. »Ja, manchmal warst du schon ein echtes Nervkind. Aber jetzt bist du ja … ganz okay.«
»Ganz okay?«
Sie schaute an mir herab und rümpfte die Nase. »Dein Kleidungsstil ist fragwürdig, aber da misch ich mich nicht ein.«
»Fragwürdig?«
»Jeder, wie er will. Musst deinen Style erst noch finden.« Sie lächelte kurz, dann wurde sie wieder ernst. »Also, warum gehst du zum Psychiater?«
»Mama war bei Herrn Schotz. Wegen meiner Noten. Der hat sie auf die Idee gebracht. Und der Psychiater ist auch der Meinung, dass ich hyperaktiv bin.«
»Quatsch! Du bist nicht hyperaktiv. Vielleicht früher mal. Okay, das mag sein, aber so viel, wie du in letzter Zeit gelesen hast. Das schafft keiner, wenn er sich nicht konzentrieren kann.«
Ich zog die Tablette aus meiner Hosentasche und hielt sie Jana vor die Nase. »Das ist der Trick.«
Sie griff nach der Tablette und drehte sie ungläubig zwischen Daumen und Zeigefinger. »Das kann ja wohl nicht wahr sein. Die haben dich unter Drogen gesetzt. Weiß Papa davon?«
Ich schüttelte den Kopf.
»Warst du deshalb die letzten Wochen so … ruhig?«
»Scheinbar hat es dir gefallen.«
»Nein, ich mein … ich hab gedacht, du bist reifer geworden. Dein Interesse für Bücher. Die dicken Wälzer, die du alle verschlungen hast. Hat so gut zusammengepasst. Du hast plötzlich so erwachsen gewirkt.«
»Du meinst ernst.«
»Vielleicht auch das.«
»Dann sollte ich die Dinger vielleicht doch weiter schlucken.« Ich streckte ihr die hohle Hand entgegen. Jana zögerte, dann legte sie die Tablette hinein.

»Spül das Zeug in den Abfluss! Ich will keinen ruhig gestellten Bruder. Auf, mach schon!« Sie stieß mich kumpelhaft in die Seite. »Dass Mama so was –«

»Sie wollte mir helfen«, fiel ich ihr ins Wort. »Sag ihr nichts. Und auf keinen Fall Papa. Du weißt ja …«

Sie blickte mir direkt in die Augen. »Nur, wenn du damit aufhörst. Versprich mir das.«

»Bin gerade dabei. So was geht nicht von heut auf morgen.«

»Vielleicht solltest du wieder Handball spielen«, sagte sie nach einigen Sekunden. »Warum hast du überhaupt aufgehört?«

»Die Leute sind nicht mein Fall.«

»Das machen bestimmt auch die Tabletten.«

»Nein, sicher nicht. Das kann ich schon noch unterscheiden.«

Jana nahm mir die Pille aus der Hand. »Hör bitte mit der Chemie auf.« Sie spülte sie in den Abfluss. »Ist doch scheiße, dass die das Zeug an Kinder verdealen.«

»Ich bin kein Kind mehr.«

Sie schnalzte mit der Zunge. »Schon klar. Lass die Tabletten einfach weg. Fang lieber mit Rauchen an oder mach wieder mehr Sport.«

»Ich lese dann aber keinen Kafka mehr.«

»Akzeptiert.«

»Und ich hör auch nicht mehr bei euren Proben zu.«

Sie grinste. »Einverstanden. Noch was?«

In Gedanken ergänzte ich die Liste um folgende Punkte:

- Ich werde wieder jeden Tag onanieren
- Ich werde wieder Sport machen
- Ich werde mir Kiras Nummer besorgen.

Jana hielt die Zahnbürste unter den Wasserhahn. »Warum lächelst du? Wegen Tess. Hab ich recht? Sie gefällt dir.«

»Hab ich bei ihr Chancen?« Ich stellte diese Frage, obwohl es Kira war, an die ich dachte.

Jana drückte Zahnpasta aus der Tube. »Glaub schon.« Ich konn-

te ihr ansehen, wie sehr sie sich darüber ärgerte, dass mich meine Mutter Medikamente schlucken ließ. »Als Freund bist du ihr wahrscheinlich zu jung, aber so zum Spaß, kann schon sein. Tess probiert gerne ein bisschen aus, und dich mag sie auf jeden Fall.« Sie hob die Augenbrauen. »Hast du überhaupt schon Erfahrung mit Mädchen?«
Ich schüttelte den Kopf.
Sie legte ihre Zahnbürste auf den Waschbeckenrand und verzog das Gesicht. »Überhaupt keine?«
»Kann ja nicht so schwer sein.«
»Nicht mal geküsst?«
Ich schüttelte den Kopf.
»Was habt ihr denn auf der Chorfreizeit gemacht? Händchen gehalten?«
»Gesungen?«
»Mein Bruder ist ein Spätzünder«, sang sie. »Ein Spätzünder, ein Spätzünder.«
»Ich krieg das schon hin, wenn's soweit ist.«
»Da wird sich die Frauenwelt aber freuen.« Sie streckte die Zunge heraus und zog eine Fratze. »Richtig küssen will gelernt sein.« Sie griff nach meiner linken Hand. »Sind doch gewaschen, oder?«
»Ja, die sind gewaschen.« Ich zog sie wieder weg.
»Jetzt sei kein Spielverderber. Du wirst mir später noch dankbar sein. Nicht jeder hat so eine verständnisvolle Schwester.« Sie griff erneut nach meiner Hand und drehte die Handfläche zu ihrem Mund. Ich gab den Widerstand auf. »Jetzt zeige ich dir erst mal, wie man's nicht macht.« Sie leckte hektisch über meine Handfläche, als sei sie ein aufgeregter Hund.
»Ist ja eklig!«
»Es geht nicht um Geschwindigkeit, auch wenn viele Jungs das glauben.« Sie spitzte die Zunge und drückte sie stoßweise gegen meine Handfläche. »Und es geht auch nicht darum, wer der Stär-

kere ist. Beim Küssen ist es wichtig, zärtlich mit der Zunge des anderen zu spielen, verstehst du.« Sie zeichnete Kreise mit ihrer Zungenspitze in die Luft. »Du musst darauf achten, dass ihr eine Einheit seid. Nicht dein eigenes Ding machen.« Sie ließ meine Hand wieder los. Ich rieb sie an meiner Hose ab. »Kapiert?«
»Ist ja nicht schwer.«
Janas Blick verfinsterte sich. »Und auf keinen Fall die Augen aufmachen, verstehst du. Das zerstört den Zauber.«
»Okay.«
»Mach die Augen zu.«
»Was?«
Noch bevor ich wusste, was sie vorhatte, zog sie meine Lider nach unten. Ihre Lippen berührten meine. Ihre Zunge glitt in meinen Mund. Erschrocken riss ich die Augen auf und wich zurück. »Spinnst du!«
Jana lachte schallend. »Hab nur von meinem Recht Gebrauch gemacht: Der erste Zungenkuss gehört immer der großen Schwester.«
»Sehr witzig.«
»Jetzt sei nicht eingeschnappt. War nur ein harmloser Kuss. Kein Inzest. Das musst du deinem Psychiater nicht beichten.«
Ich spülte mir demonstrativ den Mund aus.
»Oh je. Jetzt ist mein kleiner Bruder verstört.« Sie strich mir über die Wange. »Falls du noch mehr wissen willst, frag einfach.«
»Sicher nicht.«
»Theoretisch, okay. Ich will nur verhindern, dass du einer von diesen Macho-ich-besorg's-dir-Typen wirst. Das sind nichts weiter als hirnlose Egoisten. Denen ist es egal, ob die Frau was spürt. Die wollen nur auf ihre Kosten kommen.«
»War Raoul auch so ein Typ?«, fragte ich vorsichtig.
Jana hob die Brauen. »Raoul war Polygamist.«
»Was?«
»Er war ein egoistischer Sammler. Vielweiberei, verstehst du.«

»Wie viele denn?«

Sie verdrehte die Augen. »Drei, vier, was weiß ich. So was machen nur Leute mit verkümmertem Ego. Merk dir das. Die wollen sich was beweisen.«

»Oder mehr Sex haben.«

»Das ist nicht witzig, kleiner Bruder.«

| Dreiundzwanzig |

Herr Riegert betrat den Laden. »Eine Rampe«, stöhnte er, »wenn ihr nicht wollt, dass ich meine Bilder in den Supermarkt bringe, müsst ihr eine Rampe bauen.«
Ich kam hinter der Theke hervor. Mein Vater steckte mit dem Kopf in einem Fotoautomaten. Die Dinger machten ständig Ärger. »Hallo Paul, lange nicht mehr gesehen.« Herr Riegert drückte sein Kreuz durch. »Ich schrumpfe und du schießt in die Höhe. Wie ungerecht das Leben ist.« Er deutete mit dem Kopf nach draußen. »Kannst du mir bitte meinen Ferrari reinholen?«, sagte er lächelnd. »Der Schlüssel steckt.«
Irritiert ging ich zur Tür. Am Fuß der Treppe stand eine nagelneue knallrote Gehhilfe.
»Hat sogar Bremsen«, sagte Herr Riegert, als ich sein Gefährt hinter dem Tresen abstellte. »Und null Co2-Ausstoß.«
Mein Vater wischte sich die Hände mit einem Tuch ab und schloss den Automaten. »Und, mal wieder fotografiert? Kann ich bis morgen fertig machen. In bester Qualität.«
Herr Riegert winkte ab. »Das mit dem Supermarkt war nur so dahergesagt. Mir fehlt es im Augenblick an Inspiration. Hab mir eine schöpferische Pause verordnet, bis mich die Muse wieder küsst.«
»Ach so. Dachte schon, Sie gehen fremd.«
»Niemals.«
Lächelnd verschwand mein Vater nach unten ins Lager.
»Kaffee?«, fragte ich.
Herr Riegert machte ein unentschlossenes Gesicht. »Aber nur ’ne halbe Tasse, mehr verkraften meine Windeln nicht.« Er schlurfte hinüber zum Aufgang der Galerie und blieb stehen, als seien die

vier Stufen ein unüberwindbares Hindernis. Ich griff ihm unter den Arm und führte ihn an seinen Stammplatz.
»Hätte ich auch selbst geschafft.«
»Klar«, sagte ich. »Paris?«
Er lächelte breit. »Ja! Heute ist ein guter Tag für Erinnerungen.«
Ich holte seinen Lieblingsband aus dem Regal und legte ihn vor ihn hin. Das Glöckchen über der Eingangstür bimmelte. Ein Mädchen mit Stöpseln in den Ohren kam herein. Sie grüßte stumm und stellte sich vor den Sofortbild-Automaten. Ich schenkte Herrn Riegert Kaffee ein. Beide musterten wir das Mädchen, die junge Frau, das Wesen vom anderen Stern. Schlank, groß gewachsen und mit dem Wissen, schön zu sein, blies sie sich eine Haarsträhne aus dem Gesicht. Sie schürzte die Lippen, öffnete sie leicht, als könnte sie die Welt – die der Männer, mit all ihren schmutzigen Gedanken, unerfüllten Wünschen und dem auf Schwanzlänge geschrumpften Gewissen – durch einen Strohhalm einsaugen und vernichten. Das Mädchen trug Schuhe mit Keilabsätzen und eine weiße, leicht transparente Stoffhose. Ihr String-Tanga war hinten über den Bund gerutscht und hatte sich verdreht. Ein verdrehtes, schimmerndes Stück, schwarze Spitze, das mich nervös machte. Im Schaufenster spiegelte sich ihr makelloses, stupsnasiges Gesicht mit den großen, katzenhaften Augen, die mich längst aussortiert hatten. Ein Blick genügt, um so etwas zu entscheiden. Zu jung, zu uninteressant, zu was weiß ich, wird ihr Gehirn gemeldet haben. Ein Zwinkern und du bist tot. Erledigt. Nicht vorhanden. Solche Mädchen machten mir Angst. Schönheit machte mir Angst.
»Nicht gerade kommunikativ, der Fortschritt«, sagte Herr Riegert und balancierte die Kaffeetasse an seine Lippen. Das Zittern seiner Hände war stärker geworden. Das Mädchen drehte sich Hilfe suchend um. »Ich glaub, du wirst gebraucht.« Herr Riegert warf mir ein aufmunterndes Lächeln zu. Ich straffte meine Schultern und ging nach unten. Vier Stufen, fünf bis sechs Schritte, die mir

vorkamen, als müsste ich, begafft von tausend Augenpaaren, über einen kilometerlangen Laufsteg schreiten. Mein Körper war ein ungelenkes Stück Holz. Ein eingerostetes Skelett, das auf die Signale meines Gehirns zeitverzögert und mit einem Maximum an Unlässigkeit reagierte. Was war ich nur für ein beschissener Loser? Ich zwang mich, zu lächeln. Ein affiges, aufgesetztes Lächeln, hinter dem ich meine ganze beschissene Unsicherheit versteckte. Ein Schutzschild, das schon beim kleinsten Angriff zusammenbrechen würde.

»Ich will das Foto mit dem Rahmen hier«, sagte das Mädchen und berührte den Bildschirm. Ihre Stimme klang kratzig, aber freundlich. »Lässt sich nicht auswählen.« Sie tippte auf das Glas. »Siehst du?«

»Das geht erst ab 13x18«, sagte ich und zwang mich dazu, langsam und deutlich zu sprechen.

»Ach so«, meinte das Mädchen, wenig beeindruckt von meinem Fachwissen, und wählte eine andere Bildgröße. Eigentlich war mein Auftrag damit erledigt, aber ich wollte meine Schöne-Mädchen-Phobie in den Griff bekommen und sagte: »Darf ich dir noch was zeigen?« Dieser Satz war total dämlich, weil in meinem versauten Kopf sofort mein anderes Ich die Frage stellte, was ich ihr denn zeigen wollte? *Schwanz, Penis, Latte.* Wäre ich Kira gewesen, hätte ich jetzt eine gefangen. Aber so blieben meine Gedanken dort, wo sie hingehörten.

Das Mädchen blickte mich erwartungsvoll an. Ich ließ meinen Zeigefinger über den Touchscreen spazieren, wobei *spazieren* eindeutig zu locker klingt. Es war mehr ein vorsichtiges Tasten. »Wenn du die Bilder an den Rändern ein bisschen beschneidest, sieht es besser aus.« Meine Stimme kippte nicht, obwohl der Porno in meinem Kopf bereits die erste Szene abfeuerte. Das Mädchen quittierte meine Offensive mit einem wohlwollenden Lächeln. »Kannst du mir das noch mal zeigen?«

Ich nickte und stieß ein zufriedenes, aber stummes »Yeah!« aus.

Dann machte ich mich daran, die restlichen Bilder zu korrigieren.
»Cooler Service«, sagte das Mädchen, nachdem sie gezahlt hatte. »Arbeitest du öfter hier?«
»Immer mittwochs«, sagte ich hastig. »Mittwochnachmittag.«
Sie runzelte die Stirn und schaute mich stumm an. Hatte ich etwas falsch gemacht? »Stimmt was nicht?«, fragte ich.
»Doch, ich … hast du mal Handball gespielt? Hier im Verein?«
Ich nickte. Ihre Miene erhellte sich. »Zusammen mit Karim, hab ich recht?«
»Ja, ja, genau.«
»Cool. Wie heißt du denn?«
»Paul. Paul Wegener.«
»Paul, ah ja. Richte Karim ’nen Gruß aus. Von Lilli. Er kann ja mal wieder anrufen. Lilli aus der B-Jugend.«
»Lilli aus der B-Jugend«, wiederholte ich und sah plötzlich Karim nackt vor mir. In der Dusche. Ein Schauer lief mir über den Rücken. Ich hätte nicht so ausrasten dürfen. »Klar, klar mach ich.«
»Und danke für die Bilder.« Mein Schutzschild wurde von einem tiefen Blick aus glänzenden Bernsteinaugen durchbrochen. Ich war wieder ich, mittelmäßig hübsch, mittelmäßig mutig, mittelmäßig was weiß ich.
Herr Riegert nickte mir anerkennend zu, als ich auf die Empore zurückkehrte. »Ist nicht leicht«, sagte er. »Kann mich noch gut daran erinnern, wie sich das anfühlt.« Er klopfte mir auf die Schulter. »Wirst sehen, in ein paar Jahren machst du die Frauen nervös, wenn du sie anlächelst.« Er klappte den Fotoband zu und strahlte mich an. »Die Kunst besteht darin, sich nicht anmerken zu lassen, dass man das schwächere Geschlecht ist. Das ist schon immer so gewesen.« Er zuckte leicht die Achseln.
»Wollen Sie noch einen Kaffee?«
Er schüttelte den Kopf. »Danke.« Er tupfte mit den Fingern

Zuckerkristalle vom Tisch. »Weißt du, in deinem Alter ist es noch leicht, jemanden zu finden. Ich meine jetzt nicht wegen Sex und so, sondern generell. Aber wenn man mal jenseits der siebzig ist, dann …« Er hob die Brauen. »Hast du eigentlich Ahnung vom Internet?«

»Ein bisschen.«

»Anders gefragt: Reicht dein Wissen aus, um für einen Mann in der Blüte seiner Jahre eine Kontaktanzeige aufzugeben?«

»Sicher«, sagte ich und konnte mir ein Grinsen nicht verkneifen.

»Hey, was gibt's da zu grinsen?«

»'tschuldigung.«

»Quatsch, Entschuldigung. Hätte ja selbst nie gedacht, dass es mal so weit kommen würde.«

»Hatten Sie eigentlich viele Frauen?«

»Wenn du mir sagst, wofür das Wort ›viele‹ in der heutigen Zeit steht.«

»Fünf oder zehn.«

»Fünf oder zehn. Hat sich auf dem Sektor ja doch nicht so viel getan.«

Er überlegte kurz. »Also körperlich waren es schon ein paar, aber so richtig geliebt … tja, da kommt ein Herz schnell an seine Grenzen. Aber was rede ich da für schmalziges Zeug.« Er griff in seine Jackentasche und zog ein sauber gefaltetes Blatt Papier heraus. »Meine Hobbys, Vorlieben und so hab ich aufgeschrieben. Wenn noch was fehlt, meine Nummer steht unten. Nach acht geht die Zentrale ran. Nicht abwimmeln lassen. Vor Mitternacht schlaf ich sowieso nie.«

Ich steckte das Papier ein. Er hielt mir seinen Arm hin, damit ich ihn nach unten brachte. Nach der ersten Stufe blieb er stehen und runzelte die Stirn. »Da ist noch was: Ich hab im Augenblick kein aktuelles Foto von mir. Wärst du so nett? Darf auch digital sein.«

»Natürlich.«

Er legte seine faltige Hand auf meine. »Du bist ein toller Junge.«

Ich nickte leicht, weil ich nicht wusste, wie ich reagieren sollte. »Sie sind ein netter Mann«, hätte sich irgendwie albern angehört, auch wenn es die Wahrheit gewesen wäre.

Wir gingen nach hinten und machten ein paar Aufnahmen. Ich korrigierte sie so lange am Computer, bis Herr Riegert mit der Farbe seiner Haut (ich retuschierte ein paar Altersflecken) und der Stellung seiner Zähne einverstanden war.

»Ach, fast hätt ich's vergessen«, sagte er, als ich ihn zur Tür brachte. »Wegen Sex, ich mein, falls die Frage aufkommen sollte. Schreib einfach: Interesse vorhanden, Ausführung ungewiss.« Er lächelte, dann stellte er seine Augenbrauen auf. »Oder – vielleicht ist es besser, das Thema wegzulassen. Will die Frauenwelt ja nicht erschrecken.«

Ich nickte. Dass Menschen jenseits der siebzig noch Sex hatten, hielt ich für äußerst unwahrscheinlich, deshalb beschloss ich, das Thema tatsächlich nicht zu erwähnen.

| Vierundzwanzig |

Kaum hatte ich die Tür aufgezogen, wurde ich von den Melodien mehrerer Windspiele empfangen. Der Laden von Kiras Großmutter war ein verwinkelter Raum mit vollgestellten Regalen, Postkartenständern und von der Decke baumelnden Prismen, die das aufgespaltete Licht über Räucherstäbchen, Gipsengel und in Zellophan verpackte Kräutertees tanzen ließ. Meine Pupillen zuckten zusammen, sobald sie von einem Lichtreflex getroffen wurden. Elton mit seiner hyperempfindlichen Nase wäre hier wahrscheinlich zusammengebrochen. Ich musste niesen.

»Allergiker im Haus«, sagte eine helle Stimme. Der glitzernde Vorhang hinter der Theke teilte sich. Eine alte Frau mit zerknittertem Gesicht und grauen Haaren, die von einer kunstvollen Stäbchenkonstruktion hinter ihrem Nacken zusammengehalten wurden, kam herein. Die Windspiele untermalten ihr Eintreten mit vereinzeltem Geklimper. Als der letzte Ton verklungen war, begann sie zu lächeln, begleitet von einem leichten Nicken. Ich hatte mich keinen Millimeter von der Stelle bewegt.

»Darf ich raten?«, sagte sie und gähnte, ohne die Hand vor den Mund zu halten. »Dein Name ist Paul und du stellst meiner Enkelin nach.«

»Wie … was meinen Sie?«, fragte ich überrascht.

Sie weitete die Augen. »Ich kann hellsehen.« Sie machte ein seltsames Gesicht und bewegte ihre Hände, als wollte sie Geister heraufbeschwören. Dann begann sie zu grinsen. »Kira hat dich angekündigt. Möchtest du einen Tee? Hab gerade frischen aufgebrüht.«

»Danke, nein. Ich … Kira hat gesagt, Sie könnten mir ihre Telefonnummer geben.«

»Das stimmt«, sagte sie und gähnte erneut. »Ich könnte dir ihre Nummer geben.« Sie seufzte. »Habt euch beim Psychologen kennengelernt. Was für ein Wahnsinn!« Kopfschüttelnd ging sie zu einem der Holzregale und rückte einen Engel zurecht. Eine nackte, pummelige Gipsfigur, die ohne eindeutige Geschlechtsmerkmale auskommen musste. »Wie findest du meine Enkelin denn so?«

»Sie … sie ist nett.«

»Und sieht fantastisch aus, nicht wahr?«

Ich nickte stumm.

Sie spitzte ihre kaum vorhandenen Lippen und pustete Staub vom Kopf des Engels. Die Langsamkeit ihrer Bewegungen erinnerte an Tess. »Durch Kira rauscht unglaublich viel Energie, musst du wissen. Sie ist nicht krank, nur anders, und das ist ein Geschenk. Anders sein ist ein Geschenk. Besonders in der heutigen Zeit, wo alles und jeder gleich aussieht.« Sie drehte sich um und musterte mich, als sei ich der lebende Beweis für ihre These. »Komm mal bitte näher.«

Ich zögerte.

Sie schnalzte ungeduldig mit der Zunge. »Jetzt hab dich nicht so. Ich beiße nur bei Vollmond.« Sie bleckte ihre Zähne.

Widerwillig machte ich einen Schritt in ihre Richtung. Was hatte sie vor? Wollte sie mir aus den Händen lesen?

Sie nahm mein Kinn zwischen Daumen und Zeigefinger. So, wie es meine Mutter manchmal tat, nur nicht so zärtlich. Dann drehte sie meinen Kopf in Richtung Schaufenster, betrachtete mich im Profil und drehte mich wieder zurück, als sei ich eine Puppe. Sie schaute mir in die Augen. Ohne zu zwinkern. Ich machte keinen Mucks. Ihr Atem roch nach Minze. Feuchtwarm traf er auf mein Gesicht. Noch nie hatte mir jemand so lange in die Augen geschaut. Fünf Minuten, bis mein Nacken wehtat. Endlich ließ sie los. Mein Kopf kippte nach vorne, wie die Blüte an einem gebrochenen Stängel.

»Kira hat ein gutes Gespür für Menschen«, sagte sie, begleitet von einem Lächeln, und verschwand hinter der Theke. Ich schien den Test bestanden zu haben. Vielleicht rückte sie jetzt endlich die Nummer raus. Doch bevor es soweit war, holte sie verschiedene Dosen aus dem Regal, schüttete die getrockneten Kräuter in eine Waagschale und kippte den Inhalt in ein Papiertütchen.
»Kiras Nummer?«, fragte ich.
»Immer mit der Ruhe.« Sie kritzelte etwas auf einen Aufkleber und verschloss damit das Tütchen. »Einmal täglich mit einem halben Liter kochendem Wasser brühen. Am besten abends vor dem Schlafengehen. Das hilft gegen Unruhe, Albträume und …« Sie machte eine Pause und fixierte meine Augen. »*Andere* Gedanken.« Sie stellte das Tütchen vor mich hin. Ich griff instinktiv nach meinem Portemonnaie.
»Lass gut sein. Ist ein Geschenk.«
»Und die Nummer?«, fragte ich kleinlaut.
Sie drehte das Tütchen herum. »Steht hinten drauf.«

| Fünfundzwanzig |

Noel hatte sich in den Ferien verändert. Er hatte längere Haare und einen kleinen Ziegenbart, den er mit schwarzem Edding einfärbte, damit er voller aussah. Noch stolzer war er auf seine Zähne. Vor zwei Tagen hatte er seine Spange rausbekommen und lächelte nun bei jeder Gelegenheit. Wir lagen in seinem Zimmer auf dem Teppichboden und zappten wahllos durch die Programme. Immer wenn eine schöne Frau auftauchte, wartete er einige Sekunden, bevor er zum nächsten Sender weiterschaltete.

»Glaubst du, Regisseure dürfen alle ihre Schauspielerinnen vögeln?«

»Kann schon sein.«

»Glaubst du, Cameron Diaz macht da auch mit?«

»Kann schon sein.«

»*Kann schon sein*«, äffte er mich nach. »Wie oft willst du das noch sagen? Du musst Stellung beziehen. Ich will wissen, was *deine* Meinung zu diesem wichtigen Thema ist.«

»Wahrscheinlich müssen sie ihm alle einen blasen«, sagte ich gelangweilt. Wieso konnten wir nicht ein Mal normal miteinander reden? Vielleicht sollte ich den Anfang machen. Ihm von Kira und dem Psychiater erzählen. Sachen, die mich wirklich beschäftigten. Wir schafften es einfach nicht, über Gefühle zu reden, ohne den kleinsten Anflug von Ehrlichkeit in Witz und Ironie zu ersticken, nur weil wir Schiss vor der Reaktion des anderen hatten. Weil Ehrlichkeit zu Nähe führte und Nähe uns Angst machte. Mädchen schienen dieses Problem nicht zu haben. Sie umarmten sich, gaben sich Küsschen, liefen Händchen haltend über den Pausenhof und wussten, wann die andere ihre

Tage hatte, die Pille nahm oder am liebsten von der Brücke gesprungen wäre. Wir zuckten schon zusammen, wenn in unseren Worten zu viel Wahrheit mitschwang. Nur im Chat konnte ich alles rauslassen. Wenn ich mich nachts als Mr. Hyde mit anderen einsamen Leuten unterhielt, die ihre wahre Identität hinter Pseudonymen versteckten, sich eine Maske über den Kopf zogen, um so zu sein, wie sie wirklich waren. Zerbrechlich, ängstlich und voller Fragen.

Noel schaltete den Ton stumm und richtete sich auf. »Was hast du eigentlich die ganzen Ferien gemacht? Mara nachgestellt oder was?«

»Gelesen.«

»Willst du mich verarschen?« Er setzte sich in den Schneidersitz und zog einen Mundwinkel nach oben. »Als Nächstes behauptest du noch, dass du für die Schule gelernt hast.«

Auch das hätte gestimmt.

»Willst du mal an meinen Fingern riechen?«

»Wozu soll das gut sein?«

»Ich hab die nächste Stufe erreicht. War zwar nicht hübsch, aber willig.« Er hielt den Mittel- und Zeigefinger seiner rechten Hand in die Luft, als seien sie Trophäen. »Ich werd sie nie wieder waschen.« Er roch daran und schloss die Augen. »Willst du auch mal?« Er streckte mir die Finger entgegen. »Das geilste Parfum der Welt.«

»Musst du immer so eklig sein.« Ich schlug die Hand weg.

»Was ist los? Alles natürlich. Mit dem Duft machen sie uns verrückt.« Er zeichnete mit seinen Händen die Rundungen einer Frau in die Luft. Dann stand er auf, nahm sich eine Zigarette vom Schreibtisch und ging auf die Terrasse. »Weißt du, was dein Fehler ist?«, rief er herein. »Du denkst zu viel nach. Deine Schwester tut dir nicht gut. Sie verpasst dir eine Gehirnwäsche und macht dich zu einem Frauenversteher, den alle nett finden. Aber mit nett kommst du nicht weit. Hörst du mir zu?«

»Ja, mit nett komme ich nicht weit«, wiederholte ich.
»Genau. Du musst so was von lässig sein, dass die Mädels zu Eis erstarren, wenn du an ihnen vorbeigehst. Sonst kriegst du nie eine ab. Nicht mal ’ne Hässliche.«
»Sicher.« Ich überlegte, warum ich überhaupt hier war. Noels Geschwätz langweilte mich. Ich hätte gleich bei Kira anrufen sollen, dann wäre ich jetzt nicht so nervös. Obwohl es eigentlich keinen Grund gab, nervös zu sein. Ich war nicht verliebt, sondern eher neugierig, was passieren würde, wenn wir uns trafen. Ob überhaupt etwas passieren würde. Bestimmt wäre Noel neidisch, wenn er davon wüsste, oder er würde sagen, dass ich dieses und jenes tun sollte. Das wollte ich mir ersparen. Irgendwie sah er lächerlich aus, wie er da breitbeinig auf dem Balkon stand und an seiner Zigarette zog. Er wusste nicht, wie lächerlich. Vielleicht war es auch gut so. Denn zu der ausgeprägten Lächerlichkeit kam auch noch ein wenig Hässlichkeit. Ich weiß, dass man so etwas nicht über seinen besten Freund sagt, aber warum soll ich die Wahrheit verschweigen? Noel hatte noch mehr Pickel bekommen. Weil er sie ständig aufkratzte, würde sein Gesicht später vernarbt aussehen, eine Kraterlandschaft. Auch wenn ich keinen Schönheitswettbewerb gewinnen würde, wusste ich, dass es nicht ganz so schlimm um mich stand. Aber natürlich ist es besser, wenn man sein Spiegelbild nicht abstoßend findet, egal, wie man aussieht.
Noel bückte sich und blickte durch das Teleskop. »Wahnsinn. Schau dir das an …«
»Was ist?«
»Dein Vater.«
Ich zuckte zusammen. Noel prustete los.
»Arsch.«
»Jeder geht in den Puff. Dann und wann. Oder würdest du dem Mädchen, das du liebst, sagen, sie soll deinen Schwanz lutschen oder wie ein Hund vor dich hinknien? Wohl kaum. Deshalb ist

das Gewerbe so krisensicher.« Er blickte noch einmal durch das Teleskop.

»In meinen Puffs würde es Flatrate-Ficken für gelangweilte Familienväter geben. All you can Fuck. Glaub mir, da steckt ’ne Menge Kohle drin. Brauch nur noch ein bisschen Startkapital.« Er zog sein iPhone aus der Hosentasche und tippte darauf herum.

»Aber wenn du so denkst«, sagte ich, »warum hast du dann was gegen deinen Vater? Der macht’s doch genau richtig.«

»Mein Vater …« Noel schüttelte den Kopf. »Der ist ein Idiot.« Er nahm einen tiefen Zug von seiner Zigarette und setzte ein Lächeln auf. »Ich sag dir was: In ein, zwei Jahren werde ich selbst so ein Teil mitten in die Pampa stellen, und die Weiber müssen bei mir vorsprechen.« Er fasste sich zwischen die Beine. »Oder ich fang mit was Exklusivem an und gründe einen Begleitservice für VIPs. Damit lässt sich bestimmt noch mehr Kohle machen. Für Politiker, Wirtschaftsbosse und so.« Er schnippte seine Zigarette vom Balkon.

»Spinnst du? Das Gras ist doch total trocken.«

»Rom soll brennen«, sagte er und breitete seine Arme aus. »Ich werde an jede Autobahnraststätte einen Puff bauen. Mit Leuchtreklame, wie bei McDonalds.« Er kam wieder herein und schloss die Balkontür. »Willst du mal sehen, was gerade so im Angebot ist?« Er tippte die Computermaus an und der Bildschirmschoner verschwand. »Sei kein Spielverderber. Kriegst später auch Rabatt.«

Ich stand auf und stellte mich neben ihn. Schon der Gedanke, gleich eine nackte Frau zu sehen, bescherte mir einen Ständer. Ich musste an Elton denken. Vor Kurzem hatte Jana mit ihm ein Experiment gemacht, bei dem er sein Futter erst bekam, nachdem sie mit einem Glöckchen gebimmelt hatte. Nach zwei Wochen war er so auf das Bimmeln zur Essenszeit fixiert, dass er aus dem Maul sabberte, selbst wenn in seinem Napf gähnende Leere herrschte.

»Das ist Pawlow«, hatte Jana stolz verkündet, Elton in die Schule mitgenommen und eine Eins kassiert. Das menschliche – und in dem Fall – männliche Gehirn schien ähnlich zu funktionieren. Die Aussicht auf nackte Haut machte mich zu einem sabbernden, willenlosen Geschöpf.

Vielleicht hatte Noel ein paar neue Mädchen aus unserer Schule aufgespürt, dachte ich, als er den Browser öffnete. Viele von ihnen waren bei SchülerVZ und in anderen Foren eingetragen. Mit geschönten Bildern und Lebensläufen, die nur so von Angeberei und Übertreibungen strotzten. Innerhalb von Minuten konnte man die lächelnden Gesichter auf nackte Körper schrauben und selbst die Schüchternen von ihnen in freizügige Playmates verwandeln. Von Mara hatten wir bisher noch keinen Eintrag gefunden. Zehn Euro hatte ich Noel als Erfolgsprämie in Aussicht gestellt.

Der Monitor zeigte nun die Startseite eines Escortservice. Aus den Lautsprechern rieselte Kaufhausmusik.

»Die hier schicken ihre Nutten dorthin, wo sie gebraucht werden«, sagte Noel und klickte weiter zu edel angezogenen Frauen, die aussahen, als würden sie bei einer Bank arbeiten. »Kostet ab vierhundert Euro, plus Spesen.«

»Warum haben die alle Balken über den Gesichtern«, wollte ich wissen.

»Wo lebst du? Hinterm Mond?« Noel schüttelte den Kopf. »Das sind Edelnutten, verstehst du. Studentinnen, Hausfrauen, Angestellte. Die machen das sozusagen nebenberuflich für'n Haufen Kohle.« Er scrollte weiter. »Stell dir vor, du könntest dir eine aussuchen, welche wäre das?«

»Ich müsste ihr Gesicht sehen.«

Er seufzte. »Die haben alle schöne Gesichter, davon kannst du ausgehen, bei dem Preis. Also, welche?«

Ich zeigte mit dem Finger auf eine Frau, die schwarze Pumps trug und ein hochgeschlossenes Kleid mit gerafften Ärmeln.

Noel klickte das Bild an. »Studentin. Fünfundzwanzig Jahre. Vier Sprachen. Wen interessiert das denn?« Er klickte auf den Button *Preise und Leistungen.*

»Siebenhundert! Einen teuren Geschmack hast du.«

»Könnten wir kurz mal ernst reden?« Aus irgendeinem Grund wollte ich ihm jetzt doch von Kira erzählen. Ich mein, immerhin war Noel mein bester, und bei genauer Betrachtung, auch einziger richtiger Freund.

»Warte mal«, sagte Noel. Sein Blick ging zum Fernseher. »Ist das nicht deine Lieblingsschlampe? Warum melkt die jetzt Kühe?« Er schaltete den Ton an. »Sieht echt scharf aus in dem Dirndl. Was glaubst du kostet die für eine Nacht?«

»Nicht alle Frauen gehen auf den Strich.«

»Glaub mir, wenn das Geld stimmt, kannst du jede haben.«

Sechsundzwanzig

Als ich nach Hause kam, stand Elton im Flur. Er winselte. Er blickte mich flehend an und wedelte mit der rechten Pfote. Immer wieder streckte er seine Nase in die Luft und schloss für Sekunden die Augen. Ich ging in die Hocke, griff nach seiner Pfote und hielt sie fest. Sie war ganz warm.

»Das geht vorbei«, sagte ich zu ihm und zu mir selbst. Die Unruhe war wieder da. Eine Stunde Joggen schien nicht auszureichen, um sie auf einem erträglichen Level zu halten. Ich würde nachher noch eine Runde mit dem Rad drehen müssen, um die Nacht unbeschadet zu überstehen. Die Schlaftabletten reichten nur noch ein paar Wochen. Hoffentlich half der Tee.

Elton winselte nun wieder mehrstimmig, als wolle er sich selbst damit in Trance versetzen. Nicht einmal das Kraulen genügte, um ihn zu beruhigen. Woher nahmen sich Menschen das Recht, zu bestimmen, wann und ob ein Tier Sex hatte? Der Instinkt sagte Elton, dass er der Spur folgen und die Hündin bespringen sollte. Und ich spielte Gott. Wie falsch mir das plötzlich vorkam! Elton war schließlich nicht mehr der Jüngste. Wer weiß, wie oft er noch die Chance bekommen würde, seinem Trieb nachzugehen. Vielleicht sollte es Bordelle für Hunde geben, dachte ich. Elton las meine Gedanken und jaulte zustimmend. Er spürte, dass ich mit mir selbst haderte. Richtig oder falsch. Was sollte ich bloß tun? Nachher war es gar nicht der Trieb, der ihn so verrückt machte, sondern die große Liebe. Ich musste an früher denken. Als Kind hatte ich ihn einmal so heftig am Schwanz gezogen, dass er zum Tierarzt musste. Sein Quietschen ist mir noch heute in Erinnerung. Vielleicht war jetzt der richtige Zeitpunkt, den Fehler wieder gut zu machen.

Sein Winseln steigerte sich zu einem herzerweichenden Kläffen. Ich konnte es nicht mehr länger mitansehen und drückte die Türklinke nach unten. Elton begann zu bellen. Er schaute kurz zur Leine, die an der Garderobe hing. Ich schüttelte den Kopf: »Das kriegst du alleine hin«, und zog die Tür auf. Elton zögerte einen Moment, bevor er quer über den Hof schoss. Das Tor stand offen. Meine Mutter musste es vergessen haben. Elton blieb auf der Grundstücksgrenze stehen und tat etwas, das mich daran zweifeln ließ, dass er wirklich nur ein Hund war. Er hob seine rechte Pfote. Es sah tatsächlich aus, als würde er winken.
»Jetzt mach schon!«, rief ich und winkte zurück.
Ein letztes Kläffen. Er reckte seine Schnauze in die Luft, nahm Fährte auf und spurtete die Straße hinunter. Spätestens morgen würde er zurück sein.

Kira ging selbst ans Telefon. Nach einigen Fehlversuchen, bei denen mein Herz gestottert hatte wie ein alter Motor, war ich jetzt – nachdem ich eine halbe Psycho-Tablette eingeworfen hatte – relativ entspannt. Ganz von dem Zeug loszukommen war schwerer, als ich gedacht hatte.
»Hilft der Tee schon?«, fragte sie.
»Mach ich mir nachher vor dem Schlafengehen. Deine Oma ist echt cool.«
»*Cool*«, wiederholte sie. »Traust dich wohl nicht zu sagen, dass du sie für einen Freak hältst.«
»Tu ich nicht.«
»Die meisten tun das. Ist okay. Man muss sie besser kennen, um sie zu verstehen.«
»Ich find sie wirklich nett.«
»Sie dich auch. Hast den Test bestanden.«
»Du meinst das In-die-Augen-Schauen?«
Sie lachte kurz auf. »Das war nur Show. Edda wollte wissen, wie viel dir meine Bekanntschaft wert ist.«

»Du meinst, sie … sie hat gar nichts in meinen Augen gelesen?«

»Gelesen?« Sie kicherte. »Ich merk schon. Sie hat dich beeindruckt.« Durch die Leitung drangen Schmatzgeräusche. »Sorry, mein neuester Tick. Hab gestern zu lange vor dem Dönerladen gesessen.« Sie räusperte sich.

»Und was ist mit dem Tee? Ich meine …«

»Der hilft wirklich. Damit kennt sich Edda aus. Die Hellseher-Nummer zieht sie nur ab, um die Leute zu testen. Sie hasst intolerante Spießer, musst du wissen. Hast dich gut geschlagen.« Wieder waren Schmatzgeräusche zu hören. »Und was machst du gerade?«

»Fernsehglotzen. Nichts Besonderes.« Die Wahrheit konnte ich schlecht sagen. Ich lag in Boxershorts auf dem Bett und schaute an mir hinab. Meine rechte Hand hielt meinen Schwanz fest, den das Gespräch antörnte, nur weil ich mir vorstellte, dass Kira nichts anhatte.

»Und was machen die Tabletten?«, fragte sie mit viel Luft in der Stimme.

»Ich versuch ohne klarzukommen. In ein paar Wochen will ich sie ganz weglassen.«

»Ausschleichen heißt das korrekt. Du sprichst mit einer Expertin. Mir haben sie sogar mal THC verschrieben.«

»Was für'n Zeug?«

»Das, was im Joint drin ist.«

»Krass.«

»Hab ich weggeworfen.«

»Ach so.«

»Ich hab mich mit meinen Ticks angefreundet. Sind ein Teil von mir. Wem das nicht passt, kann mir gestohlen bleiben.« Sie machte eine Kunstpause.

Ich schwieg. Es wäre einfach dämlich gewesen, zu sagen, dass mich ihre Aussetzer nicht störten. Dämlich und in gewisser Weise auch gelogen, denn natürlich fand ich das seltsam. Und die

Wahrheit ist auch, dass ich mich nie getraut hätte, nach ihrer Nummer zu fragen, wäre sie ein normales hübsches Mädchen gewesen. Ihre Krankheit war für mich die Eintrittskarte. Vor Mädchen, die in ihrer Liga spielten, hatte ich großen Respekt.
»Nur wegen meiner Eltern geh ich noch zum Arzt«, redete Kira weiter. »Die glauben immer noch, dass ich eines Tages *geheilt* werde. Sogar nach Lourdes hat mich meine Mutter mal geschleppt. Zusammen mit all den Behindis. War der absolute Horror – vor allem für die Leute von der Diakonie.« Sie schnalzte mehrmals hintereinander mit der Zunge. Zumindest hörte es sich so an. Dann erzählte sie, dass sie nachher noch ins Kino gehen würde. Wir verabredeten uns und ich spülte die andere Hälfte der Tablette hinunter.

| Siebenundzwanzig |

Kira wartete im Foyer. Sie betrachtete die Filmplakate in den Schaukästen und knabberte an ihren Fingernägeln. Beinahe hätte ich sie nicht erkannt. Sie hatte ihr Haar zu zwei langen Zöpfen geflochten, trug einen knielangen Rock und ein schwarzes Top mit goldfarbenem Aufdruck. Ich steckte in einem Outfit, das meine Schwester für mich zusammengestellt hatte. T-Shirt (mit Sex-Pistols-Aufdruck), Ultra-Used-Jeans und Schuhe der Marke billig und robust. Kein Hemd wie üblich. Ich kaufte noch schnell eine Tüte Popcorn, dann ging ich zu ihr hinüber.

»Hast du den Film schon gesehen?«, fragte sie. »Kiera ist einfach der Hammer.« Sie deutete zu dem Plakat.

»Ich geh nicht so oft ins Kino.«

»Diese Woche schon das zweite Mal, wenn ich nicht irre.« Sie blickte über meine Schulter. »Hast deine Begleiterin zu Hause gelassen?«

»War nur Jana, meine Schwester.«

Sie schaute auf meine Popcorntüte und verzog das Gesicht. »Könntest du das Zeug bitte essen, bevor der Film anfängt. Mich macht das Geraschel und Geschmatze immer total wahnsinnig. Keine Ahnung, wer auf die Idee gekommen ist, Fresszeug im Kino zu verkaufen. Ist total respektlos. Im Theater raschelt doch auch keiner mit der Chipstüte.«

»Ähm, ja klar«, sagte ich überrumpelt und schob mir eine Hand voll Popcorn in den Mund.

Sie kam etwas näher. »Oh weh, was seh ich da. Frisch gedoped.«

»Nur 'ne halbe«, nuschelte ich und versuchte, keine Brösel in ihre Richtung zu spucken.

Kira klopfte sich zwanghaft mit der rechten Hand auf die Hüfte. Ein Typ schaute sie im Vorbeigehen schräg an.
»Ich geh mit einem Junkie ins Kino. Einem Ju-ju-junkie. Das ist Fu-fu-funkie.« Ein dreifaches Kopfnicken. »Hey, ist dir eigentlich aufgefallen, dass wir uns noch gar nicht begrüßt haben?« Kira lächelte. Dann küsste sie mich einmal links und einmal rechts auf die Wange. Das fühlte sich gut an. Fast wie ein Streicheln. Haut auf Haut. Sie hatte sich parfümiert, ein Duft, mehr herb als süßlich.
Der elektronische Gong hallte durchs Foyer. Kira griff nach meiner Hand. Ich ließ das Popcorn stehen. Wir marschierten nicht wie die anderen zur geöffneten Saaltür, sondern seitlich über eine Wendeltreppe auf die Empore. Oben angekommen, öffnete sie eine Kette, an der ein Schild baumelte, auf dem unübersehbar ZUTRITT VERBOTEN stand. Sie hatte ja gesagt, wie sie auf Verbotsschilder reagierte. Trotzdem zögerte ich.
»Keine Panik«, sagte Kira. »Alles legal. Ist mein Stammplatz.« Sie ließ meine Hand los, schritt zur vordersten Reihe und ließ sich in einen der roten Doppelsessel plumpsen. Keine störende Armlehne in der Mitte. Ein eindeutiges Zeichen. »Setz dich. Karl hat nix dagegen.« Sie drehte sich um und winkte zu dem rechteckigen Fenster, hinter dem der Filmprojektor leise ratterte. »Von hier oben hat man den besten Blick und keine nervigen Nachbarn.« Sie beugte sich über die Balustrade. »Cool. Is wenig los.« Sie streifte ihre Schuhe ab und legte ihre Füße auf das gepolsterte Geländer. Es kümmerte sie nicht, dass ihr Rock dabei nach oben rutschte. Für mein anderes Ich war das der Startschuss. Zwar hatte ich mir vorsichtshalber einen runtergeholt, um entspannter zu sein, aber das änderte nichts an meinem Zustand. Vor meinem geistigen Auge entstanden die ersten Bilder. Visionen, die der Wirklichkeit um Lichtjahre voraus waren. Ich überlegte, ob es eines Tages eine Apparatur gab, mit der man Gedanken sichtbar machen konnte. Man bräuchte dann keine

Schauspieler mehr, keine Kameras, keine Kulissen. Jeder könnte seine eigenen Filme drehen und Hollywood würde Pleite gehen. Und in meinem Fall auch gleich die Pornoindustrie.
Immer wieder schielte ich zu Kira. Ab und zu ein Lachen. Ihre Ticks waren wie ausgeschaltet. Über ihren Beinen lag ein Schimmer wie von einer ultradünnen Strumpfhose. Wie sehr mich das antörnte! Ich berührte ihren Arm. Wie zufällig. Darin hatte ich ja schon Übung.
»Siehst du, wie sie das macht?«, flüsterte Kira. »Ohne was zu sagen, spielt sie den Dicken an die Wand. Nur mit den Augen. Die ist so gut!« Sie lächelte mich an. Wäre ich aus Eis gewesen, wäre ich jetzt geschmolzen. Unter meinen Handflächen bildeten sich Schweißtröpfchen. Die lackierte Armlehne bot kaum noch Halt. Wie weit darf man beim ersten Date gehen? Hatten wir genug geredet? Bevor sich die Fragen in meinem Kopf zu einer unüberwindbaren Mauer aufgetürmt hatten, drehten wir uns zueinander. Die Leinwand zeigte die Großaufnahme einer Schneewüste. Auf unseren Gesichtern wirbelten Flocken umher. Mein erster richtiger Kuss stand bevor. Das wusste ich. Kira lächelte sanft. Sie näherte sich in Zeitlupe. Ich tat dasselbe. Zentimeter für Zentimeter. Ich überlegte, ob es besser wäre, jetzt schon die Augen zu schließen. Kira drehte ihren Kopf leicht zur Seite, damit unsere Nasen nicht kollidierten. Ich spürte ihren feuchtwarmen Atem, dann – höchstens einen Zentimeter, bevor sich unsere Lippen berührten – hielt sie inne.
»Würdest du mich auch küssen, wenn es hell wäre?«
Ich wich zurück. Damit hatte ich nicht gerechnet. »Na-natürlich«, stammelte ich.
»Gut.« Sie legte ihren Arm um meinen Hals, zog mich heran und wir küssten uns. Es war ein langer, intensiver Kuss, bei dem ich meine Zunge so sanft wie möglich bewegte, genau wie Jana mir gezeigt hatte. Kira hatte Erfahrung. Sie nahm das Heft in die Hand und erkundete meinen Mundraum. Meine Nase war ver-

stopft. Deshalb war ich froh, wenn wir ab und zu die Lippen voneinander lösten, damit ich unauffällig nach Luft schnappen konnte. Größere Probleme bereiteten mir die Hände. Ich wusste nicht, wo ich sie hintun sollte – beim ersten Kuss –, davon hatte Jana kein Wort gesagt. Ich überließ die Führung meinem Instinkt und berührte wenige Sekunden später einen weiblichen Busen. Zum ersten Mal! Ich hatte meine Augen geschlossen gehalten und von der Taille aufwärts getastet. Deshalb konnte ich nichts dafür, dass meine rechte Hand nun auf Kiras Busen lag und sich das ziemlich gut anfühlte. So gut, dass ich nicht mal erschrak, als ihre Hand die Innenseite meiner Oberschenkel erkundete. Ich hatte das Gefühl, den Hosenladen wegzusprengen. Mein Körper war eine einzige Erektion. Gänsehaut überall. Durch den BH spürte ich Kiras Brustwarzen sich aufrichten. Sie löste sich von meinem Mund und begann an meinem Ohrläppchen zu knabbern, während ihre Hand dort landete, wo noch nie eine fremde Hand gelandet war. Vor diesem Augenblick hatte ich mich gefürchtet. Nachher würde sie ihn zu groß finden und erschrocken zurückweichen. Oder ihr Tick würde ihr den Befehl geben, Riesenschwanz zu brüllen.
Nichts passierte. Ihre Hand lag dort, bewegte sich sanft und ich stöhnte leise vor mich hin. Sie rieb über meine Jeans und ich über ihre Bluse. Mehr traute ich mich nicht. Natürlich wäre es einfach gewesen, weil sie einen Rock trug, aber ich wollte nicht den Eindruck erwecken, dass ich ein Macho war. Ich genoss den Moment. Ich fühlte mich großartig. Mehr als großartig. Die Erektion in meiner Hose war eine Rakete kurz vor dem Start. Ich fragte mich, ob uns der Filmvorführer durch die Glasscheibe beobachtete. Vielleicht war der Typ ein Perverser, der sich daran aufgeilte, dass wir einander befummelten. Oder – und dieser Gedanke versetzte mir einen Stich in die Brust – vielleicht war ich gar nicht der Erste, der hier oben mit Kira rumknutschte.
Ich schob den Gedanken beiseite und meine Zunge in ihren

Mund. Sie spielte damit. Natürlich ist es das Beste, in so einem Moment an nichts zu denken. Einfach nur zu machen. Aber das ist leichter gesagt als getan. Ich war einfach zu sehr damit beschäftigt, nicht wie ein dämlicher Anfänger auszusehen, um die Berührung ihrer Lippen, das Streicheln ihrer Hand zu genießen. Ich schlüpfte gewissermaßen aus meinem Körper und beobachtete, was in der dritten Reihe auf der Empore vor sich ging. Wie ein Junge mit einem Mädchen rumknutschte und fummelte, als gäbe es kein Morgen.

| Achtundzwanzig |

Schon mal aufgefallen, dass genau dann etwas Schreckliches passiert, wenn man nicht damit rechnet? Wenn man zu viel Glück hat und sich gar nicht vorstellen kann, dass es eines Tages wieder regnet? Irgendwo sitzt jemand, dem das nicht gefällt. In einer unsichtbaren Schaltzentrale klickt er sich von Monitor zu Monitor und beobachtet, was die Leute so anstellen. Und wenn dann einer wie ich auf der Bildfläche erscheint, wie er freihändig mit dem Fahrrad den Hang hinunterrast und seine Arme ausbreitet, als sei er Gott höchstpersönlich, läuten die Alarmglocken. *ZU VIEL GLÜCK! ZU VIEL GLÜCK!*, blinkt es auf dem Monitor. »Ich muss mal eingreifen«, raunt der Typ aus der Schaltzentrale seinen Kollegen zu und hämmert wie wild in die Tasten. Er hat die Wahl, wie groß der Dämpfer ist, den er mir jetzt verpasst. Ich fühle mich wie ein Held, das kann er gar nicht ertragen. Er überlegt: Lässt er mich einfach vom Rad stürzen oder durch ein Meer aus Glassplittern fahren, um mich wieder auf den Boden der Tatsachen zurückzuholen. Oder hat er heute einen besonders schlechten Tag und will, dass ich richtig leide? Kein körperlicher Schmerz, der irgendwann wieder vorbeigeht, sondern etwas viel Fieseres. Etwas, das alles Glück mit einem Mal zerstört, als sei es nie da gewesen. Er nimmt einen letzten Schluck von seinem bitterschwarzen Kaffee und entscheidet sich für die Hölle auf Erden. Ein Knopfdruck – peng! – das war's. Glück ade.

»Wie konnte das verdammt noch mal passieren«, schluchzte meine Mutter. Ich stand da. Versteinert. Meine Schwester kickte gegen Eltons Blechschüssel. Ich brachte nur ein Schulterzucken zustande. Was war ich nur für ein mieser Lügner.

Mein Vater hockte auf dem Sofa und starrte ausdruckslos in den

Fernseher, wo gerade die Nachrichten liefen. Bilder von rollenden Panzern. Irgendwo war immer Krieg. Ich ging nach draußen auf die Terrasse. Dort, auf seiner Decke, lag Elton. Die Zunge hing ihm aus dem Maul. Sein Fell war an der Seite blutverschmiert. Ich wollte, dass er aufstand, sich bewegte, aber er war nur noch Hülle. Fell, Knochen, nichts weiter. Der Autofahrer habe versucht, ihm auszuweichen und dabei die Verkehrsinsel gerammt. Meine Mutter war wenige Minuten, nachdem es passiert war, an der Unfallstelle vorbeigekommen. Sofort erkannte sie Elton, stieg aus und war bei ihm, als er seine letzten Atemzüge machte. Wahrscheinlich hatte sie ihm den Kopf gehalten und gesagt, dass alles wieder gut wird. So wie in traurigen Filmen, wenn der Held in den Armen seiner großen Liebe stirbt. Aber das hier war kein Film. Das hier war die Realität. Man konnte die Szene nicht umschreiben, die Zeit nicht zurückdrehen. Der Fehler – *mein* Fehler – war nicht mehr gutzumachen.

Ich ging wieder nach drinnen. Hatte das Gefühl, kotzen zu müssen, konnte aber nicht. Ich starrte in die Kloschüssel. Meine Beine fühlten sich an wie Pudding. Mein Magen krampfte. Es kam aber nichts außer ein bisschen Magensäure. Ich kehrte zurück in die Küche. Meine Mutter wusch sich immer noch das Blut von den Händen. Wie wahnsinnig rieb sie ihre Handflächen aneinander. »Wo warst du?«, fragte sie mit tränenerstickter Stimme. »Wir haben dich gesucht.«

»Ich … ich war im Kino.«

»Ohne zu fragen? Du bist erst vierzehn. Ich will gefälligst wissen, wann du ins Kino gehst.«

»Ich … tut mir leid.«

Das größte Problem war, mit der Schuld klarzukommen. Ich hatte Elton auf dem Gewissen. Aber das konnte ich keinem sagen. Ich war der Mörder.

Mein Vater ging nach draußen in den Garten und holte einen Spaten aus dem Pavillon. Ich folgte ihm. Ohne je darüber gesprochen zu haben, waren wir uns darin einig, dass Elton hinter dem Haus begraben werden sollte. Genau wie mein Meerschweinchen Frederick und die Rennmäuse meiner Schwester sollte auch er ein Grab bekommen und nicht wie wertloser Abfall beseitigt werden.

Jana lag rauchend auf dem Rasen und starrte in den Nachthimmel. Die Lichter der Großstadt spiegelten sich in den Wolken, wie ein Höllenfeuer. Ich wollte hineinspringen und verbrennen. Was hatte ich nur getan?

»Unter dem Kirschbaum war sein Lieblingsplatz«, sagte ich und nahm meinem Vater den Spaten aus der Hand. Er strich mir über den Kopf. Er weinte nicht. Das hatte er noch nie vor mir getan. Wütend rammte ich das Spatenblatt in den ausgetrockneten Boden. Ich hätte schreien können. Bei jedem Hieb wünschte ich, dass es mein Körper war, den ich traf. Warum hatte ich Elton verdammt noch mal die Tür aufgemacht? In ein paar Tagen wäre er wieder normal gewesen, aber jetzt war er tot. Nur weil sein Trieb die Kontrolle übernommen hatte. Nur weil er vor lauter Geilheit das Auto nicht gesehen hatte. Nur weil ich ihm etwas Gutes tun wollte. Ich hasste mich, wollte sterben, auf der Stelle sollte mich der Blitz treffen und meine gescheiterte Existenz in ein Häufchen Asche verwandeln.

»Das reicht«, sagte mein Vater nach einer Weile und legte seine Hand auf meine Schulter.

Ich lehnte den Spaten gegen den Baumstamm und spürte ein stärker werdendes Brennen in meinen Handflächen. Wie gut sich Schmerz anfühlen konnte.

»Die Blasen musst du nachher aufstechen«, sagte mein Vater.

»Ich … es …« Mein Geständnis wurde von einem unkontrollierbaren Schluchzer abgewürgt. Er nahm mich in die Arme.

»Elton hatte ein schönes Leben«, sagte Jana leise und zog an ihrer Zigarette. Ein Regenwurm kringelte sich am Boden des Erdlochs. Ich hatte ihn mit dem Spaten verletzt. Aber er würde

davonkommen. Regenwürmer können so was wegstecken. Sie überleben, selbst wenn man sie in der Mitte durchtrennt.
Mein Vater ging zu Elton auf die Terrasse und wickelte ihn in die Decke ein. Er hatte eine Holzkiste aus dem Keller geholt. Darin sollte Elton liegen. Jana kniete sich vor den Kirschbaum und ritzte mit einem Messer das heutige Datum in die Rinde. Dahinter: *Auf Ewig Elton.*

In dieser Nacht konnte ich kein Auge zutun. Vier Schlaftabletten genügten nicht, um mich umzubringen. Sie genügten nicht einmal, um den Schmerz zu betäuben. Irgendwann in der Nacht wachte ich auf und musste kotzen. Quer über den Teppichboden. Ein brauner, übel riechender Schwall, der gespickt war mit Popcorn-Bröckelchen. Ich ging ins Bad, holte einen Eimer Wasser und putzte die Sauerei weg. Dann kippte ich die Brühe ins Klo. Als ich mich umdrehte, stand meine Schwester hinter mir.
»Was ist das?«, fragte sie.
»Hab 'ne Cola umgeschüttet.«
»Riecht aber anders.«
Ich begann zu heulen. Jana nahm mich in die Arme und führte mich in ihr Zimmer. Wie früher, wenn unsere Eltern ausgegangen waren und ich deshalb plärrend durch das Haus gerannt war, schlief ich in ihren Armen ein.

Der nächste Morgen war ein Sonntag, der nach Sonntag roch, obwohl keine frischen Brötchen auf dem Tisch standen und kein Kaffeeduft durch das Haus wehte. Der gleichmäßige Südwind stopfte unsere Nasen mit dem Geruch der neu erbauten Brotfabrik, legte ihn wie ein Heile-Welt-Nervengift über unsern Verstand und tat so, als sei er ein Freund. Eine Täuschung. Von nun an würde ich diesen Geruch hassen wie die Pest.
Jana hatte ihre Band zusammengetrommelt. Sie sollten Elton die letzte Ehre erweisen. Meine Schwester hielt eine kurze Trauerre-

de, danach setzte sie sich hinter ihr Schlagzeug, das neben Gitarrenverstärkern und Gesangsanlage im Garten stand, und zählte den Takt ein. Eine Ballade. Wieso eine Ballade, dachte ich und tauschte Blicke mit meiner Schwester. Sie hielt inne. Das Stück brach ab und sie begann, wütend auf ihr Schlagzeug einzudreschen. Die anderen aus der Band verstanden, drehten die Verstärker auf und spielten die schrecklichste Punkmusik, die ich je gehört habe. Aber Elton hätte sie gefallen, da war ich mir sicher.
Ich schippte Erde auf den Holzsarg und verfluchte das Schicksal. Warum hatte das passieren müssen? Mein erster Kuss würde für immer mit Eltons Tod verknüpft sein. Ich war glücklich, während er starb. Wer wollte mich dafür bestrafen? Ich fühlte mich wie die silberne Kugel in einem Flipperautomaten. Du hast keinen Einfluss darauf, wie gut der Spieler ist, der seine Zeigefinger gegen die Knöpfe hämmert. Du bist ihm ausgeliefert. Vielleicht ist er ein Versager. Vielleicht ist er ein Profi, der genau weiß, wie er dich im Spiel hält und die meisten Punkte rausholt.
Oder du langweilst ihn.
Das ist Pech.
Denn er hat ja noch genügend andere Kugeln, die er im Spiel halten muss. Die ihm Punkte bringen. Die ihn besser unterhalten, als du es je können wirst. Sie sind ihm wichtiger. Sie haben es verdient, dass man sich für sie anstrengt. Also verliert er die Konzentration. Schließt für einen Moment die Augen und lässt dich durchfallen.

GAME OVER!

Vielleicht ist Gott ein Spieler.

| Neunundzwanzig |

»So macht das keinen Spaß«, sagte Kira. »Du bist immer woanders.« Sie stand vom Bett auf. Wir hatten rumgeknutscht. Genauer gesagt, hatte ich ihr meinen Mund hingehalten. Zu mehr war ich nicht imstande. Elton, Elton, Elton. Jede Sekunde musste ich an ihn denken. Es war einfach die Hölle.
»Tut mir leid«, sagte ich. »Glaubst du, es hat lange gedauert?«
»Er hat bestimmt keine Schmerzen gehabt. Wenn ein Mensch schwer verletzt ist, spürt er doch auch nichts mehr.« Kira setzte sich an den Schreibtisch und checkte ihre E-Mails. Sie kannte als Einzige die Wahrheit. Weder meinen Eltern noch Jana wollte ich erzählen, was wirklich passiert war. Wahrscheinlich hätten sie mich rausgeschmissen oder nicht mehr mit mir geredet. Schließlich hatte ich ein Mitglied unserer Familie auf dem Gewissen. Dafür gab es keine Entschuldigung. Seit Wochen hatte ich nicht mehr richtig durchgeschlafen. Jeder Traum war eine Anklage. Manchmal sah ich Elton, wie er schnüffelnd, die Nase in die Luft gereckt, über die Straße trottete. Das Auto raste auf ihn zu, Scheinwerfer und Kühlergrill eine teuflische Fratze. Er wurde durch die Luft geschleudert und schlug hart auf dem Asphalt auf. Ich konnte sein Jammern hören. Seinen röchelnden Atem. Sah seine verletzte Flanke sich schwerfällig heben und senken. Er japste nach Luft und verdrehte die Augen, bis nur noch Weiß zu sehen war. Keiner rief den Notarzt, weil für Tiere kein Notarzt gerufen wird. Sie sollen elendig am Straßenrand verrecken. Keine Notoperation. Nur ein bisschen Mitgefühl.
»Weißt du, ich versteh ja, dass du dir Vorwürfe machst«, sagte Kira. »Es ist nicht deine Schuld. Manche Dinge passieren einfach. Das ist Schicksal.«

»Ich hab ihm die Tür aufgemacht. Er hat nicht mehr so gut gesehen. Daran hätte ich denken müssen.«
»Du hast es gut gemeint. Du wolltest ihm helfen.«
»Helfen?«
Kira lächelte leicht. »Wer weiß, vielleicht hatte er ja den tollsten Hundesex seines Lebens, bevor –«
»Sehr witzig.«
Kira seufzte. »Du hast ihn nicht umgebracht. Das ist Fakt. Es bringt nichts, dich deshalb verrückt zu machen.«
»Sicher.«
»Glaub mir, Elton hätte nicht gewollt, dass du dich so hängen lässt.« Kira stand auf und kam zu mir herüber. Sie strich mir über den Kopf und gab mir einen Kuss. Ich empfand dabei nichts. Nur eine kalte Berührung. Ich war nicht verliebt. Wahrscheinlich nie gewesen. Nur schwanzgesteuert und im Augenblick nicht mal das. Um den Supergau perfekt zu machen, hätte ich das nur sagen müssen, aber stattdessen schwieg ich. Mir fehlte die Kraft, sie zu enttäuschen. Kira nahm ihre Videokamera vom Glasregal. Dort standen unzählige DVDs. Wie alles in ihrem Zimmer fein säuberlich aufgereiht. Sie hatte viele ihrer Ticks archiviert.
»Was hast du vor?«, fragte ich.
»Ich will dich aufnehmen.«
»Mich aufnehmen?«
»Das ist dein Film. Du spielst die Hauptrolle.«
»Hab keinen Bock auf so was.«
»Jetzt stell dich nicht so an. Das hilft wirklich.« Sie hielt das Objektiv der Kamera in meine Richtung und sagte mit verstellter Stimme: »Paul, die Erste. Und bitte!« Das rote Lämpchen ging an. Jetzt wackelte Kira einmal heftig mit dem Kopf. Kleinere Ticks wie das Zwinkern der Augen oder das Zucken der Mundwinkel fielen mir gar nicht mehr auf.
»Was ist jetzt?«, fragte sie ungeduldig.
»Ich weiß nicht, was ich sagen soll.«

»Wie es dir geht. Warum du dich so mies fühlst. Wieso du beim Knutschen immer so zurückhaltend bist.«
»Was bin ich?«
»Du bist passiv. Du lässt mich machen.«
»Aber…«
»Ist ja nicht schlimm. Ich wollte es nur mal gesagt haben. Du darfst dich ruhig was trauen.«
»Trauen?«
»Egal. Die Kamera läuft übrigens immer noch.«
»Ich hab keine Lust auf so was. Mach bitte aus.«
»Ich denke gar nicht daran.«
Ich hielt die Hand vors Objektiv. »Bitte mach aus.«
»Wieso?«
»Weil es keinen Film mit mir geben wird. Weil mein Leben beschissen ist.«
»Weil du glaubst, dass du Elton umgebracht hast?«
»Das glaub ich nicht nur. Das weiß ich!« Ich war überrascht von der Schärfe, die in meiner Stimme lag.
Kira näherte sich mit der Kamera. »Und weiter?«
»Was ist das für ein Quatsch!«, sagte ich aufgebracht. »Warum tust du das?«
»Weil ich dir helfen will.«
»Wobei willst du mir helfen?«
»Dass du endlich einsiehst, dass es nicht dein Fehler war.«
»Ich hab Elton umgebracht!«
»Du hast ihm die Freiheit geschenkt. Du wolltest, dass er glücklich ist. Das war der Preis dafür. Ein hoher Preis, der höchste, aber die Freiheit will bezahlt sein.«
»Was redest du da? Ist das wieder eines deiner Filmzitate?« Es fiel mir schwer, ruhig zu bleiben. »Bitte mach aus. Bitte.«
»Ich denke gar nicht daran.« Kira kniete auf den Boden, klappte den kleinen Monitor aus der Kamera und filmte von unten weiter.

»Warum hörst du nicht auf?«, fragte ich barsch.
»Weil der Film noch nicht zu Ende ist.«
»Ich will nicht mehr«, sagte ich und stand vom Bett auf. »Das ist nicht lustig!«
Ein heftiger Tick ließ Kiras Hand zweimal auf ihren Oberschenkel schlagen. »Glaubst du, mein Leben ist immer lustig? Willst du wissen, wie oft ich schon die Welt verflucht hab. Wem soll ich die Schuld geben? Einer blöden Zecke? Meinen Eltern, weil sie mich nicht haben impfen lassen? Dinge passieren einfach. So ist das.« Sie hielt kurz inne. »Mit Jammern kommst du nicht weit«, sagte sie mit gesenkter Stimme. »Elton ist tot und irgendwo anders wird ein neuer Hund geboren. So gleicht sich alles wieder aus.«

| Dreißig |

Bald standen auch einige Episoden aus meinem Leben in Kiras Regal. Eltons Tod hing wie ein Schatten über unserer Beziehung. Da war nichts Unbeschwertes. Ein Kloß hatte sich in meinem Hals festgesetzt und war immer da, wenn ich in ihre Augen schaute. Ich konnte sie nicht lieben, weil ich Elton umgebracht hatte. Daran würde ich immer denken, wenn wir zusammen waren. Trotzdem fehlte mir der Mut, mit ihr Schluss zu machen, weil ich nicht noch mehr Schaden anrichten wollte. Dass ich sie nicht liebte, war vermutlich auch der Grund, weshalb wir uns meistens bei ihr zu Hause aufhielten oder ins Kino gingen. Ich wollte nicht, dass Kira mit Jana und meinen Eltern an einem Tisch saß. Ich wollte keine Verbindung herstellen, die eines Tages wieder gekappt werden musste. Ich war ein niederträchtiges, feiges Schwein. Weil ich weitergemacht habe. An ihr rumgefingert, wenn es mir etwas besser ging. Experimentiert. Sie als Versuchsobjekt meines Sex-Egos missbraucht. Ohne Liebe. Ohne Zukunft. Unverbindlich wie ein Händedruck, der sowohl Abschied als auch Begrüßung sein konnte. Wie in einem Kriminalfilm rechnete ich damit, eines Tages überführt zu werden. Ein Klopfen an der Tür. Die Sirene eines Polizeiautos. Hunde, die aussahen wie Elton. Die Wahrheit war mir auf den Fersen, klebte wie frisches Blut an meinen Fingern und ließ sich nicht abwaschen. Das Urteil lautete: Schuldig in allen Punkten der Anklage. Die Strafe hieß, weiterzuleben.

Als ich eines Nachts nicht schlafen konnte, schrieb ich meiner Familie einen Brief, in dem ich mich zu meiner Tat bekannte. Er lag in der Playmobilkiste unter meinem Bett und wartete darauf, überbracht zu werden.

Mit Noel hatte ich in dieser Zeit wenig Kontakt. Eigentlich nur in der Schule. Direkt nach Eltons Tod hatte er mich einmal weinend auf dem Klo erwischt. Wahrscheinlich konnte er nicht verstehen, dass mich der Tod eines Tieres so aus der Fassung brachte, und hatte deshalb geschwiegen. Vielleicht war es auch wieder dieser dämliche Jungen-reden-nicht-über-Gefühle-Kodex, der ihn davon abhielt, mich zu trösten. Über Kira erzählte ich ihm nur das Nötigste. Ich zeigte ihm ein paar Schnappschüsse, redete von ihrer Krankheit und behauptete, dass sie wegen ihrer Ticks schüchtern sei, um sie ihm nicht vorstellen zu müssen. Oft wimmelte ich Noel ab, wenn er sich mit mir verabreden wollte. Sagte, es sei wegen Kira, und hing dann doch nur alleine zu Hause rum. Traurig und wütend auf alles und jeden. Nichts machte mehr Sinn, seit ich Elton, meinen besten Freund, verloren – nein! – umgebracht hatte. Noel arrangierte sich damit, dass ich ihn abblockte. Er fing was mit Tordies an, aus Langeweile und vielleicht auch aus Angst, weil er dachte, ich würde ihn in Sachen Sex abhängen. In den Pausen erzählte er mir, worauf sie stand, und versuchte aus mir herauszukitzeln, wie es mit Kira lief. Anstatt ihm die Wahrheit über mein vermasseltes Leben zu erzählen, machte ich mit. Behauptete, dass es mir Kira mit dem Mund besorgte und solche Sachen, nur um gut dazustehen oder warum auch immer. Im Nachhinein kommt mir das alles so dämlich vor. Ich war nicht ich selbst. Vielleicht nie gewesen. Aber was jammere ich herum. Ich hätte oft genug Gelegenheit dazu gehabt, auf Wahrheit zu setzen, den Einsatz zu erhöhen. Stattdessen aalte ich mich in Selbstmitleid und machte allen was vor.

Manchmal, wenn keiner zu Hause war, stellte ich mich an Eltons Grab und redete mit ihm über dies und das. Ich erzählte ihm von Herrn Riegert. Dass er jetzt häufiger auf der Galerie einschlief und erst wieder aufwachte, wenn wir den Laden zumachten. Dass seine Geschichten nicht mehr so tragisch waren wie früher und manchmal sogar glücklich endeten. Leider hatten sich auf die Kontaktanzeigen bisher nur Frauen gemeldet, die es auf reiche Männer mit geringer Lebenserwartung abgesehen hatten und deutlich zu jung waren. Es war ein Scheißgefühl, ihn ständig enttäuschen zu müssen. Ich erzählte Elton auch von meiner Mutter. Sie hatte den Pavillon ausgeräumt und wieder zu malen begonnen. Bilder, die aussahen wie Farbkleckse. Auf denen sich nur etwas erkennen ließ, wenn man Tränen in den Augen hatte oder sie aus der Ferne betrachtete. Und ich erzählte von meinem Vater. Dass er eine Radtour machte und auch diesmal nicht gefragt hatte, ob ich mitkommen wollte. Ich musste wohl ziemlich unglücklich gewesen sein, weil ich nicht mal mehr versuchte, in die Handballmannschaft zurückzukehren. Stattdessen las ich wieder Bücher. Krasse Geschichten über Typen, die nichts auf die Reihe kriegten und ihren Frust mit Drogen und Alkohol betäubten. Ich glaube, der eigene Schmerz lässt sich besser ertragen, wenn man jemanden sieht, dem es noch beschissener geht. Der erste Schnee kam Anfang Dezember und legte sich wie ein dichter Teppich über die dunklen Blätter auf Eltons Grab. Kira musste für einen Monat in eine andere Stadt auf die Berufsschule. Sie hatte mit einer Ausbildung zur Bestatterin angefangen. Indirekt hatte ich sie auf die Idee gebracht. Sie fand es interessant, was der Tod aus einem Menschen machen konnte. Wegen ihrer Ticks hatte sie außer von McDonalds nur Absagen bekommen. Sie hatten sich eine Zeit lang auf ihrem Schreibtisch gestapelt und sie traurig gemacht. Obwohl sie fest entschlossen war, auf eine Schauspielschule zu gehen, sobald sie volljährig war, kam sie sich in diesen Monaten wie der letzte Dreck vor. Ausgestoßen, unbrauchbar, abgeschrieben. Ein paarmal begleitete ich sie zu Vorstellungsgesprächen, schwänzte sogar die Schule, um sie in Empfang zu nehmen, wenn sie vor lauter Aufregung wieder mal mit Shakespeare-Zitaten geantwortet hatte. Schweigend gingen wir danach nebeneinander her. Stiegen in die S-Bahn.

Kein Ticken mehr. Nur noch dieser stumpfe Blick. Sie zu trösten, hieß sie zu küssen, sie zu streicheln und so zu tun, als sei alles in Ordnung. Wir schliefen nicht miteinander. Weil ich es nicht wollte. Ich wäre mir dabei schäbig vorgekommen, mit ihr zu schlafen, ohne sie richtig zu lieben.
»Wir können ein Kondom benutzen«, sagte sie, als wir eines Abends nebeneinander auf dem Sofa lagen. Verschwitzt, neugierig und voller Lust.
»Lieber nicht«, sagte ich und schaute zur Tür. Es wäre so leicht gewesen. Aber ohne Kira zu lieben? Schließlich war es auch ihr erstes Mal. Und die Leute sagen doch, dass man sich an sein erstes Mal ein Leben lang erinnert.
»Meine Mutter kommt nicht vor zehn.« Kira schlüpfte mit ihren Fingern unter mein T-Shirt und streichelte mich sanft.
»Trotzdem«, sagte ich und griff nach ihrer Hand, bevor sie unten angelangt war und ich es mir anders überlegte.
»Schade.« Sie küsste mich mit geschlossenen Augen, während ich meine immer wieder aufmachte, um in der Spiegelung der Fensterscheiben zu sehen, was für ein mieses Arschloch ich war.

An einem Abend, als niemand zu Hause war und ich wieder mal in Selbstmitleid zerfloss, klingelte es an der Tür. Ich machte auf, Tess stand vor mir. Sie wollte zu meiner Schwester. Ich sagte, sie sei beim Debattierclub, und bot ihr an, solange zu warten. Wir gingen nach oben auf mein Zimmer. Den Tee von Kiras Oma hatte ich bereits getrunken, aber heute schien er nicht zu wirken. Ich hatte mir schon x-mal einen runtergeholt, um kurz glücklich und entspannt zu sein. Ich wichste sozusagen gegen mein schlechtes Gewissen an. Doch dagegen, dass ich Kira nicht liebte und Elton umgebracht hatte, war nicht anzukommen, also fragte ich Tess, ob sie einen Joint für mich hätte. Sie guckte mich erstaunt an. Sagte, dass ich zu jung sei und solche Sachen. Aber ich wollte es unbedingt ausprobieren. Nachdem sich die Helden meiner Bücher auch ständig zudröhnten, hielt ich es für den richtigen Zeitpunkt, meine Erfahrungen auf dem Gebiet auszubauen. Sie bastelte einen unförmigen Joint, zündete ihn an und sagte: »Du wirst wahrscheinlich nichts spüren.« Das sei beim ersten Mal oft so. Man bräuchte ein paar Versuche, um high zu werden. Ich zog an dem Joint und inhalierte so lange, bis ich nicht mehr husten musste und sich meine Schädeldecke Richtung Himmel öffnete. Es wirkte! Und wie es wirkte. Die Musik, das monotone Rauschen der Autobahn, das Rascheln der Blätter. Alles mischte sich in meinem Kopf zu einem herrlichen Brei. Einem sorglosen Brei. Ich ließ mich wie ein Stück Treibholz auf das Meer hinausziehen und entfernte mich immer weiter von der Wirklichkeit. Das leichte Schaukeln der Wellen machte mich müde. Dann schluckte ich noch eine rosafarbene Pille, die mir Tess gab, und sah Lichter. Sie tanzten vor meinen Augen. Farben schmeckten auf meiner Zunge wie Erdbeereis. Ab da sind meine Erinnerungen verschwommen. Meine Schwester erzählte mir später, dass sie mich zusammen mit Tess in den Fahrradanhänger gehievt hätte, um unseren Eltern den Anblick meines Totalabsturzes zu ersparen. Das Letzte, was ich mitbekam, war, dass ich an Tess rumgefummelt hatte. Doch das kann man beim besten Willen nicht als Betrug bezeichnen. Ich war so was von dicht, dass ich sie wahrscheinlich für Kira hielt. Wie ein Hund soll ich gebellt haben, als meine Schwester nach Hause kam.

Am nächsten Morgen wachte ich in einem Gartenhäuschen auf. Über mir das Geweih eines Rehs, unter mir eine dünne Matratze, an der schon die Ratten genagt hatten. Mein verschleierter Blick fiel auf ein großes Foto. Tess mit ihren Eltern, die aussahen, als seien sie einem Heimatfilm entsprungen. Ich stand auf, sah ein Waschbecken und machte mich am Wasserhahn zu schaffen, aber außer einem Gluckern passierte nichts. Mein T-Shirt roch nach Erbrochenem und war am Ärmel gerissen. Ich fühlte mich elend. Auf dem Tisch lag ein Zettel. Jana hatte ihn geschrieben. Sie habe mit Noel gesprochen. Er würde mir ein Alibi für die letzte Nacht geben. Ich rief kurz bei ihm an, er war enttäuscht.

»Eins zu Null für dich«, sagte er. »Ecstasy hab ich noch nicht probiert.«

»Nächstes Mal ruf ich an. War einfach nicht geplant. Sorry.«

»Schon okay. Wenn's dir jetzt besser geht. Aber mal ehrlich, du hast nicht mit –«

»Quatsch. Ich hab doch Kira.«

»Sicher«, seufzte er. »Hätte ja trotzdem sein können. Tess ist ja nicht gerade hässlich.«

»Aber behaart.«

Noel lachte.

Ich lachte auch. »Ein richtiger Busch, sag ich dir.«

»Hey, cool, ist deine Emo-Phase endlich zu Ende.«

»Weiß nicht … Elton?«

»Wollte bestimmt nicht, dass du keinen Spaß mehr hast.«

»Vielleicht hast du recht«, sagte ich. »Ich geh dann mal los, bevor's noch Ärger gibt. Bis morgen.«

»Auf die Uncoolen.«

»Auf die Uncoolen«, sagte ich und legte auf.

Als ich nach Hause zurückkehrte, stellte ich mich unter die Dusche und ließ mir das heiße Wasser über die Haut rennen, bis ich aussah wie ein gegarter Hummer. Die Pille würde ich das nächste Mal weglassen. Im Spiegel betrachtete ich mein linkes Auge, in dem ein paar Äderchen geplatzt waren. Ich fühlte mich unendlich schlapp. Aber auch irgendwie gut. Als hätte jemand den Schalter in meinem Kopf auf *Reset* gekippt und alle schlechten Gedanken gelöscht. Sogar der dumpfe Schmerz in der Magengegend war verschwunden. Ich kippte das Dachfenster und inhalierte die kalte Winterluft. Endlich fühlte ich mich wieder besser. Und als ich in diesem Moment an Kira dachte, wurde mir ganz warm und ich sehnte mich nach ihr. Vielleicht liebte ich sie ja

doch? Vielleicht hatte Eltons Tod dieses Gefühl unterdrückt. Bestimmt war es so. Wie glücklich mich das machte! Ich musste sie nicht enttäuschen.
Jana kam herein. Ich war zu faul, mir ein Handtuch umzulegen.
»Hab Tess zur Sau gemacht«, sagte sie und reichte mir ein Handtuch. »Sie hätte dich beinahe vergiftet. Geht's dir wieder besser?«
Sie schaute mir in die Augen und schüttelte den Kopf.
»War nicht ihre Schuld. Ich hab sie überredet.«
»Hat dich ja ganz schön verspult. Habt ihr auch Alk getrunken, oder was?«
»Ja«, sagte ich achselzuckend. Ich hielt es für das Beste, das Ecstasy nicht zu erwähnen.
»Du veränderst dich. Und ich weiß nicht, ob ich das gut finden soll. Vielleicht machst du lieber wieder Sport und überlässt mir die Drogen.«
Mein Vater rief von unten herauf. Das Mittagessen war fertig.
»Vergiss nicht«, sagte Jana im Flüsterton, »du hast die Nacht bei Noel verbracht.«
»Klar, klar. Is gut. Danke.«
Sie wuschelte mir durchs Haar. »Mal was anderes: Hast du endlich mit den Bildern weitergemacht? Ich muss die Sachen ja noch zeichnen und einscannen. Und wenn der Kalender scheiße aussieht, müssen wir uns vielleicht was Neues einfallen lassen.«
»Können wir auch ein Bild von Elton mit reinnehmen?«
»Sicher, kleiner Bruder.« Sie seufzte. »Wie fertig du aussiehst. Echt krass. Aber auch irgendwie cool. Weiß Kira von deinem Experiment?«
Ich schaute sie entgeistert an. »Experiment?«
»Am besten, du sagst ihr nichts. So was bringt nur unnötig Probleme. Nachher denkt sie was Falsches.«
»Wahrscheinlich hast du recht.«
Sie ging aus dem Badezimmer.

Ich gurgelte mit Mundspülung, bis sich der Geschmack in meinem Mund neutralisiert hatte.

In meinem Zimmer war es eiskalt. Die Fenster standen sperrangelweit offen. Der Haschischduft war verflogen. Ich machte die Fenster zu und legte mich aufs Bett. Dann griff ich nach meinem Handy. Zehn Anrufe in Abwesenheit. Kira hatte versucht, mich zu erreichen. Eine SMS: *Wo bist du?* Ich würde sie später zurückrufen. Auf keinen Fall würde ich ihr erzählen, was passiert war. Jetzt, wo ich sie eventuell doch liebte, wollte ich kein Risiko eingehen. Ich legte das Handy zurück auf den Nachttisch, als ich die umgekippte Playmobilkiste neben meinem Bett entdeckte. Vorsichtig beugte ich mich über den Rand und blickte auf Kondompackungen, zerknüllte Unterhosen und ein Schlachtfeld aus Playmobilfiguren, von denen einige gegen meinen gefalteten Bekennerbrief lehnten. Bei dem, was meine Augen als Nächstes auf dem blauen Teppichboden sichteten, stolperte mein Herz. Ein Stück abgerissene Silberfolie! Ich hob sie vom Boden auf. Kleine, kaum sichtbare Einstiche. Wo verdammt noch mal war das zugehörige Kondom? Ich stieg aus dem Bett und suchte den Boden ab. Keine Spur. Hatte ich es mit Tess getan? Hier in meinem Zimmer. Hatte sie meine Situation ausgenutzt? Scheiße! Verdammte Scheiße! Ich schüttete den Papierkorb aus. Ein paar Zigarettenblättchen, aber kein Kondom. Wenn letzte Nacht tatsächlich passiert war, was jetzt in Zeitlupe vor meinem inneren Auge ablief, dann war ich aufgeschmissen. Nicht nur weil ich Kira betrogen hatte, sondern weil ich Tess irgendwie erklären musste, dass das Kondom, mit dem wir es getan hatten, undicht gewesen war und die Möglichkeit bestand, dass ich sie geschwängert hatte. Mein erstes Mal. War das mein erstes Mal gewesen? Im Vollrausch, mit Tess und einem löchrigen Kondom. Ich war fassungslos und plötzlich – und dieses Gefühl machte mir Angst – stolz, wirklich stolz. Wie früher, als ich meine erste Urkunde bei den Bundesjugendspielen gewonnen hatte.

Für einen kurzen Moment spannte ich alle Muskeln an und sagte zu mir: »Jetzt bist du ein Mann.« Und in diesen zwei bis drei Sekunden machte mein schlechtes Gewissen eine Pause.
Vorsichtig zog ich mein Ding aus der Hose und schaute es an. Drehte es nach links, nach rechts, zog meine Vorhaut zurück. Nichts zu erkennen. Durch mein Dauerduschen hätte ich ohnehin jede Spur beseitigt. Mein Gehirn produzierte am laufenden Band neue Filme von dem, was sich möglicherweise vergangene Nacht abgespielt hatte. Mir wurde etwas schummrig. In meinen Beinen begann es zu kribbeln. Ich schaute an mir herab. Hatte ich es getan? Zum allerersten Mal? Aber kriegt man überhaupt einen hoch, wenn man unter Drogen steht? Oder war die rosa Pille eine Art Viagra gewesen?
»Wo bleibst du denn?« Mein Vater stand in der Tür. Zum Glück hatte ich die Sachen wieder in die Playmobilkiste geräumt. »Ist was?«, fragte er.
»Nein, nur …«
»Beeil ich. Die Pizza wird sonst noch kalt.«
»Hab keinen Hunger.«
»Ist was mit Kira?«
»Nein, nein, alles okay. Bin nur irgendwie …« Ich fasste mir an den Bauch. »Hab Durchfall.«
Mein Vater lächelte mit angehobenen Augenbrauen. »Du und Noel. Ihr habt letzte Nacht was getrunken, hab ich recht? Deshalb hast du bei ihm übernachtet.«
Ich nickte. »Mama –«
»Schon okay. Wenn's nicht zur Gewohnheit wird. Hast du Kopfschmerzen?«
»Geht schon.«
»Dann ruh dich aus. Ich pack dir was in Alufolie. Kannst du später aufwärmen.«
»Is gut. Danke.«
Er zog die Tür zu.

Ich drückte eine Psycho-Tablette aus der Blisterpackung und schluckte sie hinunter. Das Karussell in meinem Kopf sollte endlich stehen bleiben. Es dauerte den ganzen Nachmittag, bis sich meine Nerven beruhigt hatten. Ich war eingenickt und sofort in einen Albtraum geschlittert, in dem ich Kinderwagen schiebend über den Schulhof spazieren musste und mir die umstehende Menge riesige Kondome entgegenhielt, aus denen Sperma tropfte. Erst nachdem ich eine zweite Tablette geschluckt hatte, fühlte ich mich imstande, hinüber zu Jana zu gehen. Ich musste wissen, was passiert war. »Könntest du mir vielleicht Tess' Handynummer geben?« Ich versuchte mir nicht anmerken zu lassen, dass ich eventuell meine Jungfräulichkeit an ihre beste Freundin verloren hatte. Wieder musste ich an den Typen in der Schaltzentrale denken. War er das gewesen? Hatte er immer noch nicht genug?
»Tess wird dir nichts mehr geben, falls du darauf spekulierst.« Jana verzog das Gesicht. »Ich hab es ihr verboten. Du bist für so was einfach noch zu jung.«
»Ich … ich will mich nur bei ihr entschuldigen, wegen gestern. Und bedanken und so, weil … ähm …«
»Schon gut.« Sie warf mir ihr Handy zu. »Steht unter R. Ihr Nachname ist Reinhardt.«
»Ich weiß.«
»Kannst ihr gleich sagen, dass wir morgen nicht proben. Muss noch Mathe pauken.«
Ich nickte, nahm einen Stift vom Schreibtisch und notierte mir Tess' Nummer. Dann ging ich wieder in mein Zimmer.
Ich brauchte mehrere Anläufe. Meine Hände zitterten wie verrückt. Was war ich nur für ein Vollidiot!
»Hi, hallo Tess«, quäkte ich in den Hörer.
»Wieder gelandet?«, fragte sie. »Deine Schwester hat mir die Hölle heiß gemacht. Ich hätte dir das Zeug nicht geben sollen.«
»Jana hat sich schon wieder beruhigt. Ich soll dir sagen, dass die Probe morgen ausfällt. Sie muss lernen.«

»Aber deshalb rufst du bestimmt nicht an, oder?«
»Nein, ich ... ich ruf an wegen dem, was gestern passiert ist.« Bei dem Gedanken, dass ich eventuell Sex mit ihr gehabt hatte, wurde mir seltsam zumute. Mein schlechtes Gewissen war plötzlich voll da. »Ich ... ich kann mich nicht mehr so genau erinnern«, stammelte ich.
»Ist scheiße gelaufen. Die rosa Pille hatte ich noch von 'ner Party. Du wolltest ja nicht auf mich hören. Kiffen allein ist nicht so krass. Hattest du 'nen Filmriss?«
»Glaub schon.«
»Ach so«, sagte sie und machte eine Pause. »Musst aufpassen. Manchmal kriegt man von dem Zeug Flashbacks. Angstattacken und so. Kann Wochen später noch kommen. Pillen sind immer ein bisschen Glücksspiel. Aber wenn der Trip okay war, fühlen sich die Nachbeben meist auch cool an.«
»Noch mal zu gestern«, sagte ich, mit einer Stimme, die sich immer weiter von mir zu entfernen schien. Ich hatte mich auf das Bett gelegt und schaute an die Decke, wo die Lichtkegel vorbeifahrender Autos lange Schweife nach sich zogen.
»Machst du dir Sorgen wegen deiner Freundin?«
»Ähm nein, nein ... eigentlich ... hätte ich Grund dazu?« Mein Blick folgte einem Lichtkegel, der sich nicht von der Stelle rührte. Ich erkannte ein Gesicht. Eine Fratze. Der Typ aus der Schaltzentrale. Ein Glatzkopf mit abgebrochenen Zähnen. »Ich hab dich an den Eiern«, sagte er mit heiserer Stimme. Ich schloss kurz die Augen. Der Lichtkegel setzte sich in Bewegung und glitt über die Wand, den Schreibtisch, den Fernseher, nach draußen.
»Hey, noch dran?«, hörte ich Tess' Stimme.
»Ähm, ja, ähm.«
»Am besten, du gehst morgen nicht in die Schule. Und auf keinen Fall Rad fahren.«
»Ja, gut, gut. Aber was ... was ist denn passiert, nachdem ich die Pille geschluckt hab?« Mir wurde heiß.

Sie zögerte. »Bist ziemlich ausgerastet, hast gebellt und so, und gesagt, du bist Elton, und mich hast du …« Sie kicherte.
»Was, was hab ich?« Ich hielt den Atem an.
»Nichts … nichts Schlimmes.« Sie zögerte. Dann räusperte sie sich. »Scheiß Frosch im Hals.«
»Was hab ich getan?«, fragte ich nervös.
»Du … du hast mich … eine läufige Hündin genannt und wolltest … du weißt schon was.«
»Ähm, nein, weiß ich nicht.«
»Jedenfalls hast du irgendwoher plötzlich ein Kondom gehabt und damit rumgespielt.«
»Rumgespielt.«
»Ja, du wolltest es …« Sie musste husten. »Ist nichts passiert. Ich hab's eingesteckt, damit niemand was Falsches denkt. Wir hatten nichts miteinander. Alles easy. Kannst wieder runterkommen. Hast deine Freundin nicht betrogen.«
»Danke«, sagte ich erleichtert. »Und sorry, wegen …« Ich stoppte.
»Musst dich nicht schämen. So was passiert halt manchmal. Das Zeug bringt die andere Seite zum Vorschein.«
»Danke«, sagte ich erneut.
»Nicht dafür. War mir eine Ehre. Und deine Schwester soll sich gefälligst nicht so haben. Sie ist auch schon öfter bös abgestürzt. Liegt bei euch wohl in der Familie, dass ihr nicht eher aufhört, bevor's wehtut.«

Einunddreißig

Die Tür zum Behandlungszimmer stand offen. Ich trat ein.
»Mein Mann ist leider verhindert«, begrüßte mich Frau Malosa.
»Ach so«, sagte ich und wollte wieder kehrt machen.
»Nicht so eilig, warte.« Sie lächelte. »Ich werde ihn heute vertreten.«
»Gut.« Ich zog meine Jacke aus und hängte sie über die Rückenlehne. Mir war nicht klar, ob dieser Wechsel irgendwelche Konsequenzen für den Ablauf der Stunde haben würde oder ob Frau Malosa nach denselben Methoden arbeitete wie ihr Mann: Strichmännchen zeichnen, nicken, über Fußball reden und Rezepte ausstellen. Sie ging hinüber zum Waschbecken und ließ Wasser in die kleine Gießkanne laufen. Im Gegensatz zu ihrem Mann hatte sie Stil. Sie trug eine helle Bluse mit aufgestelltem Kragen und gut geschnittene dunkelblaue Jeans. Ihre braunen, glatten Haare waren vorne stufig geschnitten und glänzten selbst im matten Licht der Neonröhre. Sie schüttete das Wasser in den Sockel des sitzenden Buddhas und summte eine unbekannte Melodie. Ihr Gesicht sah im Profil relativ flach aus, fast asiatisch, doch sobald sie einen anschaute, was sie tat, nachdem sie hinter dem Schreibtisch Platz genommen hatte, erkannte man die perfekte Symmetrie zwischen Augen, Nase und Mund. Leider produzierte mein auf Sex gepoltes Gehirn eine Folge von Szenen, bei denen sie es mit ihrem Mann auf dem Schreibtisch tat, und das sah ziemlich eklig aus. Bei manchen Menschen – nicht nur bei den eigenen Eltern – will man sich nicht vorstellen, wie sie Sex haben. Vor allem bei Männern mit fetten Bäuchen und groben Händen sorgen solche Vorstellungen für Brechreiz. Auch im Fall von Frau Malosa war es ihr unrasier-

ter, nach Aftershave stinkender Mann, der sich ziemlich widerlich benahm.

»Wie geht es dir?«, fragte Frau Malosa und schielte auf die Blätter vor ihr. Eine ehrliche Antwort wäre gewesen, dass sich gerade mein Magen umstülpte, weil ich ihren Mann für eine perverse Kreatur hielt. Ich warf einen Seitenblick zum Buddhabrunnen und formte in Gedanken das »OM«, die heilige Silbe, so wie es meine Mutter neulich zur CD im Wohnzimmer gemacht hatte. Es funktionierte.

»Ist irgendwas?«, fragte Frau Malosa.

»Nein, nein, nichts«, sagte ich und ließ kurz meine Halswirbel knacken.

»Ähm, Paul. Schöner Name.« Ihre Stimme klang weich. »Ist es okay für dich, wenn ich dich duze?«

»Ja, sicher. Kein Problem.«

»Vierzehn. Aha. Siehst älter aus. Wie kommst du denn mit den Medikamenten klar?« Sie blickte mich freundlich an. Freundlich und verständnisvoll. Ich ließ mir Zeit mit der Antwort. Lügen oder nicht? Was sollte ich jetzt tun? Ich dachte an den Typen in der Schaltzentrale. Wahrscheinlich hatte er mich im Visier und wartete darauf, was ich mir als Nächstes zu Schulden kommen ließ. Vielleicht führte er Protokoll über meine irdischen Verfehlungen. Nachdem sein Anschlag mit den kaputten Kondomen gescheitert war, hatte er bestimmt eine Riesenwut.

»Wissen Sie«, sagte ich. »Ich … ich hab die Tabletten abgesetzt. Fast.« Ich nahm sie nur noch vor Klassenarbeiten, für die man viel auswendig lernen musste, um mein Kurzzeitgedächtnis gefügig zu machen.

»Abgesetzt?«, wiederholte sie und blätterte durch meine Krankenakte. »Davon steht hier nichts. Weiß mein Mann davon?«

Ich schüttelte den Kopf. »War mein Entschluss. Ich komme auch ohne klar. Meistens.«

Sie legte meine Krankenakte zur Seite und lächelte. »Seit wann nimmst du sie denn nicht mehr?«
Ich zuckte leicht mit den Schultern. »Schon seit ein paar Monaten.«
»Und warum hast du meinem Mann nichts davon gesagt?«
»Wegen meiner Mutter.« Das war zumindest nicht ganz gelogen. Hätte ich gesagt, dass ich ihren Mann für einen Versager hielt, hätte das Gespräch eventuell eine unangenehme Wendung genommen.
»Haben dir die Tabletten denn nicht geholfen?« Die Stimme von Frau Malosa klang ehrlich und verständnisvoll. Sie umspülte mich wie warmes, weiches Wasser. Was konnte sie nur an ihrem Mann finden?
»Schon irgendwie«, sagte ich, »aber ich brauch sie nicht mehr. Nur noch ab und zu. Ich fühl mich mehr wie ich selbst, wenn ich sie nicht nehme.«
»Mehr wie du selbst, verstehe. Und mit deinen Eltern willst du darüber nicht reden?«
Ich schüttelte den Kopf. »Es gibt doch so was wie eine ärztliche Schweigepflicht?«
»Du vertraust ihnen nicht?«
»Schon … aber … Wissen Sie, eigentlich ist es mir nie richtig schlecht gegangen. Ich wollte nur nicht mehr so oft an Sex denken. Deshalb war ich damit einverstanden, die Tabletten zu schlucken.«
Sie hob die frisch gezupften Brauen. »Und, hat es funktioniert? Hast du nicht mehr so oft an Sex gedacht, nachdem du die Tabletten genommen hast?«
»Ja, doch … geht so«, druckste ich herum.
»Aber trotzdem hast du sie abgesetzt?«
»Ja … weil … ich komm jetzt einfach besser damit klar, dass die Welt voll von Sex ist. Sehen Sie, im Internet gibt es so viele Pornoseiten, dass man am Anfang gar nicht weiß, wo einem der

Kopf steht. Man klickt sich von Bild zu Bild, von Film zu Film und kann an nichts anderes mehr denken. Ist doch schon krank, was Menschen alles anstellen, um auf ihre Kosten zu kommen.«

»Ja, manches ist wirklich merkwürdig.«

»Und alle reden davon und tun so, als sei es normal, aber das ist es nicht. Sex ist glaub ich nicht normal.« Ich räusperte mich.

»Macht dir das Angst?«

»Angst ist zu viel gesagt, aber manchmal fühle ich mich nicht wie ich, wenn ich so drauf bin. Weil die andere Seite … sie ist nicht … nicht berechenbar. Oft fühlt sich das alles falsch und dreckig an, wenn die andere Seite die Kontrolle übernimmt.«

»Was meinst du mit: Sie übernimmt die Kontrolle?«

»Na ja … wenn man Sex haben will, wenn man … geil ist, dann gehen einem seltsame Dinge durch den Kopf. Dann ist es, als ob da noch jemand in einem lebt. So wie bei Dr. Jekyll und Mr Hyde. Kennen Sie das Buch?«

Sie nickte. »Aber Sexualität ist eigentlich nichts Böses.«

»Ich mein ja auch nicht, dass ich jemandem wehtun könnte, wenn ich so drauf bin. Ich fühl mich einfach – ich weiß nicht, wie ich das sagen soll – wie ein anderer eben. Stärker, aggressiver, wie ein Macho würde meine Schwester sagen.«

»Du hast eine Schwester?« Sie lächelte. »Wie alt ist sie denn?«

»Jana ist siebzehn.«

»Sagt sie, dass du ein Macho bist?«

»Nein, nicht direkt. Sie meint nur, dass Männer leichter ihren Spaß haben können.«

»Weiß sie, dass du häufig an Sex denkst?«

»So direkt haben wir da nicht drüber gesprochen. Aber Jana ist auch ein bisschen anders als andere Mädchen. Sie neigt zu Übertreibungen, wenn Sie verstehen, was ich meine?«

»Nicht ganz.«

»Na ja. Sie sagt manchmal auch, dass Männer mit ihrem Schwanz denken und solche Sachen. Wahrscheinlich, weil sie immer an die Falschen gerät. Aber irgendwie hat sie auch recht. Also, falls Sie verstehen, was ich meine?«

»Du denkst sehr oft an Sex.« Ihre Stimme hallte von den Wänden wider. Ein Tausendfaches *Sex, Sex, Sex*.

»Schon irgendwie«, sagte ich achselzuckend.

»Dafür musst du dich nicht schämen. In deinem Alter, in der Pubertät, ist das oft so. Du solltest die andere Seite akzeptieren, wie sie ist. Sie ist ein Teil von dir. Nichts, was du wegsperren musst. Ist alles ganz natürlich.«

»Wissen Sie, manchmal sehe ich in meinen Träumen gar keine Gesichter. Nur Körper. Als ob es keine Rolle spielt, mit wem ich es tu. Ob ich den Menschen liebe oder überhaupt kenne. Das ist meiner anderen Seite scheinbar egal.«

»Das ist völlig normal«, sagte Frau Malosa mit einem kleinen Lächeln. »Solange man nicht gegen den Willen eines anderen handelt, ist es okay. Und Träume kann man ohnehin nicht beeinflussen. Davor musst du keine Angst haben. Auch wenn da mal etwas passiert, das in Wirklichkeit nicht passieren dürfte.« Sie schenkte sich ein Glas Wasser ein und bot mir auch ein Glas an. Ich lehnte ab. Das Zischen der Kohlensäure erstickte in ihrem Mund. »Denkst du gerade auch an Sex?«

Ich zuckte die Achseln. »Ja nein …«

»Was nun?«

»Ja, schon. Irgendwie.«

»Aber du willst nicht drüber reden?«

Ich nickte. »Ist besser so.«

»Für wen? Für mich?«

»Ja, wahrscheinlich.«

Der Buddha-Brunnen begann zu röcheln. Frau Malosa stand auf und zog den Stecker aus der Wand. »Hast du eine Freundin, Paul?«

Paul. Wie sie meinen Namen aussprach, das klang wirklich gut.

Viel besser als bei der Sexhotline, die ich neulich mit Noel ausprobiert hatte. Authentischer. Nicht so übertrieben. Mein Körper reagierte mit einem Schub Testosteron. In meiner Hose wurde es eng. Ich sagte, dass ich seit ein paar Monaten eine Freundin hätte, während meine Hand in der Hosentasche meiner Erektion nachspürte. Sie schrumpfte zusammen, als ich von Elton erzählte. Ich sagte, dass ich ihn umgebracht hatte und mich deshalb Schuldgefühle plagten. Frau Malosa ging nur kurz darauf ein. Sie schien meine Gefühle für Elton nicht ernst zu nehmen.

»Und habt ihr schon Sex? Du und deine Freundin.«

»Nicht richtig.«

»Petting?«

»Ja, Petting.« Ich hasste dieses Wort, weil es sich wie Orgasmus, wie eine Krankheit anhörte.

»Wünschst du dir mehr?«

»Weiß nicht. Vielleicht schon. Ja, eigentlich schon. Vielleicht wäre ich dann entspannter oder so.«

»Und deine Freundin? Will sie das auch?«

»Glaub schon. Aber wissen Sie …« Ich zögerte.

»Du hast Angst, ihr wehzutun?«

»Auch, aber … ich weiß nicht richtig, ob ich Kira liebe. Oder ob ich nur mit ihr zusammen bin, weil ich sie haben kann. Weil sie nicht so unerreichbar ist wie andere schöne Mädchen.« Ich zuckte die Achseln. Ich fühlte mich mies, das gesagt zu haben, auch wenn es die Wahrheit war.

Für einen Moment wirkte Frau Malosa irritiert. Sie schien den Faden verloren zu haben. Doch dann lächelte sie wieder. »Du meinst, weil deine Freundin nicht so perfekt aussieht wie die Frauen aus dem Internet?«

»Kira sieht schon gut aus, aber …«

»Sie ist nicht so an sexuellen Aktivitäten interessiert wie du?«

»Doch, ich glaub schon.«

»Ist sie jünger als du?«

»Nein, nein, älter.«
»Älter, aha, aber du weißt eben nicht, ob du sie liebst?«
»Wenn man jemanden liebt, so richtig liebt, dann ist es doch merkwürdig, wenn man sich auch vorstellen kann, was mit anderen Mädchen anzufangen, nur weil sie vielleicht hübscher sind oder man wissen will, ob es da Unterschiede gibt.«
»Unterschiede?«
»Na, beim Petting und so.«
Frau Malosa hielt sich den Kugelschreiber an den Mund und klickte damit. *Klick-Klick. Klick-Klick.* Das Geräusch füllte die Stille. »Wenn du also bei diesen Mädchen Chancen hättest, würdest du deine Freundin verlassen? Hab ich dich richtig verstanden?«
»Nein, ja … das ist sowieso völlig utopisch. Und wenn diese Mädchen dumm sind, dann …« Ich zuckte die Achseln. »Glauben Sie nicht, dass viele Männer das tun würden?«
»Und ob ich das glaube.« Sie saugte ihre Wangen ein. Für einen Moment war ihr Gesicht wie versteinert. Ihre Hand wurde zur Faust, der Kugelschreiber brach in der Mitte durch. »Ähm … ähm, ja …«, sagte sie und ließ die Einzelteile schnell im Papierkorb unter dem Tisch verschwinden. »Ähm, ich mein, jeder Mensch kommt dann und wann ins Grübeln. Egal, wie gut es ihm geht.« Sie schenkte mir ein gezwungenes Lächeln. »Aber wegen deiner Freundin solltest du dir nicht so viele Gedanken machen. Unsicherheiten gehören zur Liebe dazu. Vor allem, wenn man noch so jung ist wie du. Und wenn du merkst, dass du deine Freundin tatsächlich nicht liebst, solltest du so fair sein, ihr das zu sagen.« Es war ihr peinlich, die Fassung verloren zu haben. Ihre Stimme war nicht mehr so fest und ihr Blick nicht mehr so offen. Bestimmt ärgerte sie sich darüber, etwas aus ihrem Privatleben preisgegeben zu haben. Sie nahm sich eine Auszeit und blätterte durch meine Unterlagen. Zwischen handschriftlichen Notizen und Kolonien aus Strichmännchen schien

sie etwas entdeckt zu haben, das sie beschäftigte. Sie runzelte die Stirn. »Hier steht, dass du einem Jungen die Nase gebrochen hast. Im Duschraum.«
»Karim hat mich angefasst. Ich war nackt. Von hinten.«
»Und das wolltest du nicht?«
»Nein, es war nicht okay.«
»Hast du schon mal jemanden zusammengeschlagen?«
»Nein, nein. Ich hasse Gewalt. Ich wollte nur nicht, dass Karim mich anfasst und Schwuchtel zu mir sagt. Deshalb hab ich ihn verprügelt.«
»Hast du dich bei ihm entschuldigt?«
Ich schüttelte den Kopf. »Ich hab danach mit Handballspielen aufgehört.«
Frau Malosa faltete die Hände. Sie drückte die Daumen gegeneinander, als würden sie einen Kampf austragen. »Du solltest dich bei dem Jungen entschuldigen. Auch wenn es nicht okay war, dass er dich angefasst und beleidigt hat. Damit konnte er nicht rechnen.«
Ich nickte und biss mir auf die Unterlippe. »Aber sie denken jetzt hoffentlich nicht, dass ich gewalttätig bin? Ich hasse aggressive Menschen.«
»Nein, das tu ich nicht. Du bist in der Pubertät. Das ist manchmal wie Achterbahnfahren. Die Emotionen schießen durch die Decke. Alles verändert sich. Man schämt sich für Dinge, die man früher ganz natürlich fand. Ist keine einfache Zeit.« Frau Malosa erkannte, wie unangenehm mir die Situation war. Sie ging um den Schreibtisch herum, hielt meine Hände fest und erzählte von Botenstoffen in menschlichen Gehirnen, wie sie das Leben, Denken und Fühlen beeinflussten. Besonders in der Pubertät gäbe es da starke Schwankungen. Anschließend redete sie noch über Neigungen, erklärte, dass es wichtig sei, sich mit ihnen auseinanderzusetzen. Ich fragte mich, was das für diejenigen bedeutete, die es auf Kinder abgesehen hatten oder einen Steifen

bekamen, wenn sie anderen die Gurgel zudrückten? Müssten diese Menschen nicht freiwillig zur Polizei gehen und sich einsperren lassen, bevor etwas passierte? Bevor das Ungleichgewicht in ihren Köpfen sie zu Verbrechern machte?

Nach zehn Minuten setzte sich Frau Malosa wieder auf die gegenüberliegende Seite. Ich berichtete ihr von dem Typen aus der Schaltzentrale. »Manchmal hab ich das Gefühl, dass er mich beobachtet.« Ich hörte mich wie ein kleines Kind an, das davon überzeugt war, den Weihnachtsmann gesehen zu haben.

»Meinst du Gott?«, fragte Frau Malosa.

»Weiß nicht. Vielleicht ist der Typ auch sein Gegenspieler.«

»Gegenspieler wie Teufel?«

Ich zuckte die Achseln. »Oder sein Helfer. Sobald Gott ihm den Auftrag gibt, lässt er mich leiden.«

»Aber warum sollte Gott so was tun?«

»Vielleicht weil ich nicht an ihn glaube oder in letzter Zeit zu viel gelogen hab.«

»Ist deine Familie sehr gläubig?«

»Meine Mutter schon, aber ...« Ich deutete zum Buddhabrunnen. »Das findet sie auch gut.«

Frau Malosa fuhr sich mit der Hand durch ihr dickes Haar. »Du bist schon ein besonderer Junge.«

»Sie meinen, dass ich nicht normal bin, hab ich recht?«

»Nein, das meine ich nicht. Du machst dir einfach sehr viele Gedanken – über alles. Verblüffend für dein Alter.« Sie blickte auf die Uhr, die vor ihr auf dem Tisch stand. »Für heute müssen wir leider Schluss machen.« Sie erhob sich.

»Muss ich das nächste Mal eigentlich wieder zu Ihrem Mann gehen?«

»Wenn du willst, kannst du in Zukunft auch zu mir kommen. Ich klär das ab.« Sie stapelte die Blätter mit meinen Daten übereinander und schob sie in den Hängeordner. »Was hier gesprochen wird, bleibt natürlich unter uns. Trotzdem wäre es das Beste, du würdest mit deinen Eltern reden. Glaub mir, sie werden Verständnis haben.« Sie zog die Tür auf. »Und auch mit deiner Freundin solltest du sprechen. Wenn du sie wirklich nicht liebst, musst du so fair sein, ihr das zu sagen.«

»Sie meinen, bevor der Typ aus der Schaltzentrale wieder zuschlägt?«

»Ich meine, bevor ihr Sex habt.«

| Zweiunddreißig |

Ich erzählte Kira nichts von meinen Gefühlen. Sie änderten sich ohnehin fast täglich und waren etwa so berechenbar wie das Wetter. Darüber zu reden, hätte nichts gebracht. Nur Probleme. Und darauf hatte ich keine Lust. Einen anderen Tipp hingegen, den mir Frau Malosa gegeben hatte, wollte ich befolgen.

»Soll ich ihm was ausrichten?« Karims Vater war am Telefon. Er wirkte irritiert. »Ist es wichtig?«

»Nein, eigentlich ...« Ich überlegte, den Versuch abzubrechen und es dem Zufall zu überlassen, wann ich Karim das nächste Mal begegnete.

»Mein Sohn hat sich gebessert«, sagte Herr Malouf gut gelaunt. »Seit er aufs Internat geht, hat er wieder Respekt vor seinen Eltern.«

»Karim geht aufs Internat?«

»Damals, nach eurer Auseinandersetzung, konnte ich meine Frau endlich davon überzeugen, dass unser Junge eine straffe Hand braucht. Ich bin ja viel auf Geschäftsreisen und meine Frau ... Na ja, Karim ist ihr auf der Nase herumgetanzt.«

»Aber –«

»Er wird dir eines Tages dafür dankbar sein. Spätestens wenn er ein erfolgreicher Anwalt ist.«

»Bestimmt«, sagte ich. »Kann ... kann ich ihn irgendwie erreichen, im Internat? Haben Sie seine Handynummer?«

»Die Dinger sind dort verboten. Ist es was Dringendes? Er hat gar nicht erwähnt, dass ihr noch in Kontakt steht.«

»Ist nur wegen Handball«, sagte ich. »Ich wollte ihn was fragen. Er muss noch ein Trikot haben.«

»Wirklich. Das tut mir leid. Vielleicht weiß meine Frau, wo es

ist.« Herr Malouf legte den Hörer zur Seite. Ich hatte kurz Gelegenheit, darüber nachzudenken, was ich angerichtet hatte. Karim würde mich hassen.
Herr Malouf gab mir Karims Nummer. »Zwischen siebzehn und achtzehn Uhr kannst du ihn unter dieser Nummer erreichen. Bestimmt freut er sich darüber, von einem Mannschaftskameraden zu hören. Er hat dir viel zu verdanken. Einen richtigen Musterschüler haben die aus ihm gemacht.«
Ich hatte Karim nicht nur die Nase gebrochen, sondern sein komplettes Leben zerstört. Kurz vor sechs wählte ich die Nummer. Eine Schweizer Vorwahl. Es knackte in der Leitung und eine hohe Jungenstimme meldete sich im militärischen Befehlston. Ich fragte nach Karim und wurde gebeten, am Apparat zu bleiben. Was hatte ich ihm nur angetan?
»Karim Malouf, guten Tag«, meldete sich Karim. Seine Stimme wurde tief und kalt durch die Leitung getragen. Ein leichter Nachhall lag auf seinen Worten.
Stille.
»Hier ist Paul. Ähm … ja … sorry, ich wollte mich entschuldigen.«
»Das Trikot hab ich nicht«, sagte Karim kurz.
»Das hab ich nur vorgeschoben. Ich wollte mich –«
»Wir werden uns irgendwann treffen«, schnitt er mir das Wort ab. Die Drohung in seiner Stimme war nicht zu überhören.
»Ich wollte nur …«
»Bis bald«, sagte er mit gespielter Freundlichkeit. »Ich kann die Rückrunde kaum erwarten.« Dann legte er auf.

| Dreiunddreißig |

Meine Mutter verzichtete darauf, uns an Heiligabend in die überfüllte Kirche zu schleppen. Nachdem der Sohn von Herrn Riegert erst am zweiten Weihnachtsfeiertag kommen konnte und im Altenheim nur ein Notprogramm für Bettlägerige gefahren wurde, hatten wir ihn zu uns nach Hause eingeladen. Weil wir aber nicht wussten, in welchem Verhältnis er zu Gott und der katholischen Kirche stand, wollten wir das Fest so neutral wie möglich gestalten. Jana war das ganz recht. Sie hatte sich erst vor wenigen Tagen von Freund Nummer vier getrennt und befand sich seither in einer ernsthaften Sinn- und Glaubenskrise.

»So, wer darf denn jetzt zuerst sein Geschenk auspacken?« Meine Mutter schaute in die müde Runde. Nach dem Essen hatten wir uns wie üblich in die Sofaecke gesetzt. Aus dem Radio plätscherte klassische Musik, die als Stimmungsaufheller nicht taugte. Herr Riegert hockte im abgenutzten Ohrensessel und gähnte im Minutentakt. Mein Vater kümmerte sich leidenschaftlich um die Feuerzangenbowle. Er schüttete Rum nach und probierte von dem dampfenden Getränk. Die blaue Flamme hatte sich bereits tief in den Zuckerhut gefressen. Ab und zu ein leises Zischen, brennende Tropfen, die sich todesmutig aus dem flammenden Inferno retteten. Mein Vater füllte unsere Gläser. Immer wenn meine Mutter nicht hinschaute, schenkte er mir nach. Herr Riegert war für seine Verhältnisse schon den ganzen Abend sehr ruhig gewesen. Vielleicht hätte er im Altenheim mehr Spaß gehabt oder es lag an der Tatsache, dass sich immer noch keine Frau auf seine Kontaktanzeige gemeldet hatte, die es ehrlich mit ihm meinte. Doch das sollte sich bald ändern. Zusammen mit

Noel hatte ich damit begonnen, die perfekte Frau für ihn zu erschaffen. Ein virtuelles Wesen, das um die siebzig war, sich für Fotografie und Kunst interessierte und dazuhin blendend aussah.

Unter der Plastikblautanne lagen die Geschenke. Normalerweise auch ein Ring Fleischwurst, über den Elton sich hermachte, sobald jemand von uns »Frohe Weihnachten, Elton« sagte. Genau das fehlte. Jana schaltete das Radio aus und zu hören war nichts außer Stille. Tiefe, endlose Stille, die sich unerträglich in unseren Gehörgängen ausbreitete. Eltons Fressnapf stand noch immer in der Küche. Keiner hatte sich getraut, ihn wegzuwerfen oder in den Keller zu stellen. Ein Blick nach dem andern wanderte dorthin, wo er die Fleischwurst immer gegessen hatte. Wir alle schienen denselben Film zu sehen. Herr Riegert räusperte sich. Er war für einen Moment eingenickt und jetzt durch die Stille wieder aufgewacht.

»Ähm, was ist? Hab ich … bin ich?« Irritiert schaute er uns an. Eine traurige Gesellschaft. Er setzte sich aufrecht hin und zupfte an seiner Stoffhose. »Hab ich … hab ich die Bescherung verschlafen?«, fragte er.

»Nein«, sagte meine Mutter leise. »Es ist wegen Elton. Er ist doch …« Sie deutete mit dem Kopf zu dem Porträt an der Wand, das mit einer schwarzen Schleife versehen war.

Herr Riegert nickte verständnisvoll. »Schlimme Sache, das mit dem Hund. Versteh ich gut. Als ich ein kleines Kind war, ist mir mal ein Huhn abgehauen. Beim Füttern. Der Nachbar muss es gefangen haben und …« Er fuhr mit den Fingerspitzen seiner rechten Hand über den Hals und machte: »Zzzip.« Dann zuckte er die Achseln. »Haben ja wenig zu essen gehabt.«

Meine Mutter schnäuzte in ein Taschentuch. Sie konnte ihre Tränen nicht länger zurückhalten. »Tut uns leid. Wir … wir haben ihn geliebt.« Sie zwang sich zu lächeln. Ich spürte ein Stechen in der Brust. Schließlich hatte ich Elton umgebracht. Es war an der

Zeit, mein schlechtes Gewissen zu erleichtern. Vielleicht würde der Typ in der Schaltzentrale – ob Gott, Helfer, Satan –, dann aus meinem Leben verschwinden.

Du bist der Killer!, meldete sich mein anderes Ich zu Wort. Ich erschrak. Bisher hatte es sich meist darauf beschränkt, mein schräges und auf mich selbst fixiertes Sexualleben zu kommentieren. Das hier war eine neue Qualität. Vielleicht war es der fehlende Schlaf, der mein Gehirn zu Brei verarbeitete oder das Alkohol-Psychopillen-Gemisch, das durch meinen Kopf rauschte, weil ich mir vor dem Essen eine halbe Tablette eingeworfen hatte, um das Kribbeln in meinen Beinen etwas erträglicher zu machen.

Hast deinem Hund einen letzten Fick spendiert. Hast du toll gemacht. Der barmherzige Samariter ist ein Scheiß gegen so viel Fürsorge. Soll ich dir was sagen? Sie werden dich hassen. Wenn sie rauskriegen, dass du ihren Liebling getötet hast, werden sie dich für immer hassen. Und wenn wir gerade dabei sind, über deine jämmerliche Existenz zu reden. Fick doch endlich deine Alte. Sie wartet doch nur drauf, dass du's ihr mal richtig besorgst. Liebe oder nicht. Wen kümmert's. Du willst doch dein erstes Mal haben. Vor Noel. Und danach geht richtig die Post ab. Dann kannst du dich endlich an normale Mädchen ranmachen. An die richtig Schönen und sie alle flachlegen. Alle. Du solltest endlich dazu stehen, wer du bist. Du kleiner Heuchler.

Ich ließ meine Finger in die Gesäßtasche gleiten. Dort spürte ich die messerscharfe Kante des Papiers. Der Brief. Ich hatte ihn vorhin eingesteckt und musste ihn übergeben oder vorlesen. So wie früher, als ich noch ein kleines Kind war und für jedes Weihnachtsgedicht mit einem Geschenk belohnt worden war. Sie werden dich bestimmt nicht hassen, machte ich mir Mut. Vielleicht ein paar Tage, aber dann ist alles wieder gut. Ich nippte an der Feuerzangenbowle und begann zu schwitzen. Plötzlich wurde mir kalt. Als hätte jemand irgendwo ein Fenster aufgezogen. Der

Raum veränderte sich. Die Abstände zwischen Möbeln, Wänden und Menschen wuchsen auf Alice-im-Wunderland-Größe heran. Die Feuerzangenbowle schien zu wirken. Nach ein paar Sekunden – vielleicht auch Minuten – schrumpfte das Wohnzimmer wieder auf Normalgröße. Doch jetzt fühlte ich mich wie der schlimmste Mensch auf Erden. Jede schlechte Erfahrung, die ich in meinem bisherigen Leben gemacht hatte, schien so real, als wäre sie erst vor Minuten passiert. Wieder sah ich Elton, wie er starb. Wieder war der Schmerz kaum auszuhalten. Aber dann – so plötzlich, wie er gekommen war – endete der Horrortrip und ich atmete tief durch. Das muss ein Flashback gewesen sein, dachte ich. Das hatte Tess also gemeint. Oder war es der Spezialhustensaft gewesen? Ich musste endlich aufhören, zu experimentieren.

»Alles okay?«, fragte mein Vater. Ich hatte kurz die Augen geschlossen. Er lächelte beseelt. Bei ihm hatte der Alkohol eindeutig positive Wirkung. Er strich mir über den Rücken. »Meine Familie«, sagte er schleppend. Meine Mutter warf ihm einen Musst-du-dich-ausgerechnet-heute-betrinken-Blick zu. Jana schloss hinter sich die Terrassentür. Sie war zum Rauchen nach draußen gegangen. Oder zum Weinen? Sie hatte glasige Augen. Vielleicht hatte sie sich kurz an Eltons Grab gestellt. Meine Mutter fing damit an, die Geschenke zu verteilen. Das Chaos in meinem Kopf war verschwunden. Zurück blieb der Entschluss, den Mord an Elton zu gestehen. Hier und jetzt! Ich wartete nur noch auf den richtigen Augenblick.

Meine Mutter reichte Herrn Riegert ein rechteckiges, flaches Päckchen. Wie alle Geschenke war es in altes Zeitungspapier gewickelt. Unpassenderweise bestand die Rückseite aus Todesanzeigen. Herr Riegert bemerkte den Fehler nicht. Er zog seine Lesebrille erst auf, nachdem er das Papier weggerissen hatte. Ich war erleichtert. Mein Vater hatte für ihn ein Schwarzweiß-Foto von Paris vergrößert. Herr Riegert hielt den Holzrahmen von sich weg und betrachtete das Bild. »Danke«, sagte er, »vielen Dank« und nickte jedem von uns zu. Sein Lächeln hielt nur kurz. Er legte den Rahmen auf seinen Schoß und starrte vor sich hin. Dann zog er seine Lesebrille ab und fuhr sich mit Daumen und Zeigefinger von den Augen über die Nase. Alle Blicke waren auf ihn gerichtet. »Ich habe gar keinen Sohn«, sagte er leise und zuckte die Achseln. »Hab immer von so einer Familie geträumt. Hat aber nicht hingehauen.« Mit den Fingern strich er über den Holzrahmen. Er atmete tief durch und hob seine Brauen. Er starrte auf das Bild und schwieg. Mein Vater stand auf und legte den Arm um ihn.

Das war mein Stichwort. Mit schweren Schultern, wie bei einem Gewichtheber, der sich ein paar Scheiben zu viel auf die Hantel geladen hatte, schlüpfte ich an Jana vorbei zum Tannenbaum. Ich spürte die fragenden Blicke in meinem Gesicht. Ich konnte es nicht mehr länger ertragen, wie ein Verbrecher weiterzuleben. Jetzt war der richtige Zeitpunkt, um den Mord an Elton zu gestehen.

»Was ist?«, fragte meine Mutter.

Ich spürte, wie meine Knie zu zittern begannen. Ich griff in die Hosentasche. Der Brief klemmte. »Ähm … ich …«

Sag es Ihnen! Sie werden dich hassen, aber das hast du auch verdient. Du bist ein Mörder! Hol dir deine Strafe ab!

Plötzlich verließ mich der Mut. Ich zog meine Finger wieder aus der Gesäßtasche, bückte mich, hob ein Geschenk auf und schaute in das Kärtchen. Verdammt!, dachte ich. Ich kann es einfach nicht. »Hier, Jana, für … für dich«, sagte ich und streckte ihr das Päckchen entgegen. Sie runzelte die Stirn. »Seit wann schenken wir uns denn was?«

»Seit …« Ich zögerte. *Sag es endlich!*

»Geht's dir nicht gut«, fragte meine Mutter, während sie meinen Vater dabei beobachtete, wie er eine Orangenscheibe aus der Bowle fischte und sie mitsamt Schale hinunterschlang.

Anstatt zu antworten, verteilte ich die restlichen Geschenke.

Willst du lieber warten, bis sie selbst dahinterkommen? Kannst du nicht einmal ehrlich sein? Du wirst alle enttäuschen, wenn du so weitermachst. Gestehe endlich! Los, du miese Kröte.

»Ich … ich freue mich, dass ich euch hab«, sagte ich mit zittriger Stimme. Meine Mutter nahm mich in die Arme.

| Vierunddreißig |

Der Frühling kam zu früh. Die Vögel vor meinem Fenster ließen sich täuschen. Sie zwitscherten hingebungsvoll, aber hoffentlich nicht vergeblich ihre Melodien. Ich war wieder auf Testosteron und hätte vermutlich auch auf einem Ast gesessen und meine Lockrufe durch die Luft geschickt, wenn ich ein Vogel auf Partnersuche gewesen wäre. Stattdessen schoss ich mein Sperma routiniert in dreilagige Taschentücher und spülte sie ins Klo, anstatt sie im Papierkorb in meinem Zimmer zu entsorgen, wo sie vor sich hingammelten, bis meine Mutter sich über den seltsamen Geruch wunderte. Ich hatte es aufgegeben, gegen all die Sexgedanken und meinen ausgeprägten Trieb anzukämpfen. Die Natur hatte es so eingerichtet und ich musste damit klarkommen. Die anderen Jungen in meiner Klasse – außer vielleicht Noel – schien es nicht so extrem erwischt zu haben. Wahrscheinlich trafen sich im Internet nur die wirklich harten Fälle. Bei Bedarf streckte ich nun auch im Unterricht, verschwand auf die Toilette und schoss mein Zeug in die Kloschüssel. Der widerliche Geruch und die Anti-Schwulen-, Anti-Emo, Anti-Weichei-Sprüche an den vergilbten Trennwänden störten mich nicht. Ich schloss die Augen und gab meinem Körper das, wonach er verlangte. Bei Kira hatte ich immer ein schlechtes Gewissen, wenn sie sich mit großer Ausdauer, aber meist vergeblich an mir zu schaffen machte.

»Was mach ich verdammt noch mal falsch?«, fragte sie, wenn meine Erektion in ihrer Hand erschlaffte und ich mein Gesicht verzog, weil sie trotzdem weitermachte. Meist behauptete ich, Stress in der Schule zu haben und deshalb nicht in Stimmung zu sein.

»Aber du machst es dir doch hoffentlich nicht selbst«, sagte Kira. »Das fände ich echt scheiße, wenn ich mich so anstrenge.«
Ich schüttelte den Kopf und räumte mein Teil wieder in die Hose. Dann machte ich es bei ihr. Sie schloss die Augen, atmete schneller und gab halberstickte Laute von sich. Ich blickte in ihr Gesicht, beobachtete die winzigen Zuckungen unter der Haut, die nach wenigen Minuten in völliger Entspannung mündeten. Kein Tick. Ich fragte mich, wann Gott auf die Idee gekommen war, die Menschen mit diesen hochempfindlichen Sensoren auszustatten. Wie beim *Reset*-Knopf an einem Computer konnte man damit das Chaos im Gehirn auslöschen und alles auf Anfang setzen. Aber eben nur für Sekunden.
»Schau mich nicht so an!«, sagte Kira immer, wenn alles vorbei war, und zog die Decke über den Kopf. Wie kleine Kinder fühlten wir uns in diesen Augenblicken. Wo hinschauen? Was sagen? Als hätten wir etwas Verbotenes getan, für das wir uns schämen mussten. Für das Danach fehlten uns anfangs die Worte. Erst nach einiger Zeit gingen wir dazu über, uns in die Arme zu nehmen und noch eine Weile liegen zu bleiben, bis wir uns abgekühlt hatten.
Ab und zu – wenn ich mich anstrengte – kam ich auch bei Kira, aber das war irgendwie nicht so entspannt, wie wenn ich es mir selber machte. Und wie das aussah … Ich rede nicht von dem Zeug, das mein Körper in scheinbar unbegrenzter Menge herstellen konnte, ich meine den Vorgang an sich. Das Auf und Ab ihrer Hand. Das war Hochleistungssport. Sie schwitzte und fragte ständig, ob es mir gefallen würde. Und wenn ich den Fehler machte, zu antworten oder die Augen zu öffnen, ging gar nichts mehr. Dann sah ich Kiras fliegende Hand unter mir und fühlte mich wie ein Vollidiot. Ein notgeiler Vollidiot, dessen Schwanz wie die Zitze einer Kuh gedrückt und gezogen, gerieben und gestreichelt werden musste, damit der Euter seinen Inhalt freigab. Die Phantasien in meinem Kopf, kurz vor dem

Höhepunkt, waren wie kleine Verbrechen. In diesen letzten Sekunden war ich nur noch auf meinen Vorteil bedacht. Ein egoistischer Macho, wie meine Schwester gesagt hätte. ICH, ICH, ICH. Meistens war es nicht Kira, an die ich dachte, während all das geschah. Eigentlich hatte ich sie schon mit der halben Schule und sämtlichen Schauspielerinnen betrogen. Mich reizten vor allem die Mädchen, die unerreichbar waren. Für die ich auf dem Schulhof nur ein Hindernis darstellte, das sie umgehen mussten. »Hey, mit dir hab ich's schon getan!«, hätte ich ihnen am liebsten entgegengebrüllt, wenn sie durch mich hindurchschauten, als sei ich aus Glas. Gerne würde ich etwas Romantisches erzählen, aber wahrscheinlich kann man erst romantisch sein, nachdem man das erste Mal richtig Sex hatte. Auch wenn ich mich von Woche zu Woche stärker danach sehnte, wollte ich Kira nicht drängen. Zu nichts wollte ich sie drängen. Kein In-den-Mund-nehmen. Auch wenn ich es bei ihr schon mit der Zunge gemacht hatte, wollte ich das nicht. Weil das In-den-Mund-Nehmen mir das Gefühl gegeben hätte, sie für meine Zwecke zu missbrauchen. Für meine scheiß Lutsch-meinen-Schwanz-Baby-Phantasien. Für mein anderes Ich. Für den Sex-Paul, der sich manchmal aufführte wie ein Tabak kauender Cowboy, wie ein drittklassiger Weiberheld, der alles tat, um auf seine Kosten zu kommen. Ohne Rücksicht auf Verluste. Auch wenn es schwer zu verstehen ist, ich schaffte es einfach nicht, diese beiden Persönlichkeiten zusammenzubringen. Also war ich vielleicht doch schizophren. Ein Gestörter. Ein Mensch mit zwei Gesichtern.

Wahrscheinlich ging es mir auch deshalb nie richtig gut mit Kira, weil ich nicht wusste, ob es normal war, dass sich Liebe jeden Tag anders anfühlte. Stärker. Schwächer. Unerfüllt. Schmerzhaft. Ich hörte in mich hinein. Spürte meinen Gefühlen nach, wie es mir Frau Malosa erklärt hatte, und kam fast immer zu einem anderen Ergebnis. Kira das zu sagen, hätte sie verletzt. Also folgte auf jedes »Ich liebe dich« von ihr ein »Ich liebe dich« von mir.

Mir fehlten noch die letzten beiden Bilder für den Kalender. In wenigen Wochen war es soweit. Jana lag mir deshalb ständig in den Ohren. Meine Eltern hatten sich dazu entschlossen, für ihre Hochzeitsparty das Wohnzimmer auszuräumen und einen DJ zu engagieren. Ich packte meine Fotosachen, holte das Rad aus der Garage und machte mich auf den Weg zur Waldlichtung. Die ganze Nacht hatte es geregnet, doch jetzt schien die Sonne und zwischen den Fichten und Tannen hingen Nebelfetzen wie riesige Leintücher. Die Waldwiese war ein kreisrunder Platz, der von hohen Bäumen eingerahmt wurde. In seinem Zentrum lag eine Feuerstelle, an der ich als Kind mein erstes Stockbrot gebacken hatte. Zuerst wollte ich ein kitschiges Detail aufnehmen. Kaum zwanzig Meter von der Lichtung entfernt, hinter einem Erdwall stand eine alte, halb zerfallene Holzhütte. Die morsche Holzbank auf der Vorderseite war übersät mit Initialen, die Verliebte hineingeritzt hatten. Auch meine Eltern, vor etlichen Jahren. Es dauerte eine Weile, bis ich ihre Initialen gefunden hatte, wobei das C genauso gut ein G oder ein O sein konnte und das K ein R oder ein B, aber es sollte auch nur ein Symbol sein. Die dunkle Holzoberfläche fühlte sich glitschig an. Ich zog den Schraubenzieher aus der Tasche und schabte so lange herum, bis die Sache eindeutiger war. Dann positionierte ich das Stativ und schoss ein paar Fotos. Hier hatte meine Mutter meinem Vater den Antrag gemacht. Eigentlich hatten die beiden nie vorgehabt zu heiraten, aber nachdem die Eltern meiner Mutter kurz hintereinander gestorben waren, wollte sie, dass für Jana und mich im Ernstfall alles geregelt war. So hatte mir das mein Vater mal erklärt. Das war auch der Grund, weshalb sich meine Mutter einmal im Jahr, im Herbst, einer Magenspiegelung unterzog und danach immer total glücklich zurückkehrte. Sie hatte Angst, selbst eines Tages

an Krebs zu sterben. Den Tag nach der Untersuchung nannte meine Schwester deshalb ihren zweiten Geburtstag.
Nachdem ich alle Aufnahmen im Kasten hatte, klappte ich das Stativ zusammen. Kurz inhalierte ich die klare Luft und war irgendwie glücklich, am Leben zu sein. Entspannt und glücklich wie selten. Im Kopf ein Vakuum. Ich ging um die Holzhütte herum. Schaute einem Vogel nach, der sich flatternd in die Baumwipfel erhob. Dann blieb ich abrupt stehen. Auf der gegenüberliegenden Seite der Lichtung war ein Liebespaar aufgetaucht. So leise wie möglich setzte ich meinen Fuß auf den federnden Waldboden und begann zu lächeln. Die beiden küssten sich wie Ausgehungerte. Im Gegenlicht der Morgensonne, umgeben von all dem Glitzern, sah das einfach perfekt aus. Kitschig, aber perfekt. Wie ein Scherenschnitt. Nur die Umrisse waren zu erkennen. Ich schraubte das Teleobjektiv auf die Kamera. Das Zwitschern der Vögel überdeckte das Klicken des Auslösers. Ich machte eine Serie mit unterschiedlichen Belichtungszeiten und Ausschnitten und kam erst aus meinem Versteck, als das Liebespaar verschwunden war.

Zu Hause am Kühlschrank hing ein Zettel mit der Aufschrift »Essen ist keine Lösung!« Meine Mutter hatte ihn nach Weihnachten dort hingehängt. Bis zum Hochzeitstag wollte sie wieder in ihr ausladendes Tüllkleid passen. Und mit jedem Kilo, das sie verlor, schien sie ein bisschen glücklicher zu werden.
»Und, erfolgreich gewesen?«, fragte meine Schwester.
Ich stellte das Glas ab und wischte mir den Milchbart vom Mund. »Das Licht war echt super.« Ich bückte mich nach unten und zog die Kamera aus der Tasche. »Hab ’ne Überraschung.«
»Hast du Hirsche beim Poppen fotografiert?«
»Sehr witzig. Es geht um Romantik.« Ich fummelte die Speicherkarte aus der Kamera und drückte sie Jana in die Hand. »Überzeug dich selbst.«

Sie gähnte. »Kann aber erst nächste Woche mit dem Kalender weitermachen. Muss noch ein Referat vorbereiten.« Sie hielt mir den Chip wieder hin.
»Kannst du behalten. Papa hat mir 'nen Neuen geschenkt.«
Jana schob den Chip ein und begann zu lächeln. Tom, ihr neuer Freund, war hinter ihr aufgetaucht. Er schlang seine Arme um ihre Hüften und küsste sie auf den Hals. Seine dunklen Haare standen in alle Richtungen ab. Er war zehn Jahre älter als Jana, arbeitete als Schweißer und übernachtete in letzter Zeit häufiger bei uns. Zu häufig, wie ich fand, denn das, was er und meine Schwester im Zimmer neben mir anstellten, raubte mir den Schlaf. Dreimal hatte ich heute Nacht gezählt. Das letzte Mal kurz vor Sonnenaufgang. Die Art, wie sich meine Schwester und ihr Freund zum Höhepunkt stöhnten – daneben verblasste jeder Porno.
»Hey, schon fit?«, fragte Tom in meine Richtung und griff sich die Milchflasche. Er hatte den breitesten Mund, den ich kannte, und er hatte kein Benehmen. Er trank aus der Flasche. Ich versuchte nicht daran zu denken, wo seine Lippen vergangene Nacht überall gewesen waren. »Was für ein Tag!«, sagte er, begleitet von einem steinzeitlich anmutenden Grummeln. Er zog Jana besitzergreifend heran und saugte an ihrem Hals. Mir war schleierhaft, was sie an ihm fand. Er behandelte sie grob und grapschte die ganze Zeit an ihr herum. Und über Bücher konnte sie mit ihm bestimmt nicht reden. Vielleicht war es mit gutem Sex wie mit einer Droge. Es spielte keine Rolle, von wem er einem verabreicht wurde.
»Weißt du eigentlich, was für ein Glück du hast, so eine Schwester zu haben?« Tom wischte sich den Sabber vom Mund und kniff Jana in den Po. Sie zuckte kurz zusammen, lächelte kurz darauf wieder und holte sich einen saftigen, widerlichen Kuss ab. Ein erniedrigender Anblick.
»Sicher«, sagte ich.

Tom stülpte seine rissigen Lippen über Janas Mund. Die beiden tauschten Flüssigkeiten aus. Meine Mutter kam durch die Terrassentür. Nach dem Gottesdienst hatte sie eigentlich immer gute Laune. Nur heute sah sie zerknirscht aus. »Is Chris noch nicht da?«
»Ist noch mal kurz in den Laden gegangen«, sagte Jana mit feucht glänzenden Lippen. »Spezialauftrag.«
Meine Mutter schlüpfte aus ihren schwarzen Pumps. Ihre großen Zehen hatten sich im Laufe der Jahre nach innen geschoben. »Das Auto spinnt schon wieder. Der Anlasser. Das wird bestimmt wieder teuer.«
»Ich kann nachher mal schauen.« Tom ließ die Muskeln an seinen Oberarmen zucken, als wären sie an Reizstrom angeschlossen.
»Nur wenn es keine Umstände macht.«
»Kein Problem.«
Meine Mutter kam zu uns herüber und schenkte sich ein Glas Milch ein. So verbreiten sich Krankheiten, dachte ich und verzog das Gesicht.
»Ist was?«, fragte meine Mutter.
»Alles okay«, sagte ich.
Jana hob den Rock meiner Mutter an. »Hast ja 'ne Monsterlaufmasche. Bis zum Po. Sexy. Nicht, dass der Pfarrer sein Zölibat bricht.«
»Na, na, na.« Meine Mutter setzte das Glas ab und strich den Rock wieder glatt. »Worum ich euch beide gerne bitten würde«, sagte sie an Jana und Tom gewandt. »Dein Vater.« Sie seufzte. »Wenn er schon erlaubt, dass deine Freunde –«
»Freund!«, protestierte Jana.
»'tschuldigung, dein *Freund*. Wenn Tim also …«
»Er heißt Tom.«
»Es wäre einfach schön, wenn ihr etwas Rücksicht nehmen könntet.«

»Is okay«, sagte meine Schwester schmunzelnd.

»Vielleicht könnt ihr ja auch mal ein Wochenende bei Tom übernachten.«

»Geht klar.« Tom grinste breit und zuckte mit dem Bizeps.

| Fünfunddreißig |

»Kannst du mir noch mal was geben?« Ich hatte Tess am Apparat. Seit ich ganz mit den Tabletten aufgehört hatte und wegen Leistenschmerzen nur noch einmal die Woche laufen gehen konnte, wurde ich immer wieder von Angstattacken heimgesucht. Zu der Angst vor dem Zahnarzt, dem Verlust meines Augenlichts und der Möglichkeit, eines Tages entführt und als lebender Organspender missbraucht zu werden, kamen nun noch weitere, meist banale Ängste, die meine Schlaflosigkeit verschlimmerten. Mein anderes Ich plapperte munter vor sich hin, sobald ich bereit war, einzuschlafen. Das Ganze fühlte sich an wie die Vorstufe zum Wahnsinn. Im Chat mit *Insomnia 28* erfuhr ich, dass ich eine Art Entzug durchmachte und es Wochen dauern konnte, bis mein Körper wieder normal funktionierte. So lange wollte ich nicht warten, deshalb trat nun Plan B in Kraft.

»Ich hab nichts mehr«, sagte Tess in rekordverdächtiger Zeit.

»Jana erfährt davon nichts. Wirklich.«

»Im Ernst. Hab aufgehört. Bin jetzt straight edge. Ist einfach besser. Weniger Dröhnung ist manchmal mehr Leben. Wozu brauchst du das Zeug überhaupt? Geht's dir schlecht?«

»Nein, alles okay. Is nur … ich will es zum Geburtstag verschenken.«

»Das ist eine totale Scheißidee!«, zeterte Tess. »Ich hab mich schon tierisch aufgeregt, dich angefixt zu haben. So was verschenkt man nicht, okay?«

»Schon gut«, seufzte ich und probierte es mit Ehrlichkeit: »Und wenn ich es doch für mich haben will?«

»Ey, Mann, was ist nur bei euch los? Erst gestern hab ich deiner

Schwester meinen kompletten Vorrat abgetreten und jetzt rufst du an.«
»Du hast Jana alles gegeben?«
»Deine Schwester ist mies drauf. Warum weiß ich auch nicht. Sie will es mir nicht sagen. Ist was mit Tom? Hat er sie abserviert?«
»Nein, alles okay, leider. Der Typ ist so ein Depp.«
»Aber gut im Bett«, reimte Tess lachend.
»Ja, wahrscheinlich. Mit unterhalten ist da nicht viel.« Mein Handy vibrierte. Kira schrieb: *Kann nicht kommen. Meine Mutter will unbedingt shoppen. Melde mich morgen. Deine Kira.* Auch gut, dachte ich. Kann ich mich mal wieder um Herrn Riegerts E-Mail-Bekanntschaft kümmern. Die Sache war gut angelaufen. Herr Riegert freute sich jedes Mal, wenn er einen ausgedruckten Brief von Elisabeth Berger bekam. Seine runden Augen leuchteten vor Freude, und das machte mich glücklich. Er schrieb viel über seine Kindheit. Kleine Geschichten über den Krieg. Über die Angst, eines Tages von einer Bombe zerfetzt zu werden, über Trümmer und Freundschaften und den Tod seines großen Bruders, den er sehr geliebt haben musste. Manchmal schämte ich mich dafür, ihn so hinters Licht zu führen, aber deshalb konnte mir der Typ aus der Schaltzentrale nicht böse sein. Und da Elisabeth in Neuseeland lebte, wohin sie, laut unserer Biografie, vor sechzig Jahren ausgewandert war, würde Herr Riegert bestimmt nicht auf die Idee kommen, sich mit ihr treffen zu wollen.
»Du hast also wirklich nichts mehr?«, fragte ich und schaltete den Computer an. Acht Freunde online, zeigte das Chatprogramm. *Freunde*, dachte ich und lächelte in mich hinein. *Sexypolskababe* war auch online. Wir hatten schon mal die ganze Nacht durchgechattet, uns so vieles erzählt, wofür wir uns bei Tag schämen würden. Und deshalb klickte ich sie jetzt auch weg. Sie wollte sich mit mir treffen. Das konnte nur schiefgehen.
»Der Laden ist dicht«, sagte Tess. »Und du solltest erst gar nicht

einsteigen. Das einzig Wahre ist die Realität. Geh raus und schau dir die Natur an. Riech an den Blättern und lass dich von der Sonne streicheln.«

»Bist du sicher, dass du nichts genommen hast?«

»Das Leben ist so krass cool, wenn man nicht drauf ist. Weißt du, das ist ein Geschenk. Drogen, Alk und der ganze Scheiß. Das ist keine Lösung.«

»Sicher«, sagte ich. »Kann schon sein, aber wir schreiben gerade so viele Arbeiten. Und ich will nicht sitzen bleiben. Und so wie's gerade läuft, wird's eng.« Ich redete auf Tess ein. Ohne Punkt und Komma. Überschüttete sie mit Komplimenten für ihren neuen Haarschnitt und sagte, dass mich die Art, wie sie auf ihre E-Gitarre einprügelte, beeindruckte. Die Kunst der Manipulation. Ich hatte darüber in Janas Psychobüchern gelesen und wendete sie an. Und ich wusste, dass meine Strategie aufgehen würde, weil Tess auf mich stand. Wenn man das weiß, geht alles leichter. Der andere ist einem ausgeliefert. Nach zehn Minuten hatte ich sie soweit. Sie gab mir die Nummer eines Typen, der das Zeug auf Bestellung vertickte. Das Losungswort hieß lächerlicherweise »Heaven«.

»Und sag auf keinen Fall Hasch oder Gras, wenn du anrufst, verstanden?«

»Geht klar«, antwortete ich

»Und kein Wort zu Jana.«

Am Telefon musste ich nach einer Doppelstunde Mathe-Nachhilfe fragen. Das Plastiktütchen bekam ich am nächsten Morgen in der Schule. Es war unter einer Bank hinter dem Biotop deponiert. Der Typ ließ sich auf ein Tauschgeschäft ein. Bezahlt von der Krankenkasse. Meine Psycho-Tabletten standen bei Abiturienten hoch im Kurs.

Tatsächlich half mir die gelegentliche Kifferei dabei, ruhiger zu werden und besser zu schlafen. Aber mein Vater hatte recht:

keine Wirkung ohne Nebenwirkung. Daran musste ich jedes Mal denken, wenn ich Schokolade und anderes Süßzeug in mich reinschaufelte und nicht nur mit einem leichten Bauchansatz dafür bezahlen musste, sondern auch mit kleinen Pickelchen, die auf meiner Stirn, direkt unterhalb des Haaransatzes, aus der Haut ploppten. Bis zu meinem fünfzehnten Geburtstag wollte ich all die fremden, unkontrollierbaren Substanzen aus meinem Körper verbannen. Ich hatte endgültig die Nase voll. Tess machte mir Mut. Seit sie mit der Kifferei aufgehört hatte, spielte sie nicht nur besser E-Gitarre, sondern wirkte auch nicht mehr so abwesend, wenn man sich mit ihr unterhielt.

Meinen fünfzehnten Geburtstag verbrachte ich im Bett. Ein übler Grippe-Virus hatte mich erwischt. Kira war wieder für drei Wochen in der Berufsschule und lernte, wie man professionell Gräber aushob. Am Abend rief sie an und wünschte mir alles Gute. Sie war niedergeschlagen, weil sie nicht bei mir sein konnte und stattdessen mit »Vollidioten« im Dreck stehen musste. Meine Familie hatte sich wenige Stunden vorher um mein Bett versammelt, als sei ich ein Sterbender, dem man die heiligen Sakramente geben musste. Ihr schräges »Happy Birthday« passte zu dieser Vorstellung. Vor lauter Fieber und dröhnenden Kopfschmerzen packte ich meine Geschenke erst zwei Tage später aus. Turnschuhe, mein erstes Aftershave, jede Menge Süßigkeiten. Von Jana bekam ich ein Buch, in dem ein Typ sein ereignisloses Leben dadurch aufpeppte, indem er nur zum Vergnügen Menschen abschlachtete. Es war leicht zu lesen. Jedes Mal, wenn ich die Augen schloss, lieferte mein Kopf die passende Szene. Noel versorgte mich fast täglich mit lustigen Filmchen, die er auf *Youtube* fand. Sobald ich den Laptop aufklappte, hatte ich schon wieder eine E-Mail von ihm in meinem Briefkasten. Und irgendwann auch eine Einladung zu seinem sechzehnten Geburtstag. Er wollte eine große Party geben. »Mit Überraschungsgästen.«

Sechsunddreißig

Ich drückte den Klingelknopf an Noels Haus und betrachtete meine Spiegelung im Glas der Haustür. Mein Vater hatte mir die Krawatte gebunden. Er fand, dass mir sein alter Anzug gut passte. Ich lockerte den Knoten am Hals, um freier atmen zu können.

»Warte kurz«, sagte Noel durch die Sprechanlage.

Ich überlegte, wen er wohl noch eingeladen hatte? Sein Freundeskreis war ja wie meiner eher überschaubar, aber die Sache mit der Abendgarderobe hatte vielleicht sogar Mara und ihre Clique neugierig gemacht. Wahrscheinlich wollte er deshalb nicht, dass ich Kira mitbrachte, weil er dachte, dass ich noch immer auf Mara stand. Und ganz falsch lag er damit nicht.

Der Türöffner summte und ich trat ein. Noel kam die Treppe herunter. Er trug einen schwarzen, gut geschnittenen Anzug, Lackschuhe und eine Fliege. Die dunklen Haare hatte er zurückgegelt. Seine Aknenarben wirkten aus irgendeinem Grund nicht so extrem wie sonst. Vielleicht hatte er sich geschminkt.

»Cool, dass du da bist«, sagte er und boxte mich gegen die Schulter. Er sah auf eine seltsame Art glücklich aus. Wie ein Kartenspieler, der weiß, dass sein Blatt gewinnt. Ich gratulierte ihm zum Geburtstag und wir lobten uns gegenseitig für unseren neuen Look.

»Bin ich der Erste?«

»Die andern müssten auch gleich kommen.« Noel lächelte. »Komm, lass uns erst mal was trinken.« Er ging mir voraus ins Wohnzimmer. Von oben hörte man das Geräusch einer Klospülung. »Die Putzfrau«, sagte Noel. Auf dem dunklen Marmorboden spiegelte sich das Deckenlicht. Ich konnte nirgendwo

Geschenke entdecken. Keine Schüsseln mit Chips oder Gummibärchen. Keine laute Musik. Auf dem schwarzen Flügel standen Gläser und diverse Getränke. Er schenkte mir einen Whisky ein, der anscheinend vierzig Jahre alt war. Es schmeckte nicht besonders, aber das ließ ich mir nicht anmerken.

»Wann kommen denn die anderen?«, fragte ich.

»Sobald ich sie rufe.«

»Sie sind doch schon da?« Ich schaute ihn verwundert an.

Er lächelte geheimnisvoll.

»Hab dir was mitgebracht.« Ich stellte meinen Rucksack auf den Boden und zog das Buch heraus. »Hoffe, es gefällt dir.«

»Klar. Danke.« Er legte es auf das Sideboard.

»Ist wirklich gut.«

»Mach ich später auf.«

Es klingelte an der Haustür. Noel ging nach draußen und kam mit zwei großen Pizzaschachteln zurück. »Spendiert mein Vater«, sagte er und riss die Kartons auf. Wir setzten uns an den großen Esstisch.

»Willst du die andern nicht rufen?«

»Gleich.«

»Du hast Mara und ihre Freundinnen eingeladen, hab ich recht?«

»Glaubst du wirklich, die würden zu meinem Geburtstag kommen?«

»Wieso nicht?«

»Bin nicht ihr Typ. Zu hässlich.«

»Quatsch.«

»Ist nicht schlimm. Ich bin nicht darauf angewiesen, dass sie mich gut finden.« Mit den Zähnen riss er ein Stück aus der Pizza. »Bei denen werd ich nie Chancen haben.« Er wischte sich den Mund mit dem Handrücken ab.

»Aber –«

»Is ja auch egal«, winkte er ab, trank einen tiefen Schluck Whisky und schenkte mir nach. Wir stießen auf unsere Freundschaft an. Seine Miene erhellte sich wieder. »Heute heiß ich Mark«, sagte Noel, wie aus heiterem Himmel. »Merk dir das, okay?«

Ich runzelte die Stirn. »Mark? Warum das denn?«

»Weil sich Noel wie ein verdammter Softie anhört.« Er erhob sein Glas. »Noel ist tot, es lebe Mark.« Wir stießen an und tranken auf Ex.

Ich griff nach der Flasche und wollte mir nachschenken. Noel hielt die Hand über mein Glas. »Hey, nicht übertreiben. Sonst kannst du die Überraschung nicht genießen.«

Ich stellte die Flasche wieder hin und warf ihm einen fragenden Blick zu.

»Wie alt bist du jetzt?«, sagte Noel schmatzend.

»Fünfzehn, das weißt du doch.«

»Wie alt genau?«

»Fünfzehn Jahre, drei Wochen und ein paar Zerquetschte.«

»Ich bin jetzt sechzehn. Fast ein Jahr älter als du.«

»Worauf willst du hinaus?«

Er trocknete seine fettigen Hände an einer Serviette ab, zerknüllte sie und legte sie in die Pizzaschachtel. »Wir sind beide noch Jungfrau. Das ist doch scheiße oder etwa nicht?«

»Weiß nicht«, sagte ich, »geht doch vielen so.«

Sein Gesicht wurde ernst. »Glaubst du, deine Kira lässt dich in nächster Zeit ran?«

»Wir wollen bis zu den Sommerferien warten.«

»Und dann wirst du *alles* mit ihr machen, wovon du träumst?«

»Weiß nicht. Ist mir nicht so wichtig.«

»Jetzt tu nicht so. Natürlich ist es dir wichtig. Wahrscheinlich kriegst du gar keinen hoch, weil du dir vor Angst in die Hose scheißt. Weil du ihr nicht wehtun willst und nicht weißt, wo dein Ding reinsoll. Wenn du gut sein willst beim ersten Mal mit einer Jungfrau, musst du vorher üben. Erfahrung sammeln, was ausprobieren. Glaub mir, wenn Kira merkt, dass du keinen Plan hast, hat sie schneller einen neuen Lover, als du denkst.«

»Warum sagst du das?«
»Weil es so ist. Hey, ich hab's schon mal probiert. Mit meiner Cousine. Hat nicht geklappt. Sex is nicht so easy, wie's aussieht. Selbst die Porno-Profis müssen täglich üben, um nicht schlapp zu machen oder zu früh zu kommen. Ich will nicht, dass dir dasselbe passiert.« Ein geheimnisvolles Lächeln lag auf seinem Gesicht.
»Willst mit mir in den Puff gehen?«, fragte ich. »Hast du gefälschte Ausweise besorgt?«
»Das wäre doch illegal«, sagte er grinsend und erhob sich. »Lust auf Nachtisch?«
»Ähm, ja. Klar. Und was ist mit den andern? Kommt noch jemand oder nicht?«
»Wart's ab.« Er ging hinüber zur Haussprechanlage, nahm den Hörer ab und drückte auf einen der weißen Knöpfe. Aus dem oberen Stockwerk hörte man dumpf ein Klingeln. »It's showtime«, sagte er in den Hörer. Dann ließ er die Jalousien vor der breiten Fensterfront herunter, dimmte das Licht und machte die Musik an. Aus dem Hausflur wurde das Geräusch klackender Absätze hereingetragen. Noel verschwand in die Küche und kam mit vier vollen Sektgläsern zurück. Etwa zeitgleich betraten zwei Frauen in edlen Klamotten das Wohnzimmer. Ihr Alter konnte ich schwer schätzen. Sie erinnerten an die Frauen, die wir im Internet angeschaut hatten. Ich wusste nicht, was ich tun oder sagen sollte. Die Musik wurde lauter. Zuerst reichte Noel den Frauen die langstieligen Gläser, dann drückte er mir eines in die Hand und bediente sich selbst. Ich stieß mit Wanda und Jelena an. Beide hatten sie einen osteuropäischen Akzent. So wie die polnischen Mädchen, die zusammen mit meiner Mutter im Eissalon arbeiteten. Sie sahen nicht billig aus. An den Klamotten, vor allem an den Schuhen kann man das erkennen. Die Art wie sie verarbeitet sind. Ob das Leder gut an den Sohlen anliegt. Ich tanzte mit Nutten. Wir redeten nicht darüber, dass sie Nutten

waren, aber es war offensichtlich. Um solche Frauen zu bekommen, musste man entweder reich oder berühmt sein oder aussehen wie der Typ aus der Davidoff-Werbung. Eine andere Möglichkeit gab es nicht.
Ich hätte natürlich abhauen können. Angewidert von dem Gedanken, dass diese Frauen nur hier waren, weil Noel seinem Vater die Kreditkarte geklaut hatte. Aber ich blieb da. Es war aufregend. Ich trank Sekt, tanzte und hatte nicht die leiseste Ahnung, was hier vor sich ging. Jetzt könnte ich wieder über die Liebe faseln. Und wahrscheinlich denkt mindestens die Hälfte von euch, dass ich ein Arschloch bin, weil ich dablieb. Aber so einfach ist das nicht. Ich dachte daran, dass ich erst fünfzehn war und gerade mit Nutten durch Noels Wohnzimmer tanzte und sie so taten, als sei ich nicht nur körperlich, sondern auch geistig ein richtiger Mann. Und ich dachte, dass Wanda nichts von mir erwartete. Keine Zärtlichkeit, keine Erfahrung. Nichts. Und das war ein gutes Gefühl. Ich hatte keine Angst, etwas falsch zu machen, zu versagen oder jemandem wehzutun.
Noel nahm mich beiseite. »Hast du sie wiedererkannt? Sie macht alles. Das volle Programm. Hab sie für die ganze Nacht gebucht.« Er lächelte und zog eine gelbe und eine blaue Tablette aus der Hose. »Schluck die, dann spürst du noch mehr.«
Ich zögerte. »Ist das Viagra?«
»Ja, du Experte. Hat auch mein Vater spendiert.«
»Und die andere?«
»Gegen das schlechte Gewissen. Los, mach schon. Die beiden sind schon ganz heiß.« Er warf Jelena, die sich gerade auf dem Klavierhocker räkelte, ein selbstbewusstes Lächeln zu. Ich spülte die Tabletten mit einem Schluck Sekt hinunter und ging hinüber zu Wanda.
»Du bist schöner Junge«, sagte sie und es war mir egal, ob sie es ernst meinte oder nicht. Alles war mir egal. Die ganze beschissene Welt mit all ihren Regeln ging mir am Arsch vorbei. Ich war

so was von lässig und geil und spürte, wie mein anderes Ich diesen Augenblick genoss. Freiheit hieß, den Verstand auszuschalten. Freiheit hieß, das zuzulassen, was ich mir insgeheim immer erträumt hatte. Noel war schon einen Schritt weiter. Er lag zusammen mit Jelena auf dem Sofa und knutschte herum. Edelnutten knutschen. Die im Puff und auf dem Straßenstrich tun das nicht. Ich erinnerte mich daran, wie Noel das erklärt hatte. Hoffentlich wollte er es nicht vor meinen Augen mit ihr tun. Andern beim Sex zuzuschauen, live dabei zu sein, das konnte ich nicht. Wanda zog mir das T-Shirt aus. Ich spannte meine Muskeln an. In den letzten Wochen hatte ich mit Liegestütze begonnen und – ob Einbildung oder nicht – ich fühlte mich stark und begehrenswert. Wie ein richtiger Mann eben. Die Kerzen zogen lange Schweife nach sich. Die Musik trug mich davon. Ich roch das Parfum von Wanda. So intensiv, dass ich es ihr mit der Zunge von der Haut lecken wollte. Sie tanzte mit mir. Ihre Bewegungen waren von einer unglaublichen Geschmeidigkeit. Sie griff nach meinen Händen und ließ ein Bein wie beim Tango an der Innenseite meines Schenkels nach oben gleiten. Dann warf sie den Kopf in den Nacken und ließ ihn zur Musik kreisen. Ich versuchte neben ihr nicht ganz so dämlich auszusehen und fügte mich in die seltsame Choreografie. Großartig fühlte ich mich. Nicht wie fünfzehn. Ich schmunzelte in mich hinein, weil ich es so wahnsinnig fand, was gerade passierte. Die Tabletten begannen zu wirken. Ich hatte das Gefühl, ein Riese zu sein. Ein kraftstrotzender Riese, dem die Welt zu Füßen lag.
»Willst du schlafen?«, fragte Wanda und ich äffte sie aus irgendeinem Grund nach und musste kichern. Das gefiel ihr nicht. Kurz schaute sie mich wütend an. Ich riss mich zusammen. »'tschuldigung«, nuschelte ich und versuchte den Drang laut loszulachen zu unterdrücken. Aus dem Augenwinkel konnte ich sehen, wie sich ihre Kollegin die Strümpfe abstreifte und Noels Kopf freundlich aber bestimmt abwehrte, als er sie unten küssen

wollte. Jetzt hatte ich einen Ständer. Da ich mich noch immer wie ein Riese fühlte, war dieser Ständer mindestens einen halben Meter lang. Davon überzeugte sich Wanda, die ihre Hand zwischen meine Beine legte und zugriff. Sie knabberte an meinem Ohr. Es kitzelte wie verrückt. Dann nahm sie meine Hand und zog mich auf das andere Sofa. Die Musik machte eine Pause und ich hörte Noels Stöhnen. Laut und widerlich. Fast wie ein Grunzen. Ich nahm Wandas Hand und zog sie nach oben, bevor sie sich ihres BHs entledigt hatte. Auf keinen Fall wollte ich Noel dabei zusehen, wie er Sex hatte. Wanda ließ sich von mir in das Schlafzimmer von Noels Eltern führen. Dort gab es auch eine Stereoanlage. Sie schaltete die Musik an. Ausgerechnet Klassik, dachte ich, aber Wanda schien es zu gefallen. Sie wippte mit den Hüften im Dreivierteltakt und zog sich langsam aus. Kleine feste Brüste mit Brustwarzen, die voneinander wegschielten, kamen zum Vorschein.

»Soll ich Schuhe behalten?«, fragte sie. »Stehst du drauf?«

Ich nickte. Sie drehte ihren schmalen Hintern in meine Richtung und ließ ihren Oberkörper nach vorne fallen. Der Stringtanga verschwand beinahe in der Ritze ihres Pos. Ich musste hohl schlucken. Sie warf einen Blick zurück. Ich stand mit großen Augen vor dem Bett und kriegte den Mund nicht zu. Das schien ihr zu gefallen. Sie schob die Daumen ihrer Finger seitlich unter den schmalen Stoffstreifen ihres Slips und zog ihn in Zeitlupe nach unten. Jetzt konnte ich alles sehen.

»Komm«, sagte sie. »Mein Junge, komm.« Sie legte sich auf das Bett.

Ich ging zu ihr hinüber. Wir küssten uns. Und sie zog mich aus. So geschickt, dass ich es kaum merkte.

»Küss mich«, sagte sie. »Da unten.« Sie drückte meinen Kopf zärtlich aber bestimmt dorthin, wo sich ein schmaler Streifen Schamhaare wie eine Landebahn ohne Leuchtfeuer vor mir ausbreitete.

»Traust dich nicht?«, sagte sie, spreizte ihre Beine und strich mir mit den Fingern durchs Haar. Ich spürte ihre Fingernägel über meine Kopfhaut schrammen. Sie hielt ein Büschel Haare fest. Ich gab mich geschlagen und rutschte mit dem Kopf über ihren flachen Bauch nach unten. Zentimeter für Zentimeter. Sie ließ die Haare nicht los. Dann, gerade als ich meine Augen schloss und dazu bereit war, meine Zunge zwischen meinen Zähnen hindurchzuschieben, stieg mir ein bekannter Geruch in die Nase: Vanilleduft. Sofort hatte ich das Bild meiner Mutter im Kopf. Ich versuchte es abzuschütteln, aber zu dem einen Bild kamen immer neue dazu. Meine Mutter nackt auf der Terrasse. Meine Mutter nackt im Badezimmer. Meine Mutter mit mir in der Badewanne.
»Was ist?«, hörte ich Wandas Stimme unfreundlich über mir.
Der Duft drehte mir den Magen um. Ich zog den Kopf zurück. Spürte ein leichtes Brennen auf der Kopfhaut. Dort, wo sich Wandas Fingernägel in meine Haut gegraben hatten. Mein Ding stand immer noch auf Maximallänge. Wanda schien das anzuspornen. Schließlich war es ihr Beruf, Männer zu befriedigen. Sie fasste ihn an. Ich schlug ihre Hand weg.
»Junge, was ist?«, fragte Wanda.
Ich blickte in ihre Augen. In diese kühlen, berechnenden Augen. Sie klappte ihre Beine zusammen. Ich musste kotzen.

Siebenunddreißig

»Du machst mir Sorgen«, sagte Frau Malosa. Sie stand seitlich zu mir am Fenster und kümmerte sich um den sitzenden Buddha, der wieder zu röcheln angefangen hatte. »Weißt du, für *normal* gibt es keine eindeutige Definition. Oft bewegen wir uns auf einem schmalen Grat. Das betrifft nicht nur die Sexualität, sondern das ganze Leben.« Sie pustete in die Plastikleitung, die den Buddhabrunnen mit Wasser versorgte. »Aber die Sache mit den Prostituierten – das finde ich schon bedenklich. Ich verstehe ja, dass du Angst hast, mit deiner Freundin zu schlafen, weil du sie nicht enttäuschen willst, aber es kann doch auch schön sein, gemeinsam Erfahrung zu sammeln. Glaub mir, deine Freundin wird Verständnis haben, wenn nicht auf Anhieb alles klappt.« Sie seufzte. »Und wenn du davor mit einer anderen Frau schläfst, dann ist das erste Mal mit deiner Freundin auch nicht mehr das erste Mal.« Sie befestigte die Leitung wieder an der Pumpe und schaltete den Brunnen ein. Das Wasser quoll aus den Händen des Buddhas. Seit ich wusste, dass sich Frau Malosa an ihre ärztliche Schweigepflicht hielt, erzählte ich ihr das meiste von dem, was in meinem Kopf vor sich ging. »Und wenn wir feststellen, dass es mit uns einfach nicht geht. Dass wir sozusagen nicht auf derselben Sexwelle liegen. Sollen wir uns dann trennen?«

»Das wird schon nicht passieren. Du machst dir einfach zu viele Gedanken. Das erste Mal wird ohnehin überschätzt. Das ist wie bei allem: Übung macht den Meister.«

»Aber dann sollte ich vielleicht doch zuerst mit einer *Nutte* schlafen?«

Sie schnalzte mit der Zunge. »So hab ich das nicht gemeint. Und es hat dir ja auch nicht gefallen?«

»Ähm … geht so. War eigentlich nur der Geruch. Sonst fand ich die Frau schon okay.«
Sie verzog für einen Moment das Gesicht, fasste sich aber wieder und schaute mich neutral an. »Hat es dich denn nicht gestört, dass diese Frau nur aus finanziellen Gründen mit dir schlafen wollte?«
Ich schüttelte den Kopf. »Eigentlich nicht. Ich mein, Wanda hat keinen Zuhälter oder so. Und auf der Straße muss sie auch nicht stehen, falls Sie das denken. Sie ist keine normale Nutte. Eigentlich studiert sie noch und macht das als Nebenjob für einen Escortservice. Achthundert pro Nacht.«
»Und woher hat dein Freund so viel Geld?«
»Noels Vater ist stinkreich. Der hat mehrere Firmen und massenweise Kreditkarten. Der merkt gar nicht, wenn da was fehlt.«
Sie seufzte und notierte etwas auf ein Blatt Papier.
Ich runzelte die Stirn.
»Ist nur für mich. Damit ich weiß, wo wir das nächste Mal anknüpfen müssen.«
»Halten Sie mich für gestört?«
»Um Gottes willen, wie kommst du denn auf so was?« Sie lachte gekünstelt. »Mache ich den Eindruck?«
»Weiß nicht«, sagte ich und zuckte die Achseln. »Vielleicht denken Sie ja doch, dass ich nicht normal bin. Und ich mein, das denke ich ja selbst manchmal. Bei all dem, was in meinem Kopf vor sich geht.«
»Die Pubertät ist geprägt von solchen Stimmungsschwankungen«, sagte sie und lächelte bemüht. »Es passiert nur nicht so häufig, dass Jungen in deinem Alter so offen darüber reden, was in ihnen vorgeht.«
»Also bin ich doch nicht normal?«
»Doch … doch«, seufzte sie. »Wenn du meinst, dass du weniger Angst hast vor dem ersten Mal, wenn du davor mit einer Prostituierten schläfst, dann ist das auch okay – irgendwie. Ich verste-

he ja deine Motivation. In gewisser Weise ehrt dich das ja auch.«
»Würden Sie mir empfehlen, wieder regelmäßig Tabletten zu schlucken?«
»Nachdem, was du mir geschildert hast, halte ich das für keine gute Idee.«
»Ich will nur nicht, dass Sie mich für uneinsichtig halten oder so. Es mir fällt einfach total schwer, mit all den Gefühlen klarzukommen. Manchmal weiß ich einfach nicht, wer ich bin, und dann geht's mir total beschissen, und wenn ich dann Alkohol trinke (die Kifferei wollte ich nicht erwähnen) oder mir dosenweise Redbull reinschütte, fühl ich mich kurz besser. Dann verändert sich die Welt und alles ist easy.« Ich machte eine Pause, weil Frau Malosa an ihren Fingernägeln rumspielte und ich das Geräusch, das hohe *Schnipp-schnipp, Schnipp-schnipp* nicht mochte. Sie griff nach dem Kugelschreiber. »Ähm … mach weiter.«
»Also, ich frag mich eben, ob das die Welt ist – also, wenn ich was getrunken hab – wie sie alle sehen – alle *Normalen*, alle Glücklichen – oder ob mir mein Gehirn einen Streich spielt und es mir deshalb immer so schlecht geht, wenn ich wieder nüchtern bin.«
»Du bist sehr intelligent.« Frau Malosa legte den Kugelschreiber aus der Hand. Sie hatte ihn auseinandergebaut und dabei ihre Finger mit königsblauer Tinte beschmiert. »Bei Alkohol wird man ungehemmter. Dasselbe gilt für viele andere Drogen. Bei übermäßigem Konsum verändert sich dein Gehirn, um es einfach auszudrücken. Dann gerät sozusagen das Verhältnis der Botenstoffe in deinem Kopf aus dem Gleichgewicht. Ich hab dir ja schon mal erklärt, wie viel davon abhängt.«
Ich nickte. »Und was ist mit Liebe?«
»Mit Liebe?«, fragte sie und runzelte die Stirn. »Wie meinst du das?«

»Na, wenn alle Gefühle davon abhängen, was in welcher Konzentration durch meinen Kopf rauscht, dann heißt das doch auch, dass man sich mit den entsprechenden Medikamenten in unbegrenzt viele Frauen verlieben kann oder mit ihnen Sex haben will. Und wenn das so ist, dann dürfte es doch gar keine Gefängnisse geben.«

»Das verstehe ich jetzt nicht.«

»Na, wenn jemand einem andern wehtut, ihn zusammenschlägt oder vergewaltigt, dann sind daran doch eigentlich die Botenstoffe schuld und nicht der Mensch selbst. Ist ja nicht sein Wille. Also nicht richtig, sozusagen.«

Sie seufzte. »Das geht mir jetzt etwas zu weit.« Ihre Augen blickten unruhig umher. »Vielleicht ... ich weiß nicht, was ich sagen soll. Ja, vielleicht sollte ich dich doch mal an einen Kollegen vermitteln, der sich auf diesem Gebiet besser auskennt.«

»Nein, nein, schon gut. War nur ’ne Überlegung. Ich ... im Prinzip bin ich mir ziemlich sicher, dass ich keine Medikamente mehr nehmen will. Ist alles manchmal nur etwas verwirrend.«

Ich schaute auf meine Uhr.

»Ist was?«

»Könnten wir ausnahmsweise etwas früher Schluss machen? Ich muss noch meinem Vater im Geschäft helfen.«

»Hast du schon mal mit ihm über dich gesprochen?«

Ich schüttelte den Kopf. »Ist mir irgendwie peinlich. Er soll sich keine Sorgen machen. Eigentlich geht es mir ja gut.« Ich schaute auf die Uhr. »Ich muss leider, sonst ...«

»Wegen dieser Frauen. Vielleicht solltest du doch besser abwarten, bis deine Freundin soweit ist. Ich weiß nicht, wie sie damit klarkommt, wenn du ihr davon erzählst, dass du professionelle Hilfe in Anspruch genommen hast. Eventuell sieht sie das als Vertrauensbruch.«

»Wahrscheinlich haben Sie recht.« Ich schulterte meinen Rucksack.

»Was ist eigentlich aus dem Mann in der Schaltzentrale geworden? Ist noch mal was passiert?«
Ich schüttelte den Kopf und lächelte. »Ich glaub, er lässt mich in Ruhe. Solange ich keinen Mist baue und nicht mehr lüge.«
»Dann ist ja gut.«

| Achtunddreißig |

Ich rollte über den Radweg nach Hause und versuchte, möglichst jeder Nacktschnecke auszuweichen, die der Regen aus den Feldern spülte. Im Laden war den ganzen Nachmittag die Hölle losgewesen. Mein Vater konnte gar nicht fassen, wie gut meine Idee, alte Dias und Fotos einzuscannen und nachzubearbeiten, bei seinen Kunden ankam. Ich würde Noel um Hilfe bitten müssen, um alle Aufträge termingerecht zu erledigen. Der Wind drückte gegen mein Regencape. Ich stemmte mich in die Pedale. Die letzte Steigung kitzelte in meinem Bauch. Fünfmal treten, dann die nächste Laterne. Wie einen Kinderreim wiederholte ich den Spruch in Gedanken, um das Brennen in den Oberschenkeln besser zu ertragen. Ich war schneller als sonst. Vielleicht hätte es sogar für eine erfolgreiche Bergwertung bei der Tour de France gereicht. Ich dachte gerade an das Gespräch mit Frau Malosa. Wahrscheinlich war es wirklich das Beste, gemeinsam mit Kira meine Jungfräulichkeit zu verlieren. Irgendwie würden wir das schon hinbekommen. Ich lächelte in mich hinein. Nur kurz. Zwei maskierte Gestalten waren aus dem Gebüsch gesprungen und versperrten mir den Weg. Auch wenn keiner der beiden etwas sagte, wusste ich sofort, dass der Linke mit dem Schlagring Karim war. Eine Bewegung genügte. Er besaß die Geschmeidigkeit einer Katze. Der flache Hinterkopf machte die Sache eindeutig. Ursache und Wirkung. Ich hatte ihm die Nase gebrochen, jetzt bekam ich dafür die Quittung. Zwar etwas zeitverzögert, aber ich konnte es ihm nicht übelnehmen. Sein Kumpel stand breitbeinig neben ihm. Ein bulliger Typ mit leichtem Bauchansatz und Männerbusen. Die Eisenstange in seinen Händen sah ziemlich verrostet aus. Der erste Schlag traf meine Unterarme

wenige Zentimeter über dem Handgelenk. Ich versuchte das Gleichgewicht zu halten, fuhr noch ein, zwei Meter und flog dann rückwärts vom Rad. Mein Kopf prallte auf den Asphalt. Für Sekunden war ich entspannt, aber auch bewusstlos.
»Scheiße, ich glaub, der ist tot«, hörte ich Karims Stimme durch einen Berg aus Watte, als ich wieder zu mir kam. Jemand trat mir in die Seite. Ich stöhnte, ohne die Augen zu öffnen.
»Der ist nicht tot.«
Ich hatte keine Lust mehr, den Bewusstlosen zu markieren. Du kannst deinem Schicksal nicht entfliehen, dachte ich. Irgendwann wird er dich erwischen, der Typ aus der Schaltzentrale. Also bring es hinter dich. Vielleicht lässt er dich dann endlich in Ruhe. Seltsamerweise dachte ich in dem Moment auch an Elton. Wahrscheinlich hatte er die beiden losgeschickt, um mir die Fresse zu polieren, weil ich sein Leben ruiniert hatte.
Karims Gesicht musste direkt über mir sein. Ich konnte seinen schalen Atem riechen.
»Hallo, Karim«, begrüßte ich ihn und riss die Augen auf. Die Überraschung lag auf meiner Seite. Natürlich wäre es besser gewesen, einfach liegen zu bleiben und zu warten, bis die beiden fort waren, aber sämtliche Schaltkreise in meinem Kopf weigerten sich, das zu tun, was man von ihnen erwartete. Ich hätte abhauen können. Karim und ich waren etwa gleich schnell. Die Chancen wären also fifty-fifty gewesen. Aber dann hätte ich immer die Angst im Nacken gespürt, eines Tages erwischt zu werden. Und so wie ich den Typen aus der Schaltzentrale einschätzte, war es auch ihm ein Bedürfnis, mich zu bestrafen. Das nannte man wohl ausgleichende Gerechtigkeit.
Karims Nase sah unter der Maske ein wenig gekrümmt aus. Das Nasenbein hatte einen kleinen Höcker. Der Chirurg hatte gepfuscht.
Ich stand auf. Ich klopfte mir den Dreck von der Hose und setzte ein Lächeln auf, um meine Angst zu überspielen. Durch mei-

nen Kopf flackerten plötzlich seltsame Gedanken. Ich dachte an Kira. Für einen Moment war ich mir sicher, sie zu lieben. Ein warmer Strom vom Kopf bis zu den Zehenspitzen lief durch meinen Körper. Ich war froh, sie nicht mit einer Nutte betrogen zu haben. Ich war froh, noch immer Jungfrau zu sein. Als Nächstes wurde mir schwindelig. Sobald ich einen Punkt – noch immer Karims Nase – fixierte, fing die Welt an, sich nach links zu drehen. Ich hatte das Gefühl, zu wanken.
»Und jetzt?«, fragte ich und breitete meine Arme aus, als sei ich eine Art Hilfsjesus.
Karims Freund drehte die Eisenstange in seinen Händen. »Soll ich?«, fragte er zu Karim gewandt. »Der macht sich über uns lächerlich.«
»Lustig«, verbesserte ich ihn.
»Arschloch!«, blaffte er.
»Fangt endlich an. Ich wehre mich nicht.« Sternchen funkelten vor meinen Augen. Gleich würde ich zusammenklappen. Mir wurde kalt. Meine Hände fühlten sich taub an.
»Er wehrt sich nicht«, wiederholte Karims Kumpel.
»Weil er uns erkannt hat, du Idiot!«, sagte Karim und zog die Strumpfmaske vom Kopf.
Sein Kumpel tat dasselbe. »Wenn ich mit ihm fertig bin, weiß er nicht mehr, wie er heißt.«
»Ich will nachher noch fernsehglotzen«, meldete ich mich zu Wort. Die Welt drehte sich. Ich schloss für einen Moment die Augen.
»Du bist nicht normal«, hörte ich von irgendwoher eine Stimme flüstern. Eine zweite sagte: »Hau ab, du Missgeburt! Was willst du dir damit beweisen?«
Als das Karussell kurz stoppte, sagte ich: »Könntet ihr endlich anfangen?«, und machte einen Schritt auf Karims Kumpel zu. Ich wankte wie ein Seemann auf Landgang. Meine Arme hingen locker an der Seite. »Schlag endlich zu. Ich hab's verdient.« Ich

schaute zu Karim. »Das wegen der Nase tut mir leid«, presste ich hervor. »Ehrlich. Sorry noch mal.«
Karim schüttelte ungläubig den Kopf. »Du bis nicht ganz sauber, oder?«
»Nein, normal bin ich nicht«, sagte ich angestrengt.
»Was ist jetzt?«, fragte Karims Kumpel ungeduldig. »Der taumelt ja schon.«
Ich spürte etwas Feuchtwarmes an meinem Hinterkopf, fasste hin und sah das Blut an meiner Hand. Die beiden Angreifer standen unentschlossen vor mir. Meine blutige Hand wirkte wie das Leuchtfeuer einer Ampel. Bei Rot stehen, bei Grün gehen. Sie bewegten sich keinen Millimeter.
Ich konnte nicht mehr länger warten und setzte das fieseste Grinsen auf, das ich auf Lager hatte. »Karim, sag deinem fetten Kumpel endlich, dass er zuschlagen soll.« Ich lachte ein kehliges, aufgesetztes Lachen. Es funktionierte. Der Typ aus der Schaltzentrale akzeptierte mein Angebot.

Neununddreißig

Mein Erwachen war ein Déjà-Vu. Ein Geruchs-Déjà-Vu. Noch bevor ich die Augen öffnete, meldete meine Nase, dass ich im Krankenhaus lag. Mein linkes Auge war zugeschwollen, der Blick verschleiert. Ich öffnete das rechte, und ein greller Lichtstrahl bohrte sich in meinen Kopf. Pulsierende Flecken mit ausgerissenen Rändern tanzten im Kreis. Mir wurde übel. Ich bewegte meinen Kiefer. Er tat etwas weh, aber gebrochen schien er nicht zu sein. Dann Arme und Beine – schwerfällig, aber unverletzt. Nur meinen linken Arm hatte es erwischt. Mit der rechten Hand ertastete ich einen Gips, der von den Fingerspitzen bis zum Ellenbogen führte. Ich öffnete noch einmal mein rechtes Auge, keine Lichtflecken, sondern zugezogene Vorhänge rechts von mir und das leise Summen der Neonröhren über mir. Es musste spät abends sein oder früh am Morgen. In meiner rechten Hand steckte eine Kanüle, die über einen Schlauch mit einem halb durchgelaufenen Tropf verbunden war.

»Was machst du nur für Sachen?«, fragte eine Stimme aus unbekannter Richtung. Vielleicht nahm sich Gott jetzt persönlich meines Schicksals an. »Hier drüben.«

Ich drehte meinen Kopf nach links. Soweit es ging. Meine Halswirbel knackten. Neben meinem Bett, halb verdeckt von der Nachtkonsole, saß Herr Riegert. Er rückte mit dem Stuhl in mein Blickfeld. Seine Hände stützten sich auf den Griff eines Stocks und zitterten. »Hast ganz schön Prügel eingesteckt.«

Ich versuchte etwas zu sagen, brachte aber nur ein heiseres »Ja« heraus.

»Warte«, sagte Herr Riegert. Ein Ruckeln. Mein Kopfteil fuhr nach oben. Er reichte mir einen Schnabelbecher, dessen Mundstück widerlich angekaut aussah. Aber mein Verlangen nach Flüssigkeit war größer als die Angst vor Herpes. Ich setzte den Plastikstutzen an meine Lippen, die sich wie zwei taube Schläuche anfühlten. Als hätte man mich irgendwo in der Wüste aufgegabelt, so großartig fühlte sich der Kamillentee in meinem Mund an. Ich spürte, dass ich sabberte, aber es war mir egal. Herr Riegert nahm ein Tuch, wischte mir den Mund ab und setzte sich wieder auf den Stuhl.

»Mich haben sie mal im Klo der Schule verdroschen, wegen einem Wurstbrot. Aber darum ist es in deinem Fall wohl nicht gegangen.«

Ich setzte den Schnabelbecher ab und räusperte mich. »Seh ich arg schlimm aus?«

»Frankenstein muss deine Konkurrenz nicht fürchten, aber dein Spiegelbild solltest du vielleicht vorerst trotzdem meiden.« Er lächelte flüchtig und wurde wieder ernst. »Jemanden so zuzurichten. Das ist feige. Sehr feige.«

»Glauben Sie mir, wenn ich ihnen sage, dass ich mich an nichts erinnern kann?«

»Du meinst, so wie damals nach deinem Sturz in der Turnhalle?«

»In etwa.«

»Niemand hat es verdient, dass man ihn zusammenschlägt.«

»Ich schon.«

»Du kennst die, die dich so zugerichtet haben?«

Ich nickte.

»Aber du willst sie nicht verraten?«

Ich schüttelte den Kopf. »Können Sie meinen Eltern bitte nicht sagen, dass –«

»Du mir vertraust?«, vollendete er den Satz und nickte.

»Wissen Sie, manchmal ist alles so kompliziert. Ich steig da einfach nicht durch, warum alles immer schiefgeht.«

Herr Riegert nahm mir den Schnabelbecher ab und stellte ihn zurück auf die Nachtkonsole.

»Ich muss Ihnen was beichten«, sagte ich und setzte mich aufrecht hin. »Wegen Elisabeth Berger …«
»Was ist mit ihr?« So wie seine Augen jetzt leuchteten, überlegte ich, einen Rückzieher zu machen.
»Sie gibt es nicht, nicht wirklich. Ich … wir … wissen Sie, ich wollte Sie nicht enttäuschen. Es ist nicht fair, dass sich nur Frauen gemeldet haben, die sich für Geld und so interessieren.«
Herr Riegert blickte mich stumm an.
»Es tut mir leid. Ich, ich mach alles falsch.«
Er schüttelte den Kopf und lächelte dabei leicht. »Ich hab das von Anfang an gewusst. Da waren ein paar Ungereimtheiten. Der Krieg, die Flucht nach Neuseeland, das Alter. Hat nicht ganz hingehauen.«
»Ich war noch nie gut in Geschichte.«
»Aber woher ist das Bild?«
»Noel – mein bester Freund – und ich, wir haben es am Computer entworfen. Kinn, Nase, Augen, Mund. Sind alles Einzelteile.«
»Gute Arbeit.«
»Sie sind also nicht sauer?«
»Wieso? Weil du einem alten Trottel nette Briefe geschrieben hast? Dafür bin ich dir dankbar. Ich durfte noch einmal spüren, was es heißt, gemocht zu werden. Und im Übrigen hab ich auch nicht immer die Wahrheit gesagt. Was mein Alter anbetrifft, hab ich ein wenig geschummelt. Ich bin nicht achtundsiebzig, sondern siebenundachtzig. Hab gedacht, das steigert meine Chancen.« Er zuckte mit den Schultern. »Und eigentlich hab ich auch nur einmal in meinem Leben geliebt. Richtig geliebt. Sie war Tänzerin in Paris. Ich hab ihr den Hof gemacht. Hat aber nicht gereicht. Sie hat sich für einen anderen entschieden.«
»Und danach hatten Sie keine Frau mehr.«
Er schüttelte den Kopf. »Jede andere Frau wäre ein Kompromiss gewesen. Das konnte ich niemandem antun.« Er schmunzelte.

»Natürlich hatte ich die eine oder andere Affäre und vielleicht war ich auch ein paarmal verliebt, aber so wie bei Marie war es nie wieder.«

»Hat sie Sie abblitzen lassen?«, fragte ich vorsichtig.

Herr Riegert schüttelte den Kopf. »Soweit ist es erst gar nicht gekommen. Ich war ein junger Bursche, musst du wissen. Anfang zwanzig. Dünn wie eine Bohnenstange und auch nicht gerade von der Sorte Mann, nach dem sich die Frauen umdrehen. Ich hab nie ein Wort mit ihr gesprochen. Sie war unerreichbar, verstehst du?«

Ich schaute ihn fassungslos an. »Sie haben nie mit ihr gesprochen? Aber dann … vielleicht –«

»Glaub mir, es ist gut, wie es ist. Ich bereue meine Entscheidung nicht. Marie ist der schönste Traum meines Lebens. Wäre er in Erfüllung gegangen, wer weiß, wie sich alles entwickelt hätte. Träume machen einen manchmal glücklicher, wenn sie unerfüllt bleiben.«

»Und Sie haben die Frau seit damals nie wiedergesehen?«

Er schüttelte den Kopf. »Ich bin nach dem Studium aus Paris weggezogen.«

Die Tür wurde vorsichtig aufgedrückt. Eine Krankenschwester streckte ihren Kopf herein. »Herr Riegert! Hier sind Sie!« Sie kam herein. »Wir haben Sie überall gesucht. Sie können nicht mitten in der Nacht herumgeistern und fremde Patienten belästigen. Und das in Ihrem Zustand.« Sie schob ihren Arm unter seinen und half ihm beim Aufstehen.

»Er hat mich nicht belästigt«, sagte ich. »Was …«

Erst jetzt sah ich, dass er unter seinem Sakko einen Pyjama trug und seine Füße in ausgelatschten Filzpantoffeln steckten.

»Bis morgen, mein Junge.« Herr Riegert zwinkerte mir zu.

| Vierzig |

Die Kirche war an diesem Sonntag schlecht besucht. Wahrscheinlich war es jeden Sonntag so, außer an Weihnachten. Ich wusste es nicht, weil ich schon seit Ewigkeiten nicht mehr unter den Augen des gekreuzigten Jesus gesessen hatte. Mit gefalteten Händen und wirren Gedanken. Die bunten Fensterscheiben hinter dem Altar wurden von innen angestrahlt. Sie verbreiteten trotz des trüben Wetters ein warmes Licht. Rechts neben mir saß Herr Riegert. Er hatte Mühe, die Augen offen zu halten. Es ging ihm nicht besonders. In den letzten Wochen, seit man ihn aus dem Krankenhaus entlassen hatte, war er bis auf die Knochen abgemagert. Von einer Schwester hatte ich erfahren, dass er nicht nur Herzprobleme hatte, sondern auch Krebs und man in seinem Alter da nicht mehr viel tun konnte. Die Vorstellung, dass er bald zum Himmel – oder wohin auch immer – auffahren würde, machte mich traurig.

Ich hielt Kiras Hand fest. Immer wieder durchfuhr sie ein heftiges Zucken, als sei sie an Strom angeschlossen. Neben ihr saß Jana. Sie hatte dunkle Ringe unter den Augen und schlechte Laune. Vermutlich aus Liebeskummer. Tom hatte sich schon länger nicht mehr blicken lassen.

Die Orgel spielte eine Folge von Moll-Akkorden. Jana hielt Kira das Gesangbuch hin. Die beiden begannen zu singen. Meine Eltern schritten nach vorne zum Altar. Sie waren das dritte Paar an diesem Morgen, das sein Eheversprechen erneuerte. Die anderen Paare waren deutlich älter gewesen und mindestens doppelt so lange verheiratet. Mein Vater trug seinen dunkelbraunen Anzug. Das Cordjackett spannte über dem kleinen Bauchansatz. Seine widerspenstigen Locken hatte er zu einem Pferdeschwanz gebunden, unter dem Hosensaum lugten schwarze, nagelneue Chucks hervor, die er sich erst gestern gekauft hatte. Meine Mutter versank in einem cremefarbenen Knäuel aus Tüll und Seide. Weil man ihre Füße nicht sehen konnte, hatte man den Eindruck, dass sie über den Steinboden zum Altar schwebte. Sie lächelte im Vorbeigehen. Mein Vater konnte nicht verbergen, dass ihm die Zeremonie unangenehm war. Er hasste es, im Mittelpunkt zu stehen. Und jetzt waren alle Augen auf ihn gerichtet. Die monotone Stimme des Pfarrers und die immer wieder eintretende Stille bewirkten, dass Kira unruhiger wurde. Zwar musste sie als angehende Bestatterin fast wöchentlich in die Kirche gehen, aber heute saß sie nicht in der Nähe des Ausgangs, sondern in vorderster Reihe. Auf dem Präsentierteller. Der Pfarrer rief die Gemeinde zum stillen Gebet auf. Und tatsächlich wandte ich mich zum ersten Mal in meinem Leben bewusst an Gott. Ich betete für Kira, dass sie den Gottesdienst überstand, und ich betete für Herrn Riegert, dass er noch eine Weile lebte. Das Gebet ging schnell zu Ende. Zu schnell. Ich schaffte es nicht mehr, den Typen in der Schaltzentrale einzubeziehen. Ich weiß, dass ich mich langsam wie ein Psychopath anhöre, aber wer glaubt schon an Zufälle? Ich hatte jedenfalls damit aufgehört.

Kira quälte sich. Die Zuckungen auf ihrem Gesicht waren Vorboten einer größeren Entgleisung. Ich streichelte ihre Hand mit dem Daumen. Die Bewegungen des Pfarrers sahen aus wie in Superzeitlupe. Jetzt mach schon, dachte ich. Endlich erneuerten meine Eltern ihr Eheversprechen. Herr Riegert klatschte. Als Einziger. Er lächelte und klatschte und machte ein zufriedenes Gesicht. »Das ist toll«, sagte er mit brüchiger Stimme.

Ich nickte. Der Pfarrer war kurz irritiert über den Gefühlsausbruch. Er räusperte sich in unsere Richtung. »Wir beten nun das Vaterunser.«

Kiras Hand wurde von starken Impulsen durchzuckt.

»Ist gleich vorbei«, flüsterte ich ihr zu.
Die Gemeinde nuschelte: »Vater unser im Himmel ...«
Kira hielt es nicht mehr länger aus. »Wer früh beginnt, für den gibt es kein Zurück«, murmelte sie eines ihrer Shakespeare-Zitate und riss dabei die Augen auf, als würden sie gleich herausfallen. Vereinzelt drehten sich Köpfe in unsere Richtung. Kira stieß Jana an. »Ich muss raus hier!«, sagte ihr Blick. Die Gemeinde fuhr fort: »Geheiligt werde dein ...« »PIMMEL!«, rief Kira über die gesenkten Köpfe hinweg. Ein lautes und deutliches »PIMMEL«, das durch das Kirchenschiff, auf die Empore zum Organisten, nach vorne zu den Ministranten und wieder zurückgeworfen wurde. Die glatten Wände spielten Ping Pong mit diesem so unchristlichen Wort. »PIMMEL!« Ich konnte nicht anders und musste lachen. Meine Schwester presste sich die Hände vor den Mund, gluckste und brach schließlich auch in schallendes Gelächter aus. Der Pfarrer drehte sich zum Altar. Das Ansteckmikrofon an seinem Talar übertrug einen unterdrückten Grunzlaut an die Lautsprecher. Kira sprang auf. Sie hatte Tränen in den Augen. Ich wollte sie festhalten, aber sie riss sich los, stolperte zum Mittelgang und rannte nach draußen. Der Pfarrer drehte sich wieder zur Gemeinde. Sein Gesicht leuchtete bläulichrot, wie Regenwolken vor einem Unwetter. Er räusperte sich und begann noch einmal mit dem Vaterunser.
»Worauf wartest du?«, flüsterte meine Schwester. »Geh ihr nach!«
Ich schaute zu meiner Mutter. Sie deutete mit dem Kopf zum Ausgang. Ich quetschte mich durch die Bank und lief nach draußen. Keine Spur von Kira. Ich ging um die Ecke und blickte die Hauptstraße hinunter. Nur eine Gruppe Touristen mit aufgespannten Regenschirmen. Ich rannte bis zum unteren Ende der Fußgängerzone. Kira wohnte oberhalb der Stadt. Durch den Weinberg konnte man eine Abkürzung nehmen. Vielleicht würde ich sie auf halbem Weg abfangen. Leider hatte der Regen die

schmalen Stufen in eine glitschige Rutschbahn verwandelt. Meine Schuhe fanden kaum Halt. Ich blieb an einem Metallrohr hängen, stolperte und riss mir die Hose auf. Mein linkes Knie blutete.

Als ich endlich vor Kiras Haus ankam, sah ich aus, als hätte ich mich mit einer Footballmannschaft im Dreck gewälzt. Meine Haare waren triefnass und das Sakko hatte ich bei einem weiteren Sturz am Rücken aufgerissen. Ich klingelte Sturm. Kira öffnete die Tür. Ihre Haare waren zerzaust und ihr Rock voller Flecken. Tränen hatten das Make-up aufgelöst und ihre Augen in zwei dunkle Löcher verwandelt. »Was willst du noch?«, fuhr sie mich an. »Reicht dir nicht, was passiert ist?«

Ich machte einen Schritt auf sie zu, wollte sie in die Arme nehmen, doch sie stieß mich mit solcher Kraft zurück, dass ich mich am Treppengeländer festhalten musste, um nicht zu stürzen.

»Ich bin verrückt!«, schrie sie. »Geh und such dir 'ne Neue.«

»Beruhig dich«, sagte ich, »ist doch nichts passiert.« Ich streckte meine Hand nach ihrem Gesicht aus. Sie wich zurück. »Nichts passiert!«, keifte sie. »Ich … ich hab alles versaut.«

»Hast du nicht.«

»Ich hasse meine Krankheit. Ich hasse es, so zu sein, wie ich bin.« Sie schwieg einen Moment. Ich berührte sie an der Schulter. Sie sah so verletzlich aus. Ein Tick ließ ihren Kopf mehrmals nach links drehen. Sie klapperte mit den Zähnen. »Ich bin eine Marionette, verstehst du.« Sie klopfte mit der flachen Hand auf ihre Hüfte. Mit aller Macht schien sie dagegen anzukämpfen, dass ihre Nerven sich selbstständig machten. »Ich hasse es, so zu sein. Ich hasse es! Ich will auch normal sein, verstehst du?«

Ich nahm sie in die Arme. Sie weinte. Wankend bewegten wir uns in den Vorraum. Ohne zu reden standen wir da. Minutenlang. Durch die offene Haustür wehte ein kühler Wind herein.

»Küss mich«, flüsterte sie.

»Was?«, fragte ich überrascht.

»Küss mich.« Sie presste ihre Lippen auf meine. Sie schob ihre Zunge in meinen Mund, nahm meine Hand und legte sie auf ihren Busen. Ihr Herz schlug wie verrückt. Ich wollte etwas sagen, aber sie küsste mich. Harte, fordernde Küsse. Und ich wusste, dass ich nicht aufhören durfte, wollte ich sie nicht noch mehr verletzen. Wir standen am Fuß der Treppe. Ich spürte ein paar Regentropfen, die der Wind hereinwehte, und versuchte den Verstand auszuschalten. Kira stoppte. Ich öffnete die Augen. Ihre Lippen glänzten feucht. Ihre Hand streifte über meine Wange. »Lass es uns tun! Auf, komm!«

»Kira, es …«

»Was ist? Gefall ich dir nicht?«

»Doch, aber vielleicht ist es der falsche Zeitpunkt.«

»Quatsch, falscher Zeitpunkt. Auf, komm.« Sie tänzelte die Treppe hinauf und lächelte. Spielte sie eine Rolle? Sie blieb auf halber Höhe stehen. »Du liebst mich doch, also kannst du auch mit mir schlafen.« Sie schlüpfte aus ihrer Bluse. Dann aus ihrem Rock. Als Nächstes zog sie sich den BH über den Kopf. Sie war schön. Sehr schön. Ich folgte ihr nach oben. Stufe für Stufe. Durch den Gang mit den vielen Bildern. In ihr Zimmer. Nun war sie nackt bis auf die Haut. Sie stand vor dem Fenster. Die Sonne schob sich mit Speerspitzen durch die Wolken und strahlte sie von hinten an. Wie ein Engel breitete Kira ihre Arme aus. Kein Tick, der ihr eine Bewegung aufzwang. Sie kam auf mich zu. Ich umfasste ihre Hüften. »Heute ist unser Tag«, flüsterte sie. »Davon hast du doch geträumt.« Sie sank an mir herab und zog meinen Hosenladen auf. Ich wehrte mich dagegen, etwas zu empfinden, aber der Teil unterhalb meiner Gürtellinie gehorchte mir nicht. Und wozu auch? Vielleicht liebte ich sie tatsächlich. Vielleicht war es okay, es jetzt zu tun. An diesem Tag, in dieser Stunde.

Kira zog mich aus. Küssend wankten wir hinüber zum Sofa. Sie zog mich heran. Ich blickte kurz zu meiner Hose, im Portemonnaie hatte ich ein Kondom.

»Ich nehme die Pille«, sagte Kira und faltete ihre Beine auseinander. Sie schien an alles gedacht zu haben. Ich musste nicht vor ihren Augen mit einem glitschigen Gummi rumfummeln. Keine Zwangspause, die diesen Film unterbrach. Jetzt ist es soweit, dachte ich und spannte alle Muskeln an. Hier werde ich zum ersten Mal Sex haben. Hier werde ich meine Jungfräulichkeit verlieren. Korrektur! Hier werden *wir* unsere Jungfräulichkeit verlieren.
»Musst keine Angst haben«, sagte Kira und bewegte ihre Hüften in meine Richtung. »Ich bin keine Jungfrau mehr.«
»Was? Du ... du bist keine Jungfrau mehr?«, sagte ich fassungslos. »Ich ... ich dachte –«
»Jungs wollen doch immer der Erste sein. Deshalb hab ich das gesagt.« Sie zog mich heran. »Ist doch egal. Auf, mach schon.« Sie wollte mich küssen. Ich wich zurück. Wieso hatte sie mir das verschwiegen? Ich schob ihre Schenkel zur Seite und stand auf. Mein Ding hatte sich zurückgezogen. Wie eine Schnecke in ihr Schneckenhaus.
»Was ist los?«, fragte Kira und setzte sich auf. »Bist du jetzt enttäuscht, dass du nicht der Erste bist? Das kann doch nicht dein Ernst sein.« Sie lächelte verunsichert.
»Du hast mich angelogen. Das ist nicht okay.«
»Das erste Mal – scheiß drauf. Ist doch total unwichtig. Sei doch froh, dass du mich nicht länger wie ein rohes Ei behandeln musst. Das erste Mal ist Schrott, verstehst du. Das tut nur weh. Nichts weiter.«
»Du hättest es mir sagen müssen.«
»Wozu?«, sagte Kira wütend. »Damit du dich mehr traust, oder was?«
»Was soll das jetzt heißen?«
Sie seufzte. »Du bist ein Sensibelchen – manchmal – aber das ist auch schön. Deshalb mag ich dich. Meine ersten beiden Freunde waren Arschlöcher. Die wollten nur mit mir ins Bett gehen. Du bist anders. Du bist netter.«

»›Netter‹«. Wie toll! Du liebst mich also gar nicht? Ich bin nur nett.«
»Doch, doch, vielleicht. Weißt du genau, was Liebe ist? Hast du mich bisher – außer Noel – einem deiner Freunde vorgestellt?«
»Ich … ich …« Ich hob meine Sachen vom Boden auf.
»Warum willst du jetzt abhauen? Weil du nicht der Erste bist? Ist nicht dein Ernst, oder?« Sie schüttelte ungläubig den Kopf.
»Du hättest es mir sagen müssen.«
»Wozu denn? Ist doch so was von egal, das beschissene erste Mal. Jetzt reg dich wieder ab.«
Ich hob mein T-Shirt vom Boden auf und schlüpfte hinein.
»Ich hab mich wohl getäuscht!« Kira warf mir meine Unterhose vor die Füße. »Du bist nicht besser als die andern Jungs. Du tust nur so verständnisvoll. Ist wohl deine Masche. Dann hau halt ab, du Arsch, und lass dich nie wieder blicken!«

| Einundvierzig |

Als ich zu Hause ankam, war die Party bereits in vollem Gange. Ich hatte versucht, Noel zu erreichen, aber er war nicht an sein Handy gegangen. Deshalb hatte ich den ganzen Nachmittag im Wald verbracht. Ich hatte nicht gewusst, wo ich sonst hingehen sollte. Ich wollte über alles nachdenken und nicht von Verwandten umringt sein, die einem das Ohr mit Geschichten aus früheren Zeiten abkauten und sagten, was für ein großer Junge ich doch geworden sei. Auf der Bank vor der halbzerfallenen Hütte blieb ich hocken und ritzte aus Langeweile und irgendwie auch aus Verzweiflung die Initialen von mir und Kira in das feuchte Holz. Direkt neben die meiner Eltern. Wieso hatte sie mir nicht gesagt, dass sie keine Jungfrau mehr war? Wieso hatte sie nie den Mund aufgemacht? Und warum regte ich mich so sehr darüber auf? Weil ich der Erste sein wollte? War ich wirklich so einfach gestrickt? War es mir so wichtig, dass ich der Erste war, der seinen Schwanz in sie reinsteckte? Warum machte mich der Gedanke, dass sie es schon einmal mit einem andern gemacht hatte, so wütend? Bis vor Kurzem wollte ich sie doch noch verlassen. Und jetzt nahm ich mir das Recht heraus, sie abstoßend und schmutzig zu finden, weil sie es mit einem andern getan hatte. Was war ich nur für ein selbstgerechter Idiot?
In meinem Magen brannte es. Vor Sehnsucht, vor Hass, vor Enttäuschung. Liebte ich sie also doch? Oder wie sollte ich diese beschissene Leere in mir deuten? Ich zog mein Handy aus der Tasche und rief sie an. Sie ging nicht ran. Recht hatte sie.

Ich erklärte meiner Mutter, dass Kira der Vorfall in der Kirche peinlich sei und sie deshalb nicht mitgekommen war. Ich trank

von der Bowle, um den Gedankenstrom in meinem Kopf auszutrocknen. Mein Vater tanzte ausgelassen und betrunken durchs Wohnzimmer. Er zappelte zu den Rolling Stones, sang mit Frank Zappa »Bobby Brown«, spielte Luftgitarre zu Bryan Adams und fiel meiner Mutter um den Hals. Im Schwarzlicht schimmerte ihr Tüllkleid wie ein überdimensionaler Lampion. Herr Riegert saß zusammengesunken im Ohrensessel. Er schlief tief und fest, während um ihn herum eine heitere Meute Luftsprünge machte. Jana war nicht da. Vielleicht war ihr der Rummel zu viel. Sie hatte ja Liebeskummer. So wie ich. Liebeskummer. Ein Wortpaar, das mir in seiner Bedeutung erst jetzt bewusst wurde. Liebe und Kummer. So schnell konnte es gehen. Schwerfällig pumpte mein Herz dickflüssiges Blut durch die Adern. Vielleicht würde es gleich stehen bleiben. Sich ein letztes Mal ausdehnen wie ein Luftballon und mit einem lauten Knall in Stücke reißen. Ich würde innerlich verbluten. Neben der Tanzfläche. Unbemerkt sterben. Aber der Schmerz würde aufhören.
Der DJ ließ es sich nicht nehmen, dämliche Ansagen in das Mikrofon zu rotzen. Bei einer Rock-Nummer drehte er die Nebelmaschine bis zum Anschlag auf und brachte die Leute reihenweise zum Husten. Man konnte kaum noch die eigene Hand vor Augen sehen, so dicht war der Nebel. Ich nutzte die Gelegenheit und verdrückte mich nach oben. Aus der Playmobilkiste holte ich den letzten Joint und stellte mich ans offene Fenster. Die Flamme des Streichholzes schnappte nach dem dünnen Papier, machte den Tabak gefügig, damit er seine beruhigende Fracht in meinen Körper schleuste. Ich nahm den ersten Zug, als es an der Tür klopfte. Hektisch legte ich den Joint nach draußen auf die Fensterbank, sprühte einmal mit dem Deo in die Luft, fuchtelte etwas herum und schloss das Fenster. Da stand auch schon Jana vor mir. Mit hängenden Schultern und einem Blick, der alles bedeuten konnte. »Bist du allein?«, fragte sie und schaute hinüber zu meinem aufgewühlten Bett. Im diffusen Licht der

Straßenlaternen erinnerte es an das Modell einer Hochgebirgslandschaft. Auf dem schmalen Bergkamm wollte ich laufen. Alleine sein. Den kalten Wind spüren, wie er mein Gehirn auf Eis legte. Warum hatte ich so dämlich reagiert? Kira war keine Jungfrau mehr, na und? Ich hätte es beinahe mit einer Nutte getan. Was war ich nur für selbstgerechter Idiot?

»Wollte Kira nicht mitkommen?«, fragte Jana, machte einen Schritt in meine Richtung und winkte mit der Hand vor meinem Gesicht herum. »Hallo, kleiner Bruder. Bist du besoffen oder was?« Sie wackelte mit den Nasenflügeln. »Was rieche ich denn da?«

»Sie … ihr … Kira ging es nicht so gut«, sagte ich.

»Wo ist der Joint?« Sie schaute über meine Schulter zum Fenster. »Mann o Mann. Hat dir Tess doch was gegeben. Das ist gegen die Abmachung.«

»Hab ich nicht von ihr.« Ich zog das Fenster auf und holte den Joint herein. Er glühte noch. »Hier, willst du auch?«

Jana nahm ihn mir aus der Hand. »Was ist jetzt mit Kira?« Sie zögerte, dann nahm sie einen tiefen Zug.

»Ich glaub, sie will nichts mehr von mir wissen.«

»Das gibt sich schon wieder. «

»Hoffentlich.«

Wir setzten uns auf den Boden. Mit dem Rücken gegen den Heizkörper gelehnt. Ohne zu reden. Minutenlang, ohne ein Wort zu sagen. Jana gab mir den Joint zurück. Ich inhalierte den scharfen Rauch. Von unten drangen Musik und Gegröle herauf. Das Haus zitterte unter der Tanzwut der Partygäste. Es hätte ein schöner Tag werden können, dachte ich, dann tauchte der Typ aus der Schaltzentrale vor meinem inneren Auge auf. Er hatte zwei Gesichter. Über dem Hinterkopf trug er eine Maske, und diese Maske, das war ich, das war mein Gesicht. Er drehte sich im Kreis. So schnell, dass die beiden Gesichter miteinander verschmolzen. Ja, dachte ich, vielleicht bin ich das alles selbst. Vielleicht ist der Typ aus der Schaltzentrale das Spiegelbild meiner Lügen. All die miesen Gedanken, all die Gemeinheiten, die unausgesprochen durch meinen Kopf geistern, haben ihn erschaffen. Ein bösartiges Geschwür, das man nicht herausschneiden konnte, weil es bereits gestreut hatte.

»Spürst du schon was?«, fragte Jana nach einer Weile.

»Glaub schon«, sagte ich und blies eine lange Rauchfahne in die Luft. Kleine Galaxien aus Staubkörnchen, die die Lichter vorbeifahrender Autos reflektierten. Von unten drang wildes Gejohle herauf. Füße stampften. Ich musste mich mit den Händen abstützen, um nicht zur Seite zu kippen.

»Du und Kira, ihr kriegt das schon wieder hin«, sagte Jana mit ruhiger Stimme.

»Kira sagt, ich bin ein Sensibelchen. Aber eigentlich bin ich das gar nicht.«

»Kleiner Bruder, du bist okay wie du bist. Ich finde, dass du dich toll entwickelt hast. Ob Sensibelchen oder nicht, spielt doch keine Rolle.«

»Das sagst ausgerechnet du. Erinnerst du dich noch daran, wie du mir mal erklärt hast, dass du Machos scheiße findest. Damals nach dem Kino, als … als du mich geküsst hast. Weißt du das noch?«

»Ja, und? Was ist damit? Dazu steh ich.«

»Ich kapier das einfach nicht. Ich krieg das nicht zusammen. Warum schleppst du dann immer Typen ab, die sich aufführen wie in der Steinzeit. Typen, die dich nur benutzen. Die dich behandeln, als wärst du ihr Eigentum. Die lieben dich doch gar nicht. Die wollen doch nur … nur Sex.«

Jana zuckte mit den Achseln. »Ist wohl mein Alter Ego. Mein anderes Ich. Kann ich nichts gegen tun. Auch wenn die Alarmglocken läuten. Bin auf Arschlöcher programmiert. So ist das. Verwirrende Scheiße. Liebe und der ganze Quatsch.« Sie legte einen Arm um meine Schulter und hielt mir den Joint hin. »Zieh noch mal ganz fest.«

»Wieso?«
»Auf, mach schon. Ich muss dir was sagen. Gibt schlechte Nachrichten. Sehr schlechte.«
»Schlechte Nachrichten?«
»Nimm erst einen Zug.«
»Aber –«
Sie drückte mir den Joint an die Lippen. Ich inhalierte.
»So ist gut, kleiner Bruder.« Sie nahm mir den Joint aus der Hand und zog selbst daran.
»Was … was ist jetzt?«, fragte ich und schaute auf meine Hände, durch die der Teppichboden schimmerte. Ich hörte auf das Rattern eines Zuges und dachte daran, was für ein Gefühl es sein musste, vom Viadukt zu springen und mit fünfzig Sachen auf den Radweg zu knallen.
»Wie findest du eigentlich den Kalender?« Janas Stimme kam aus einer anderen Dimension.
»Schön, gut, super geworden«, antwortete ich schleppend und befühlte meinen Kopf, der auf die Größe einer Wassermelone herangewachsen war. »Das hab ich doch schon … schon gesagt.«
»Ich hab die Bilder von der Waldlichtung weggelassen.«
»Waren vielleicht wirklich zu kitschig.«
»Nein, sie waren sehr schön. Du machst tolle Fotos. Du hast Talent.«
»Aber –«
»Hast du dir die Bilder denn nicht angeschaut, bevor du sie mir gegeben hast?«
»Das Display ist doch im Eimer.«
»Dann weißt du also wirklich nicht, wen du da fotografiert hast. Das Paar im Gegenlicht.« Sie machte eine Pause, fasste nach meiner Hand und hielt sie fest. »Das sind Mama und Herr Schott. Dein Klassenlehrer.«
»Was?« Der Schock der Erkenntnis wurde von der Wirkung des

Joints abgefedert. »Das … das kann nicht sein.« Meine Stimme kippte. »Bist du dir ganz sicher?«

»Ich hab die Bilder so oft angeschaut, rangezoomt und aufgehellt. Ich kapier einfach nicht, wie das passieren konnte. Mama kennt ihn doch eigentlich gar nicht.«

»Elternsprechtag«, sagte ich niedergeschlagen. »Ist meine Schuld. Wie alles.« Meine Augen folgten einem Lichtstrahl, der in Zeitlupe durch das Zimmer tanzte und vom anschwellenden Geräusch eines Motorrads begleitet wurde. Ganz langsam baute mein Gehirn die Nachricht zusammen. Herr Schott und meine Mutter. Meine Mutter und Herr Schott. »Wichser!«

Jana hielt meinen Kopf fest. Er war einfach zur Seite gekippt.

»Der Typ … der Typ aus der Schaltzentrale«, stammelte ich. »Das bin ich. Ist alles meine Schuld.«

»Ganz ruhig!«, sagte Jana und nahm mir den Joint aus der Hand. »Hast du auch von der Bowle getrunken?«

»Erdbeeren. Rot. Meine Sporthose. Damit hat alles angefangen. Und dann die Tabletten. Ich bin an allem schuld.«

»Mann, Paul!«, stieß sie einen tiefen Seufzer aus. »Reiß dich bitte zusammen.«

Ich vergrub meinen Kopf an ihrem Hals. Das Zimmer machte mir Angst. Die Decke riss auf und ein rotierendes schwarzes Loch kam zum Vorschein. Ich krallte mich an Jana fest.

»Was ist mit dir?«

»Da … da oben.« Ich zeigte zur Decke und hielt den Atem an.

»Alles cool. Beruhig dich.« Sie strich mir über den Kopf. Ich hatte das Gefühl, sie würde mir die Haare ausreißen. Dann fiel das schwarze Loch in sich zusammen. Ich knallte mit dem Hinterkopf gegen den Fenstersims. »Autsch!« Vor meinen Augen tanzten Glühwürmchen, die keine Glühwürmchen waren, sondern die Spiegelung vorbeifahrender Autos in den Bilderrahmen an der Wand. »Sollen wir Herrn Schott umbringen?«, fragte ich. »Für Papa.«

»Sicher, kleiner Bruder. Werd erst mal wieder nüchtern.« Jana legte meinen Kopf in ihren Schoß. Ich kauerte mich zusammen wie ein Embryo im Mutterleib. »Kackleben!«, meinte ich und war mir nicht sicher, ob dieses Wort tatsächlich meinen Mund verlassen hatte oder nur Gedanke war. »Scheiß Sex!«
Meine Schwester hielt mir den Mund zu. »Is ja gut.«
Ich zog ihre Hand weg und sagte mit gedämpfter Stimme: »Ist meine Schuld. Ist alles meine Schuld.«
»So was passiert halt. Ist Schicksal.«
»Kein Schicksal«, protestierte ich. »Kein Schicksal. Ich … ich hab auch Elton auf dem Gewissen.« Tieftraurig wurde ich plötzlich. »Er … er hat an dem Abend so gejammert, weißt du. Man darf Tiere doch nicht einsperren. Das hast du doch immer gesagt. Tiere müssen frei sein. Das waren deine Worte.«
»*Du* hast Elton die Tür aufgemacht? Das war gar kein Versehen?«
Ich konnte Jana nicht in die Augen schauen. »Früher … früher ist er doch auch oft abgehauen und wieder zurückgekommen. Weißt du noch. Und ich … ich hab ihn doch einfach mal an seinem Schwanz gezogen. Der hat so geschrien. Ich, es … es tut mir leid. Ich wollte doch nur, dass er Spaß hat mit der Hündin.« Mein Blick wanderte zur Decke. »Elton, ich wollte nicht, dass du stirbst. Bitte, sei mir nicht böse.«
»Is ja gut«, seufzte Jana und drückte mich ganz fest an ihre Brust. »Was für ein Chaos! Nicht weinen, kleiner Bruder. Bitte nicht weinen.« Sie strich mir durchs Haar. Mein Herz raste wie verrückt. Angst, Angst, Angst, meldete mein Körper. Dann wurde mir schrecklich kalt. »Was … was sollen wir tun?«, fragte ich.
»Elton ist tot, da kann man nichts mehr tun.«
»Wegen Herrn Schott.«
»Wir müssen so schnell wie möglich mit Mama reden.« Jana hielt meinen Kopf mit beiden Händen fest. Meine Pupillen fla-

ckerten. Es war unmöglich, das Bild – ihr Gesicht – zum Stehen zu bringen. »Tu mir bitte einen Gefallen: Bau bis dahin keinen Scheiß.« Sie legte meinen Kopf vorsichtig auf dem Boden ab, nahm den Joint und warf ihn aus dem Fenster. »Und damit ist ab jetzt auch Schluss.«

Dritter Teil

| Zweiundvierzig |

Keinen Scheiß zu bauen schloss die Möglichkeit aus, Schott vor der ganzen Klasse abzuknallen, ihn mit einem japanischen Sushi-Messer zu massakrieren oder Gift in seine Teekanne zu mischen. Keinen Scheiß zu bauen hieß auch, ihn nicht wissen zu lassen, dass sein falsches Spiel aufgeflogen war und ich nach einem geeigneten Plan suchte, sein Leben zu zerstören, bevor er unsere Familie in Stücke riss und sie fortan als buntes Patchwork weiterexistieren musste. Noel wollte mir dabei behilflich sein. Er hatte sich in den Hauptserver der Schule gehackt und das Passwort von Herrn Schott herausgefischt. Sogar seine Verbindungsprotokolle konnte er einsehen. Und tatsächlich besuchte der von allen geschätzte Sport-, Geschichts- und Vertrauenslehrer in seinem kleinen Kabuff in der Turnhalle regelmäßig Pornoseiten. Leider wurde die Hoffnung zerschlagen, ihn deshalb dranzukriegen. Er hatte es auf alte, runzelige Frauen jenseits der sechzig abgesehen. Das war zwar geschmacklos, aber nicht verboten. Deshalb mussten wir der Wirklichkeit etwas auf die Sprünge helfen. Wir durchstöberten das Internet nach weiteren Bildern von Schülerinnen, die wir noch nicht in unserer Sammlung hatten. Die Volleyball-AG war ein Volltreffer. Nach ein paar Stunden hatten wir das züchtige Gruppenfoto der Mädchenmannschaft in die Titelseite des Playboy-Kalenders verwandelt. Auch bei den Turnern und Leichtathleten, ja sogar bei der Schach-AG, wurden wir fündig.

»Der wird deine Mutter nie wieder anfassen«, sagte Noel, nachdem uns die biedersten Mädchen als freizügige Nacktmodelle entgegengrinsten. Die Datei musste nur noch auf Herrn Schotts Computer platziert werden. Sollte meine Mutter am Sonntag

nach der Kirche durchblicken lassen, dass sie unsere Familie gegen Herrn Schott eintauschen wollte, würde die Bombe hochgehen. Ich wunderte mich selbst darüber, wie kaltblütig ich sein konnte, aber für den Erhalt meiner Familie war mir jedes Mittel recht. Hinzu kam, dass ich an der Sache ja nicht ganz unschuldig war. Wären meine Noten nicht schlechter geworden, wäre meine Mutter nie auf die Idee gekommen, zum Elternsprechtag zu gehen. Sie hätte Herrn Schott also nie kennengelernt. Das Pech klebte mir an den Fersen. Seit ich mich in der Turnhalle hatte fallen lassen, seit diese ganze Sexsache über mich hereingebrochen war, schien alles schiefzugehen. Doch ich war bereit zu kämpfen – auf allen Ebenen. Deshalb wählte ich zum x-ten Mal an diesem Tag Kiras Handynummer. Seit vier Tagen herrschte Funkstille. Seit vier Tagen war ich mir sicher, dass ich sie liebte oder noch immer in sie verliebt war, wenn das überhaupt einen Unterschied machte. Ich hasste mich dafür, wie ich reagiert hatte, nur weil sie keine Jungfrau mehr war. Was spielte das überhaupt für eine Rolle? Das erste Mal? Wenn man jemanden liebt, kann es doch auch das zehnte Mal gewesen sein. Ich probierte es auf dem Festnetz. Diesmal meldete sich nicht der Anrufbeantworter, sondern ihre Mutter. Ich versuchte mir nicht anmerken zu lassen, wie schlecht ich mich fühlte. Mein Leben war eine wackelige Eisscholle, die untergehen würde, wenn ich nicht rechtzeitig das rettende Ufer erreichte.
»Vielleicht lässt du ihr einfach ein bisschen Zeit, bis sie sich wieder besser fühlt.« Kiras Mutter war so ziemlich die unsympathischste Frau, die ich kannte. Ihre Stimme hörte sich an, als würde sie irgendwo zwischen Hals und Nase erzeugt werden. »Kira ist ein sehr sensibles Mädchen«, quäkte sie in den Hörer. Und was war ich? Ein Eisklotz? Sie wollte mich abwimmeln und behauptete, dass Kira nicht zu Hause sei. »Es ist nicht leicht, mit ihrer Behinderung umzugehen«, setzte sie ihren Monolog fort. Sie sagte tatsächlich »Behinderung«. Hätte Kira das gehört, sie

wäre ausgeflippt. »Weißt du, vielleicht ist es besser, wenn sie sich jemanden sucht, der so ist wie sie.«

»Wie bitte?«, fragte ich bestürzt. Wollte sie im Forum Tourette-Kranker nach einem geeigneten Partner für ihre »behinderte« Tochter suchen? Hielt sie Kiras Krankheit für eine Religion, die man gegenüber anderen Glaubensrichtungen abschotten musste?

»Ich bin froh, dass sie wieder ihre Medikamente nimmt. Endlich hat sie eingesehen, dass die Ärzte nur das Beste für sie wollen. Und ihre Ausbildung kann sie damit auch besser bewältigen. Vielleicht wird sie sogar übernommen.«

»Aber Kira will doch Schauspielerin werden.«

»Sie will so vieles. Träume, alles Träume. Irgendwann muss sie einsehen, dass sie nicht ist wie andere. Je früher sie das versteht, desto leichter wird sie sich im Leben zurechtfinden.«

»Sagen Sie ihr bitte, dass ich angerufen hab.«

»Kira muss sich erst mal um sich selbst kümmern.«

»Kira ist normal«, zischte ich in den Hörer. »Sie will doch gar nicht sein wie alle. Und die Medikamente braucht sie auch nicht.«

»Was weißt du schon? Hat sie dir erzählt, was sie vorletztes Jahr beinahe getan hätte? Hat sie gesagt, dass Dr. Malosa sie einweisen musste, um Schlimmeres zu verhindern? Willst du mir jetzt sagen, was das Richtige für meine Tochter ist?«

»Aber –«

»Ich glaube, wir sollten das Gespräch beenden.«

»Sagen Sie ihr bitte, dass ich –«

»Ihr seid noch jung. Da ist das doch nicht so ernst.«

»Bitte«, sagte ich. »Sagen Sie ihr, dass ich mit ihr reden muss.«

»Wenn es ihr wieder besser geht. Aber mach dir keine allzu großen Hoffnungen.«

| Dreiundvierzig |

Die Schiebetüren glitten zur Seite. Ich ging einen Schritt in den Vorraum und blieb unentschlossen stehen. Du liebst sie, dachte ich. Du liebst Kira und hast ihr das Gefühl gegeben, nur an Sex interessiert zu sein.

»Kann ich Ihnen helfen?«, fragte die Frau hinter der Glasscheibe.

»Herr Riegert«, sagte ich. »Joseph Riegert. Wo liegt er denn?«

Sie tippte etwas in die Tastatur. »Mit dem Aufzug in den zweiten Stock, den Gang ganz durchgehen, Zimmer 413.«

»Danke.«

Ich ging den Korridor entlang. Er kam mir endlos vor. Die Neonbeleuchtung ließ meine Haut wächsern aussehen. Meine Turnschuhe quietschten auf dem glänzenden Linoleum. Es roch nach Fertigessen und Reinigungsmitteln, nach Pflastern und kranken Menschen. Ein Mann kam mir entgegen. Auf Krücken. Aus seinem Bauch ragte ein Katheter, über den Blut und Eiter in einen gläsernen Behälter abgeführt wurden. Mein Magen zog sich zusammen.

Die elektronische Türe öffnete sich. Aus einem Zimmer hörte ich Gelächter. Krankenschwestern sortierten Medikamente in kleine Becher. »Ganz durchgehen«, sagte eine von ihnen, als ich nach Herrn Riegert fragte.

Ich klopfte an die Tür. Keine Reaktion.

Ich drückte die Klinke nach unten und trat ein. Stickige Luft schlug mir entgegen. Die Betten waren leer, die Vorhänge zur Seite gezogen. Ich ertappte mich dabei, wie ich losheulen wollte.

Eine Krankenschwester kam herein. »Herr Riegert ist beim Waschen«, sagte sie, als hätte sie meine Gedanken gelesen. »Müsste gleich zurück sein.« Sie zog einen Stuhl heraus. »Soll ich die Blumen in eine Vase stellen?«

Ich nickte und setzte mich an das kleine Tischchen. Mein Blick wanderte durch das Zimmer. Über die weißen, abwaschbaren Wände. Die Schränke, an denen Reste von Klebebändern hafteten. Zum Waschbecken mit dem staubigen Spiegel, in den schon so viele Gesichter geblickt hatten. Hoffnungsvoll, ängstlich, enttäuscht, alt, jung. Ein Wartezimmer. Kein Ort, an dem man bleiben wollte. Eine Zwischenstation, eine Weggabelung, wohin auch immer. Mein Blick fiel auf das Bild von Elisabeth Berger, das gefälschte Foto, mit dem ich Herrn Riegert aus seiner Einsamkeit hatte holen wollen. Er hatte es auf die Nachtkonsole gestellt, als gäbe es diese Frau tatsächlich. Was war ich nur für ein verdammter Lügner!

Die Tür wurde aufgedrückt und Herr Riegert hereingeschoben. In einem Rollstuhl, mit Gummireifen, die bei jeder Drehung quietschten.

»Sehen Sie, Ihr Enkel ist auch schon da«, sagte die Krankenschwester.

»Hallo Paul«, sagte Herr Riegert und reichte mir die Hand. Seine Haut war dünn geworden, pergamentartig. Ein Geflecht aus feinen Äderchen schimmerte durch sie hindurch. »Wir wechseln uns ab«, sagte er heiser. »Nächstes Mal bist du wieder dran.« Er ließ meine Hand wieder los. »Hat man dir im Altenheim gesagt, dass man mich abgeschoben hat?«

»Ich soll Sie von Frau Selic grüßen.«

»Bestimmt hat die alte Kratzbürste mein Zimmer schon vergeben.« Herr Riegert lächelte und musste husten. Die Krankenschwester reichte ihm ein Glas Wasser.

Nachdem er ein paar Schlucke getrunken hatte, hievten wir ihn in das Bett. Er fühlte sich so leicht an. So zerbrechlich. Wie ein Skelett. Nur noch Haut und Knochen. Die Krankenschwester verließ den Raum. Er schaute nach rechts.

»Sind die Tulpen von dir?«
Ich nickte.
»Gut ausgewählt, sind meine Lieblingsblumen.«
»Ich weiß.«
»Ach, natürlich.« Er lächelte. »Die Kontaktanzeige.« Sein Blick streifte das Foto auf der Nachtkonsole. »Ihr habt meinen Geschmack getroffen. Du und dein Freund. Sieht tatsächlich aus, als sei diese Frau der Wirklichkeit entsprungen. Elisabeth Berger«, sagte er rhythmisch. »Ein toller Name.« Er fasste sich hinter den Rücken. »Ach, dieses verdammte Kissen. Könntest du bitte. Ist schon wieder verrutscht.«
Ich ging zu ihm hinüber und legte das Kissen an die richtige Stelle.
»Danke. Meine Gelenke. Wie eingerostet.«
»Ich hab erst gestern erfahren, dass Sie hier sind. Sonst wäre ich schon früher gekommen.«
»Hast nichts verpasst«, winkte er ab. »Jeden Tag dasselbe. Schlafen, essen, schlafen.« Er gähnte. »Hat sich eigentlich noch mal jemand gemeldet?«
»Gemeldet?«
»Auf die Kontaktanzeige?«
Ich zögerte. Dann lächelte ich und sagte: »Ja, das … das hätte ich beinahe vergessen. Deshalb habe ich ja bei Ihnen im Heim angerufen. Da ist tatsächlich eine Mail gekommen, die interessant klingt.« Warum ich schon wieder log, weiß ich selbst nicht mehr so genau. Vielleicht, weil ich Herrn Riegert noch einmal glücklich sehen wollte. Voller Hoffnung. Mit leuchtenden Augen, wie bei einem kleinen Kind. Das sollte mein Abschiedsgeschenk sein.
Mit einem breiten Lächeln und ohne mich durch »Ähms« und »Ähs« zu verraten, tischte ich Herrn Riegert die schillernde Geschichte einer alten Frau auf, die sich mit spirituellen Dingen auskannte und ganz in der Nähe wohnte. Herr Riegert schien

keinen Verdacht zu schöpfen. Immer wieder fielen ihm die Augen zu. »Das hört sich doch gut an«, sagte er in einem wachen Moment. »Willst … willst du der Dame ausrichten, dass ich sie gerne kennenlernen würde? Du hast ja gesagt, dass sie in der Nähe wohnt.«

Ich nickte. »Mach ich, Herr Riegert.«

»Könntest du bitte aufhören, mich zu siezen. Ich heiße Joseph.« Er musste husten. Ich reichte ihm das Wasserglas. Die Tür wurde aufgedrückt und ein unrasierter Pfleger brachte das Essen herein. Wortlos stellte er das Tablett auf die Nachtkonsole. »Brauchen Sie noch was?«

»Alles bestens«, antwortete Herr Riegert. Der Pfleger verließ das Zimmer. »Schrecklich, diese Emanzipation. Wie heißt die Frau eigentlich?«

»Ähm, Edda … Edda Wendland.«

»Frag Edda, ob sie Lust hat, einen Spaziergang zu machen. Am besten so um zwei. Nächste Woche bin ich wieder draußen.« Er hielt sich die Hand vor den Mund und gähnte erneut, dann hob er den Plastikdeckel an, unter dem sich das Essen befand, und verzog das Gesicht. »Kulinarische Meisterleistungen kann man als Kassenpatient wohl nicht erwarten. Würdest du bitte davon kosten?«

»Hab eigentlich keinen Hunger.«

»Ich auch nicht, aber sonst gefährde ich mein Treffen mit Edda.« Er grinste und ließ mir keine andere Wahl. Ich aß von dem Linseneintopf und den Würstchen.

»Vielen Dank«, sagte Herr Riegert. In den letzten Minuten war er richtig aufgeblüht. »Will ja hier drin nicht versauern. Und wie geht's deiner Freundin? Wieder alles in Ordnung, nach der Sache in der Kirche?«

Ich nickte. »Kira ist eben ziemlich empfindlich.«

»Ach«, seufzte er. »Das war ein tolles Fest. Und das Kleid deiner Mutter. Einfach großartig.«

»Ich soll Sie von allen grüßen. Meine Eltern kommen heute Abend vorbei. Nach der Arbeit.«
Ich konnte Herrn Riegert beim besten Willen nicht sagen, was wirklich los war. Er hätte sich Sorgen gemacht, und das wollte ich nicht. Ich wollte, dass er sich auf die Bekanntschaft mit Edda Wendland freute.

| Vierundvierzig |

Kira hatte eine Gehirnwäsche hinter sich. Noch am selben Abend teilte sie mir beinahe tickfrei mit, dass es vorbei war. Sie hätte über unsere Beziehung nachgedacht und sei zu dem Schluss gekommen, dass es nicht funktionierte. Ich war aufgebracht und schimpfte über ihre Mutter.

»Es ist wirklich das Beste für uns«, sagte Kira mit ruhiger Stimme. Ich konnte ihre Aussage nicht ernst nehmen, weil sie sich wie eine Soap-Darstellerin anhörte, die diese Worte schon so oft zu wechselnden Partnern sagen musste, dass sie jegliche Bedeutung verloren hatten. Ich war mehr wütend als traurig. Aber vielleicht hatte Kira auch recht, als sie sagte, dass wir sowieso nicht ewig zusammengeblieben wären, weil es ewig nicht gibt. Weil das ganze Leben nur aus Momentaufnahmen besteht. Aus einer Reihe von Bildern, die du irgendwann in ein Album klebst und behauptest, dass so dein Leben war. Hier deine erste Freundin. Da dein erster Rausch. Dort hast du die Abzweigung genommen und dort jene, und an der Stelle wärst du besser nach links abgebogen.

»Die erste Liebe heißt erste Liebe, weil es noch weitere gibt.« Auch dieses Soap-Zitat feuerte Kira auf mich ab. Und nachdem wir aufgelegt hatten, kapierte ich, dass dieser ganze Soap-Dreck deshalb so gut funktionierte, weil sich die Schauspieler haufenweise Sätze zuwarfen, die in irgendeiner Weise auf mindestens siebzig Prozent aller Menschen zutrafen. Und die nächste Generation von Fernsehzuschauern würde sich an den Folgen niemals endender Daily-Soaps entlanghangeln und vielleicht gar nicht mehr wissen, ob sie redete wie ihre Serienhelden oder die Serienhelden wie sie, ob sie gewissermaßen das Huhn war oder das Ei.

Und wenn ihr Leben in eine Sackgasse geriet oder sich unüberwindbare Hindernisse vor ihnen auftaten, würden sie sich durch Online-Archive der Fernsehsender klicken, um die richtige Entscheidung zu treffen. Und über all den Quatsch dachte ich nach, während ich ein paar Psychopillen aus der Blisterpackung drückte, Hustensaft schluckte und den bitteren Geschmack mit etwas Whisky neutralisierte. So fühlte sich also Liebeskummer an. Das war der Schmerz, von dem unzählige Songs handelten. Das waren das Brennen im Magen, die Dunkelheit im Kopf, der rastlose Gedankenstrom, von dem ich gelesen hatte. Und deshalb war der Junge damals von der Brücke gesprungen. So musste er sich gefühlt haben, als er sich kopfüber in die Tiefe stürzte.

Ich schlich aus dem Haus, schnappte mein Rad und machte mich auf den Weg zur *Roten Meile*. Kurz vor der Tankstelle ließ ich es stehen. Der Hinterreifen hatte einen Platten. An der Tankstelle kaufte ich mir eine Flasche Wodka und drei Dosen Redbull und zeigte den Schülerausweis mit dem gefälschten Geburtsdatum, den mir Noel neulich geschenkt hatte. Wenn meine Welt schon in Trümmern lag, spielte es auch keine Rolle, was noch passierte. Mein Handy klingelte. Noel war dran.

»Die Bombe ist scharf«, sagte er. »Hab noch ein paar nette Bildchen dazugepackt. Musst nur noch dein Okay geben.«

»Cool, danke«, sagte ich und musste rülpsen. »Sobald wir mit meiner Mutter geredet haben, gebe ich dir Bescheid.«

»Was machst du gerade? Bist du bei Kira?«

»Nein. Ich bin auf dem Weg in den Puff.«

»Bist du besoffen?«

»Kira hat mit mir Schluss gemacht. Endgültig.«

»Ich dachte, du liebst sie gar nicht.«

»Doch, verdammt. Doch. Ich bin so ein Arsch.« Meine Stimme klang für einen kurzen Moment weinerlich. Ich stand vor einer der Zapfsäulen. Hinter mir hupte ein Auto. »ICH LIEBE SIE!«, brüllte ich in mein Handy.

»Ist ja gut. Ich bin nicht taub. Wo bist du denn?«
»An der Tanke. Beim *BurgerKing*.«
»Und wieso willst du ausgerechnet jetzt in den Puff gehen? Hältst du das nicht für den falschen Zeitpunkt?«
»Es gibt keine Liebe, verstehst du. Deshalb will ich ficken. Einfach nur ficken. Scheiß auf meine Jungfräulichkeit.«
»Nicht so laut, sonst ruft noch jemand die Bullen. Geh am besten auf den Parkplatz hinter der Waschanlage. Ich bin gleich da.«
»Ich will aber in den Puff.«
»Du gehst jetzt zum Parkplatz und wartest! Keine Widerrede!«
Ich rülpste. Er legte auf. Ich wankte aus dem grellen Lichtschein der Tankstelle heraus zur Waschanlage. Ich setzte mich neben einen der Staubsauger, trank und rülpste in den Saugrüssel. Dann lehnte ich mich gegen ein Metallgitter und schloss die Augen. Wenig später rüttelte jemand an meiner Schulter. Ich erkannte eine riesenhafte Gestalt, über deren Kopf eine Straßenlaterne schimmerte. Ein orangefarbener Heiligenschein. Der Typ aus der Schaltzentrale. Auf diese Begegnung hatte ich gewartet. Ein Auto mit Neon-Unterbodenbeleuchtung und Zehntausend-Watt-Stereoanlage rollte gemächlich durch die Tankstelle und zerhackte die Worte meines hünenhaften Gegenübers in unverständliche Brocken.
»Du Arsch!«, brüllte ich ihn an. Die Musik ging aus. Das Bass-Wummern entfernte sich. Der Riese packte mich unter den Armen und zog mich unsanft nach oben.
»Hilfe!«, rief ich. Vielleicht war es der Tod, der mich jetzt zu sich nehmen wollte. Vielleicht hatte ich mich gerade umgebracht. Eine Überdosis. Das war's.
Eine Hand legte sich auf meinen Mund. Sie fühlte sich warm an. »Ich bin's!« Die Gestalt bewegte sich aus dem Lichtschein. Jetzt erkannte ich das Gesicht. Es war Noel. »Leg deine Arme um meinen Hals!«, befahl er. Ich folgte ohne Widerrede. Irgendwo hörte ich Gelächter. Aber es war mir egal. Noel schleifte mich

hinüber zum Taxistand und stellte mich neben einem Auto ab, aus dem orientalische Musik dudelte. Das wirkte irgendwie beruhigend. Ich sank gegen den Mülleimer. Vor meinem geistigen Auge sah ich Kira mit mir über den Parkplatz tanzen. Die vielen Drehungen verursachten Brechreiz. Ich hielt die Augen geschlossen und versuchte, an nichts zu denken, was natürlich nicht funktionierte, weil ich kein verdammter Yogi-Meister war, der sich ein Vakuum in den Kopf saugen konnte.

»Er muss nicht kotzen«, sagte Noel zu dem Taxifahrer, der mit verschränkten Armen und mürrischem Gesicht gegen den Kotflügel seines Mercedes lehnte und nicht den Eindruck machte, auf Fahrgäste wie mich gewartet zu haben.

»Sind doch nur drei Kilometer«, meinte Noel und zog sein Portemonnaie heraus. »Fünfzig, okay.«

»Aber wenn er mir …« Der Taxifahrer wollte gerade in den Handel einwilligen, als sich mein Magen krampfartig zusammenzog und in kleinen Schüben von den angedauten Resten des Linseneintopfes befreite. Noel kam zu mir herüber. »Das hast du toll hingekriegt. Ich hatte ihn gerade so weit.«

»Sorry«, würgte ich hervor.

»Beweg dich nicht von der Stelle. Bin gleich wieder zurück.«

Meine Augen fielen zu und die Welt drehte sich. Plötzlich traf mich ein Schwall eiskaltes Wasser. Ich riss erschrocken die Augen auf. Vor mir stand Noel. »Du stinkst erbärmlich.« Noch bevor ich mich wegdrehen konnte, traf mich eine weitere Ladung.

»Arsch«, sagte ich.

Noel zog mich nach oben. »Du stellst dich jetzt hier drauf, okay?« Er zeigte auf den Sackkarren neben sich. Keine Ahnung, wo er den so schnell herhatte. »Los, oder brauchst du noch 'n Eimer?«

Ich schwankte. Noel stützte mich ab. »Aber … aber ich will in den Puff gehen!«, sagte ich und stieg auf den Sackkarren.

»Sicher. Halt dich fest.« Ein Ruck. Er kippte den Sackkarren nach hinten und schob mich vom Parkplatz. Jede Unebenheit rumpelte in meinem Magen. Immer wieder schloss ich die Augen. Die Leuchtreklame der Roten Meile kam näher.

»Kotz zur Seite!«, sagte Noel.

Ich gehorchte. Dann war ich kurz weg. Als ich aufwachte, stemmte mich Noel beinahe waagerecht eine steile Straße hinauf. Flachdachgebäude duckten sich hinter hohen Büschen, Mauern und Zäunen. Surrende Überwachungskameras registrierten unseren nächtlichen Ritt, den holprigen Slalomlauf, der mich mit Faustschlägen im Magen traf und glänzende Spuren auf dem Asphalt hinterließ. »Ich … ich wollte doch in den Puff«, jammerte ich.

»Sicher«, seufzte Noel und hielt an. Er war völlig außer Atem. »Nächstes Mal könntest du vielleicht vorher Bescheid sagen, wenn du dich besaufen willst, dann richte ich ’nen Fahrdienst ein.« Er wischte sich den Schweiß von der Stirn.

»Du, du bist der Beste«, sagte ich.

»Sicher.«

Nach einigen Metern legten wir einen weiteren Stopp ein.

»Ich werde mich nie wieder verlieben«, jammerte ich, »das tut so scheiß weh.«

»Vielleicht beruhigt sich deine Kira ja wieder. Wart’s doch erst mal ab.« Wir setzten uns wieder in Bewegung. Auf dem Gehsteig stand ein schmächtiger Mann mit Schäferhund. Er zog ruckartig an seiner Leine. »Auf, mach schon Poldi, ich will ins Bett.« Der Hund hob sein Bein, klappte es aber wieder nach unten, als wir auf seiner Höhe waren. »Los, Poldi!« Der Hund schaute in unsere Richtung und wedelte mit dem Schwanz. »Kaum in der Schule und schon Komasaufen. Die Jugend von heute«, brummte der Mann. »Poldi! Spinnst du jetzt total!« Der Hund hatte ihn angepinkelt. Braver Junge.

»Warum hat Kira eigentlich mit dir Schluss gemacht«, fragte Noel.

»Wegen … wegen ihrer Mutter. Nein, eigentlich, weil ich sie enttäuscht hab.«

»Hast du ihr von den Nutten erzählt?«

»Nein, nein, hab ich nicht. Nur … Kira … Sie ist keine Jungfrau mehr. Ich hab total scheiße reagiert, als sie mir das gesagt hat. Total scheiße.« Ich drehte den Kopf nach hinten. »Aber wenigstens hab ich dich. Danke. Danke für alles.«

Noel hielt an.

»Was ist?«

Er runzelte die Stirn. Sein Gesicht hing spiegelverkehrt neben dem Sternbild des Großen Wagens. »Glaubst du, deine Dankbarkeit reicht aus, mich zu lieben?«

»Zu lieben?«, wiederholte ich. »Wie … wie meinst du das jetzt?« Ich stieg vorsichtig vom Sackkarren. Meine Beine waren kaum zu beherrschen. »Bist du … bist du schwul.«

Noel ließ die Plastikgriffe los, der Wagen schnappte nach oben. »Nein, ich bin nicht schwul«, sagte er kopfschüttelnd. »Ich denk nur, dass es ein schönes Gefühl sein muss, wenn man weiß, dass man geliebt wird.« Er verzog den Mund zu einem waagrechten Strich. Ich legte meine Hand auf seine Schulter. »Aber deine Eltern …«

»Meine Eltern … die lieben doch nur ihre Kohle und den ganzen Luxusscheiß, sonst nix.« Er zuckte mit den Schultern. »Und die Superfrauen, solche wie Wanda und Jelena. Schau mich an. So wie ich aussehe, wird nie eine von der Sorte zu mir sagen, dass sie mich liebt. Wahrscheinlich muss ich dafür bezahlen, wie mein Vater. Und vielleicht setz ich auch mal irgendwann ein verkorkstes Kind in die Welt, das mir am Arsch vorbeigeht. So wird es sein. Ist wohl der Plan.«

»Und … und wenn ich doch liebe«, sagte ich. »Ich … ich mein, rein platonisch. Weil du der beste Kumpel bist, den es gibt. Weil du immer da bist, wenn man dich braucht. Wäre das auch okay?«

Noel nickte. »Das wäre super.« Er hielt mir seine Hand hin und begann zu lächeln. »Für immer uncool.«
Ich schlug ein. »Für immer uncool.«
Wir umarmten uns.

| Fünfundvierzig |

Das Läuten der Kirchenglocken verstummte. Meine Mutter betrat das Haus durch die Terrassentür. »Habt ihr auf mich gewartet?«, fragte sie und stellte ihre Handtasche auf dem Wohnzimmertisch ab. Endlich war es soweit. Die letzten Minuten hatten sich wie Folter angefühlt, als würde man auf eine Sanduhr blicken, durch die zäher Honig läuft. Abwechselnd hatten wir auf dem Sofa gesessen, Löcher in die Luft gestarrt und uns gegenseitig versichert, dass es sich nur um eine vorübergehende Krise handelte und nicht das Ende des Wegener-Clans bevorstand.

»Soll ich Noel anrufen?«, hatte ich irgendwann mal gefragt.

»Weiß nicht?«, hatte Jana geantwortet. »Nachher findet Mama die Nacktmontagen gar nicht so schlimm und hält zu Schott. Sind ja keine Kinderpornos, die ihr ihm unterjubeln wollt.«

»Kannst du dir ernsthaft vorstellen, dass sie uns sitzen lässt?«

»Sieht ganz so aus. Die Malerei, die Diät, ihr Yoga-Selbstfindungstrip. Im Nachhinein passt alles zusammen.« Jana schnippte einen Kekskrümel vom Sofa. »Vielleicht hätten wir mehr im Haushalt helfen sollen.«

»Aber die Hochzeitsparty«, sagte ich. »Warum macht sie so was, wenn sie auf dem Absprung ist? Das hat Papa nicht verdient.«

»Im Krieg und in der Liebe sind alle Mittel erlaubt.«

»Blöder Spruch.«

»Ist nicht von mir.« Jana atmete tief ein und griff nach meiner Hand.

Ich nickte und dachte wie üblich an den Typen in der Schaltzentrale. Meine Theorie, dass ich das selber war – der andere Teil von mir – hatte ich wieder verworfen. Im Internet hatte ich einiges über Schizophrenie gelesen, darüber, wie es ist, wenn sich zwei Persönlichkeiten einen Körper teilen und der Wahnsinn die Kontrolle übernimmt. Von diesem Zustand war ich noch weit entfernt.

Meine – ich korrigiere – *unsere* Mutter stand nun vor uns. Die Beine frisch epiliert. Umgeben von einer zarten Duftwolke Chanel No. 5. Ich wusste nicht, ob ich sie hassen sollte. Der Gedanke, dass Schott sich an ihr vergriffen hatte, schoss in Form ätzender Magensäure durch meine Speiseröhre. Ich musste aufstoßen. Ich konnte mir tatsächlich vorstellen, ihn umzubringen. Auf bestialische Weise. Nicht mit Gift oder einer Pistole. Ein richtig fieses Gemetzel würde ich anrichten.

»Ist irgendwas Besonderes?«, fragte meine Mutter und schlüpfte aus ihren Pumps. Sie waren neu. Schwarz, glänzend und mit hohen Absätzen, die ihre dünnen Beine streckten. Jana nickte mir zu. Wir hatten vorhin eine Münze geworfen. Ich hatte verloren. Ich musste den Anfang machen. Die Anklagepunkte vorbringen. Ich war der Staatsanwalt.

»Könnte mir mal jemand sagen, was los ist?«

»Wir müssen mit dir reden«, sagte Jana mit ernster Miene.

»Ist was mit Herrn Riegert? Ist er …?«

»Nein«, sagte Jana.

»Wir … wir wissen, dass du Papa betrügst«, ließ ich die Katze aus dem Sack.

Meine Mutter erstarrte zur Salzsäule. Sie ließ sich auf den Sofatisch sinken. Wie ein Mensch, der gerade von einer Kugel mitten ins Herz getroffen worden war. »Deshalb spionierst du mir also nach, Paul. Du wurdest gesehen, gestern vor dem Gemeindehaus.«

Jana kniff die Augen zusammen. »Versuch nicht abzulenken. Wir haben Beweise.« Sie zog die Fotos hinter ihrem Rücken hervor. Auch wenn sie durch die extreme Vergrößerung unscharf und grobkörnig aussahen, war darauf zweifellos unsere Mutter zu erkennen. Die winzige Nase und die gewölbte Stirn machten die Sache eindeutig. Und auf einer Aufnahme konnte man sogar unseren Wagen erkennen, den alten, eckigen Passat mit der grünen Motorhaube.

Meine Mutter legte die Bilder aus der Hand. »Es ist dumm, dass ihr das mitbekommen habt.«

»Mehr fällt dir dazu nicht ein«, sagte meine Schwester. »Du betrügst Papa – betrügst uns – und sagst, dass es *dumm* war?«

Meine Mutter blickte zu mir. Sie reagierte anders, als ich es erwartet hatte. Sie brach nicht in Tränen aus und bat uns darum, Papa die Sache zu verschweigen. Sie wirkte gefasst. Wahrscheinlich war es schon zu spät. Vielleicht saß sie bereits auf gepackten Koffern und würde noch heute ausziehen. Ich überlegte, wann Noel die Bombe hochgehen lassen sollte. Kampflos würde sie uns nicht loswerden.

»Hat's dir die Sprache verschlagen?«, durchbrach Jana die Stille. »Hast du denn nichts zu sagen?«

»Doch, Jana«, sagte meine Mutter. »Ich will euch erklären, was passiert ist.«

»Bist du mit dem Schott zusammen?«, fragte ich. »Hab ich euch zusammengebracht?«

»Du?«, fragte meine Mutter. »Wie kommst du denn darauf?«

»Wegen des Elternsprechtags. Wegen meiner schlechten Noten. Damit hat doch alles angefangen.«

»Es ist nicht deine Schuld, Paul.«

Jana blickte sie grimmig an.

»Ich hab nicht vor, euren Vater – euch – zu verlassen.«

Meine Schwester wich zurück, als meine Mutter sie an der Wange berühren wollte. »Du willst Papa also was vormachen?«, sagte Jana fassungslos. »Spinnst du denn total?«

»Ich … Frank … Pauls Lehrer. Wir haben uns nur ein paarmal getroffen.«

»Du hast Papa betrogen!«, sagte Jana mit schneidender Stimme. »Das ist Fakt.«
»In gewisser Weise hast du recht. Und es tut mir auch sehr leid, dass ihr das mitbekommen habt.«
»Es tut dir leid, dass wir das mitbekommen haben? Was ist das für eine Scheiße?« Jana schüttelte den Kopf. »Ich fass es nicht. Und was ist mit Papa? Tut *er* dir etwa nicht leid. Findest du's normal, sonntags in die Kirche zu rennen, dich mit Papa zum zweiten Mal trauen zu lassen und nach Bedarf mit anderen Männern rumzuvögeln? Das übersteigt meinen Horizont.«
Stille. Meine Mutter schaute auf die Fotos. »Ich hab nicht vor, euch zu verlassen.«
»Du willst also so tun, als sei nichts passiert?«
Meine Mutter atmete tief ein und sagte mit ruhiger Stimme: »Wisst ihr beiden, wie lange euer Vater und ich schon zusammen sind? Seit der zehnten Klasse. Seit der Schule. Mehr als dreißig Jahre.« Sie schaute zu Jana. »Wie lange hat deine längste Beziehung gehalten? Fünf Wochen, zwei Monate? Glaubst du wirklich, dass du mit siebzehn schon weißt, was es heißt, eine dauerhafte Beziehung zu führen? Mit Kindern. Mit ständiger Verantwortung. Immer nur funktionieren. Immer für alle da sein. Glaubst du das wirklich?«
»Du liebst Papa nicht mehr«, meinte Jana resigniert.
»Doch ich liebe euren Vater. Das versuche ich doch gerade zu erklären. Aber lieben heißt eben nicht, den andern zu besitzen. Wisst ihr überhaupt, wie schwierig es ist, einen Menschen zu finden, mit dem man sein Leben verbringen möchte? Den man bedingungslos liebt? Mit dem man lachen und weinen kann? Wisst ihr das?«
»Aber warum setzt du dann alles aufs Spiel?« Jana schüttelte den Kopf. »Was ist das für eine Scheißlogik.«
»Es gibt eben auch Momente, in denen man sich nach Berührungen sehnt, nach einem Kribbeln. Nach Verliebtsein.«

»Nach Sex!«, ergänze Jana. »Sex! Sex! Sex!«
»Ja, auch nach Sex. Schau mich nicht an, als sei ich eine Ehebrecherin. Wir leben nicht mehr im Mittelalter. Die Zeiten haben sich geändert.«
»Wie kannst du Papa das antun?«, sagte Jana, »er liebt dich, und du …«
»*Wir* haben das so vereinbart.« Meine Mutter zuckte leicht mit den Achseln. »Jetzt ist es raus.«
»Ihr habt was?«, fragte Jana »Willst du … willst du etwa damit sagen, dass Papa auch …«
»Wichtig ist doch nur, dass wir wissen, dass wir zusammengehören.«
»Ich lebe in einem Irrenhaus!« Jana verlor die Fassung. »Ihr seid doch keine 68-er, wo's jeder mit jedem treibt, wenn er Bock dazu hat. Schau dir mal Paul an. Du … du machst doch seine ganze Pubertät kaputt. Warum erzählst du so einen Müll?«
»Das ist kein Müll. Das ist die Wahrheit. Euer Vater und ich haben vereinbart, einander nichts davon zu erzählen, wenn mal was passieren sollte.«
»Tolle Regelung. Könnt ihr echt stolz drauf sein. Jeder fickt mit jedem, wenn ihm gerade danach ist.«
»Rede nicht so, Jana. Das … das kannst du noch nicht verstehen. Dafür bist du zu jung.«
»Vielleicht will ich es gar nicht verstehen.«
»Geht Papa auch fremd?«, fragte ich.
Meine Mutter hob die Schultern. »Ich weiß es nicht. Und ich will es auch gar nicht wissen. Ja, wahrscheinlich würde es mich verletzen, wenn ich es wüsste. Wenn es passiert, passiert es. Liebe ist stärker als Sex.«
»Ihr seid echt gestört«, sagte Jana. »So was Bescheuertes hab ich noch nie gehört. Warum geht ihr nicht lieber in den Swingerclub, wenn ihr euch nicht genügt?«
»Ich war die erste Frau eures Vaters und er mein erster richtiger

Freund. Hätten wir uns trennen sollen, alles aufgeben, nur weil wir beide irgendwann nach fünfzehn Jahren wissen wollten, ob da noch mehr ist? Wie es sich mit einem anderen anfühlt? Hätten wir das? Mit wie vielen Freunden warst du schon im Bett? Wie viele werden noch folgen, bis du eventuell den einen, richtigen gefunden hast?«

»Das ist unfair«, sagte Jana und verschränkte die Arme vor der Brust. »Ihr … ihr seid erwachsen. Wir sind eure Kinder. Sag doch auch mal was, Paul.«

»Was denn?«

»Na, was du von dem Ganzen hältst.«

»Ich … ich glaub, ich werd nie Sex haben«, murmelte ich.

»Dazu ist es zu spät!«, fuhr mich Jana an.

»Ich hab nicht mit Kira.«

»Nein, *nicht* mit Kira, aber mit Tess. Auch wenn du dich daran nicht mehr erinnern kannst.«

»Du lügst. Sie hat mir doch –«

»Ich hab sie darum gebeten, es dir nicht zu sagen. Du warst ja ganz frisch mit Kira zusammen. Ich wollte nicht, dass du irgendwas überstürzt.«

Der Schock saß tief. Ich dachte an das löchrige Kondom. »Und Tess ist nicht schwanger?«

»Schwanger? Ihr habt ein Kondom benutzt.«

»Da waren Löcher drin.«

»Wie bitte?«

»Hab ich reingemacht«, sagte ich. »Waren ursprünglich deine Kondome gewesen.«

»Könnt ihr mich mal aufklären?«, fragte meine Mutter.

»Jana hat mich mal erwischt.«

«Beim *Wichsen*«, ergänzte meine Schwester. »In Papas Büro.«

»Ja, beim Wichsen«, herrschte ich Jana an.

»Die Petze ist gleich zu Papa gerannt«, machte ich weiter. »Deshalb hab ich ihren Kondomvorrat mit einer Nadel bearbeitet.«

»Bist du denn total wahnsinnig?«, sagte Jana und stieß mich mit dem Ellenbogen in die Seite.

»Ich hab sie ja gleich wieder ausgetauscht.«

Meine Mutter biss sich auf die Lippe. »Und eines dieser kaputten Kondome hast du jetzt selbst benutzt? Mit Tess?«

Ich nickte. »Hab ich die ganze Zeit in der Playmobilkiste aufbewahrt.«

»Darüber reden wir noch«, sagte Jana wütend. »Können wir noch kurz bei Mama bleiben. Was ist jetzt mit dir und Papa? Du willst ihn also nicht verlassen?«

»Nein«, sagte meine Mutter entschieden. »Auch wenn es schwer zu verstehen ist. Die Liebe, das geht nicht ohne Kompromisse. Und das ist eben unser Kompromiss. Deshalb sind wir auch heute noch glücklich. Deshalb lassen wir uns nicht scheiden wie andere Familien. Weil wir unseren Weg gefunden haben. Auch wenn er unkonventionell ist.«

»Und Papa hat dazu auch seinen Segen gegeben«, seufzte Jana. »Was für eine Heuchelei.«

»Ich hab gehofft, ihr würdet es nicht mitbekommen. Paul, was ist?« Sie hob mein Kinn an. »Papa und ich, wir werden uns nicht trennen. Du musst keine Angst haben.«

»Und was ist mit Schott?«, fragte ich und konnte ihr dabei kaum in die Augen schauen.

»War nur eine kurze Affäre. Nichts von Bedeutung.«

»Ist also eure persönliche Anarchie?«, sagte Jana.

»Das ist unser Weg, wie wir – euer Vater und ich – ihn gehen wollen. Gemeinsam mit euch. Ich glaube, unser Weg ist weitaus besser, als sich selbst ein Gefängnis zu bauen. Deshalb möchte ich euch darum bitten, eurem Vater nichts zu erzählen. Wäre es andersherum, würde er dasselbe von euch verlangen.«

»Wir sollen für dich lügen?«, fragte meine Schwester.

»Nein, nur nichts sagen.«

| Sechsundvierzig |

»Du siehst ja ganz verstört aus«, sagte Frau Malosa. »Ist irgendwas passiert?«
»Ich bin traurig.«
»Weshalb?«
»Ich komme mit der Welt nicht klar. Ich verstehe nicht, wie das alles funktioniert.«
»Könntest du bitte etwas genauer sein?«
»Meine Mutter hat meinen Vater betrogen. Sie ist mit meinem Lehrer fremdgegangen. Aber sie sagt, dass sie ihn nicht liebt, sondern unseren Vater. Und Kira sagt, dass ich ihr eigentlich zu sensibel bin, und meine Schwester ist auf Arschlöcher programmiert. Ich glaub, das macht der Typ aus der Schaltzentrale.«
»Paul. Diesen Typen, den du da beschreibst, den gibt es nicht. Es gibt keine Macht, die versucht, dein Leben zu zerstören. Von diesem Gedanken solltest du dich lösen.«
»Wie können Sie da so sicher sein?«
»Was du meinst, ist Schicksal. Vielleicht hast du im Augenblick eine Pechsträhne. Mehr nicht.«
»Kommt ja im Prinzip aufs Selbe raus. Ich bin der Arsch.«
»Habt ihr euch getrennt, du und deine Freundin?«
»Sie will mich nicht mehr sehen.« Ich zog ein Taschentuch aus der Pappbox und schnäuzte hinein. »Gibt es eigentlich so was wie Klapsmühlen für Jugendliche?«
»Glaubst du, du gehörst da hin?«
»Ja, entweder ich bin verrückt oder alle andern sind es.«
»Sollen wir es vielleicht doch noch mal mit einem Medikament versuchen? Damit du ein bisschen ruhiger wirst?«
»Nein«, sagte ich, stand auf und ging.

| Siebenundvierzig – wenige Monate später |

Ich sitze unter dem Kirschbaum und rede mit Elton. Ich erzähle ihm, dass wir meine Mutter nicht verraten haben und alles beim Alten geblieben ist. Ich erzähle von Herrn Riegert, der sich blendend mit Kiras Oma verstanden hat und vielleicht sogar ein letztes Mal verliebt war. Und ich erzähle von Noel, der von der Schule geflogen ist, nachdem er unsere selbst gemachten Nacktbilder auf die Startseite des Erich-Kästner-Gymnasiums gestellt hatte. Und noch etwas muss ich erwähnen: Tess ist nicht schwanger. Zum Glück. Wäre eindeutig zu früh gewesen.

Nachdem ich alles gesagt habe, lege mich auf die frisch gemähte Wiese, schaue in den klaren Nachthimmel und versuche mir auszumalen, wie es mit meinem Leben weitergeht, welche Abzweigung ich als Nächstes nehmen soll – gibt ja viele Möglichkeiten. Für euch ist an dieser Stelle Schluss. Ich habe alles erzählt, was mir auf dem Herzen lag. Ist der Tipp meines neuen Therapeuten gewesen. Hat ganz gut funktioniert. Ein schönes Leben noch. Und macht euch keine Gedanken, ob ihr normal seid, die andern sind es auch nicht.

Danksagung

Auch dieses Buch hätte ich ohne die Hilfe anderer Menschen nicht zu Ende gebracht. Vor allem meiner Freundin Nadja möchte ich für die vielen Stunden danken, in denen sie mein Manuskript gelesen und mir zugehört hat, wenn ich wieder mal alles hinschmeißen wollte, weil die Reise meines Helden ins Stocken geraten ist. Danken möchte ich auch meiner Lektorin, Regine Teufel, die mich mit ihrer Begeisterung angesteckt und durch die anstrengenden Überarbeitungen getragen hat. Mein Vorbild, meinen Bruder Oliver, bitte ich, mir nachzusehen, dass ich ihm das Manuskript nicht vor der Veröffentlichung zeigen konnte – vielleicht beim nächsten Mal. Anke Vogel danke ich für die Aufmunterungen während des Schreibens und Angelika Keller für die Abwechslung, die sie durch Lesungen in Zürich und anderen schönen Städten in mein Leben bringt. Jean-Marc danke ich dafür, dass er mir so vieles über Tourette und seinen Kampf mit der modernen Medizin erzählt hat. Und natürlich danke ich meiner treuen Leserin, Marion Olivier, die mich mit ihrer guten Laune jedes Mal aufs Neue ansteckt. Ein besonderes Dankeschön geht an alle Mitarbeiter aus dem Hause Patmos, die dazu beitragen, dass meine Bücher ihren Weg in Bibliotheken, Buchläden und Schulen finden.